Summercrime

'11

Summercrime

Samengesteld door
Simon de Waal

Lebowski, Amsterdam 2009

ISBN 978 90 488 0228 9
NUR 305

www.summercrime.nl
www.summercrime.be
www.lebowskipublishers.nl
www.crimedelacrime.nl

Lebowski is een imprint van
Dutch Media Uitgevers bv

Inhoud

Voorwoord

Beste lezer,

Het heeft me altijd verwonderd waar een idee voor een boek of een filmscript vandaan kan komen. Soms is het heel duidelijk, als je bijvoorbeeld een krantenartikel leest waarvan iedereen zegt: 'Dat is een film!' Maar heel vaak zijn het kleine, bijna achteloze gebeurtenissen die bij mij iets in mijn fantasie in werking stellen. Ik zal een voorbeeld geven. Een paar maanden geleden was ik op vakantie in een hotel, toen de ober tegen ons zei: 'Nee, de vorige eigenaar is er niet meer. Het hotel is nu overgenomen door vijf families die samen iets wilden doen.'

En meteen, op dat moment, wist ik waar mijn volgende boek over zou gaan.

Zou dat bij mijn collega-schrijvers ook zo werken? En wat voor verhalen krijg je als verschillende schrijvers met hetzelfde uitgangspunt beginnen?

Ik vroeg vijftien van de beste schrijvers van Nederland en Vlaanderen of ze mee wilden doen. Iedereen reageerde enthousiast en ik gaf ze een paar zinnen, meer niet.

Hun *trigger* van de fantasie.

Het verrassende resultaat heeft u nu in handen. Spannende, harde, zachte of ontroerende verhalen. Allemaal met eenzelfde uitgangspunt, en allemaal anders. Maar allemaal indrukwekkend.

Bovendien een uitermate talentvolle winnaar van de prijsvraag, die het zestiende verhaal heeft geschreven.

Geniet van *Summercrime*, en tot volgend jaar!

Simon de Waal

René Appel

Met aan zekerheid grenzende waarschijnlijkheid

Hans kijkt even uit zijn ooghoeken. Angela zit enigszins on-deruitgezakt op de stoel naast hem, de veiligheidsgordel heeft ze omgedaan, maar niet vastgeklikt. Het heeft geen zin om er iets van te zeggen. Voel je je verantwoordelijk? Zoiets zou ze antwoorden. Ben je van plan om ergens tegenaan te knallen? Ze deed wat ze wilde en hoe ze het wilde, dat had hij al lang gemerkt. 'Een sterke vrouw,' zeiden mensen dan. Sommigen noemden haar misschien een bitch. Hoe je haar ook betitelde, iedereen was het erover eens dat sinds zij burgemeester was, de zaken hier een stuk beter liepen dan onder Vermalen, die oude, bestofte CDA'er, die enkele decennia op het gemeente-huis de scepter had gezwaaid. Kreukvrij was Vermalen, maar ook doodsaai en bloedeloos. Angela was van D'66 en haar voornaam alleen al had mensen wantrouwend gemaakt. Ze dachten dat ze het grotendeels van haar uiterlijk moest heb-ben en op dat punt had ze inderdaad veel mee. Maar binnen een half jaar had ze zich zo populair gemaakt dat zelfs de CDA-fractievoorzitter vooral leek te proberen bij haar in de gunst te komen in plaats van het noodzakelijke politieke tegenspel te bieden.

En nu zit ze zomaar bij hem in de auto. Ze heeft haar op-vallende schoenen met superhoge hakken uitgedaan en haar voeten op het dashboard gelegd, zodat haar lange, slanke benen perfect zichtbaar zijn. Het kost Hans moeite om zijn hand niet even over haar gladde, egaal gebruinde huid te laten gaan, waarvan enkele kleine moedervlekjes de aantrekkelijkheid nog verhogen. Mijn god, wat een mooie vrouw! Het bovenste knoopje van haar bloesje heeft ze losgemaakt. De receptie op het gemeentehuis heeft langer geduurd dan hij verwachtte, en alsof het zo geregisseerd was, wandelden ze samen de parkeerplaats op. Ze praatten wat na. Gemeenschappelijke belangen, nietwaar? De nieuwe sportvelden, het kantorencomplex dat zijn bedrijf aan het bouwen was, het uitbreidingsplan voor Stavingerveld. Misschien zou er over hun tweeën geroddeld worden, maar het bedrijf had nu eenmaal een paar forse opdrachten binnengehaald bij de gemeente en natuurlijk moesten ze af en toe overleggen.

Hij weet dat hij eigenlijk te veel gedronken heeft om te kunnen rijden. Zeker vier glazen wijn. Of vijf? Terwijl ze op de parkeerplaats stonden en bezig waren het moment van afscheid nemen uit te stellen, pakte ze haar mobieltje. 'Even een taxi bellen. Het is beter als ik niet meer achter het stuur kruip. Een burgemeester die wordt betrapt bij rijden onder invloed…' Ze keek hem even aan, met een blik… ja, met een blik die hem meteen onder de gordel leek te treffen. 'Die raakt haar invloed kwijt, haar politieke invloed.'

'Zal ik je misschien even naar huis brengen?' stelde hij voor. Ze legde een hand op zijn arm. 'Oké.'

Alsof hij wist wat er ging gebeuren, belde hij naar Marjon, maar die nam niet op. Hij liet een bericht achter op de voicemail. 'Ik kom wat later. Ben nog even naar Ariejan.' Niet vergeten Ariejan in te seinen, nam hij zich voor. Die zat gegarandeerd alleen thuis. Die zat sinds het overlijden van Hanneke altijd alleen thuis. Triest, nu niet aan denken. Angela had al verteld dat Hugo met een paar vrienden een lang weekend aan het fietsen was in de Ardennen en dat haar dochter pas laat thuis zou komen. Nogal nadrukkelijk van haar om hem hiervan op de hoogte te brengen.

Hij kijkt weer even naar haar, terwijl zij net haar hoofd naar links wendt. Hun blikken raken elkaar.

'Hier toch rechtsaf?' zegt hij.

'Ja, en dan de tweede links. Je weet dus waar ik woon?'

'Natuurlijk... de burgemeesterswoning. Hebben we voor Vermalen zo'n vijftien jaar geleden verbouwd.'

'Eigenlijk heb ik geen zin om al naar huis te gaan,' zegt ze, voordat hij links af heeft kunnen slaan. 'Het is nog zo warm.' Inderdaad, zinderend, zwetend en zwoel warm is het, al een dag of tien. Zoiets ging in je kop zitten, in je hele lijf. Op straat zag je mannen in korte broek, vrouwen in flodderige jurkjes. Hij passeert net een jonge vrouw op de fiets; ze draagt een kort broekje met daarboven alleen het bovenstukje van een bikini.

'Echt heerlijk warm,' zegt Angela nog een keer.

Hij knikt. Dit is een rechtstreekse uitnodiging. In ieder geval een uitdaging. Ze durft niet met een slok op achter het stuur te kruipen, maar dit durft ze wel. Wil ze meer? Wil ze seks? De gedachte daaraan jaagt zijn bloed op hol.

'Laten we naar het strand gaan. Heerlijk!'

'Wil je zwemmen?' vraagt hij.

'Misschien.'

'De koperen ploert', die woorden had hij in een krantenartikel gelezen over het gevaar van deze hittegolf voor bejaarden. De maan verlicht het pad naar een klein, leeg parkeerterreintje. Alle strandbezoekers zijn verdwenen. Een achtergebleven kinderfietsje, geen auto. Het is stil, vreedzaam stil. Hij kijkt op zijn horloge. Kwart over elf.

'Moet je naar huis?' Angela's stem heeft een ironische bijklank. 'Wordt het anders te laat voor je?'

Hij schraapt zijn keel. 'Nee... niet te laat... zeker niet.'

Ze legt een hand op zijn bovenbeen. Er gaat een elektrificerende werking van uit, stuurt prikkelingen door zijn hele lijf, die allemaal samenkomen in zijn kruis. Ze kijkt naar hem en moet wel opmerken dat hij een erectie heeft in de ruime, zomerse broek van dunne stof. Hij probeert zijn verstand bij

11

elkaar te houden. Alleen met Angela... een wonderbaarlijke vrouw, het kan niet waar zijn, het mag niet waar zijn. Zijn lichaam dicteert hem wat hij moet doen en daar valt niets tegen in te brengen. Hij klikt zijn gordel los en buigt zich naar Angela toe. Het gaat vanzelf. Hij proeft haar zoete mond. Ze trekt zich even terug en kijkt hem aan. Er volgt een diepe, lange zoen. Hun tongen zwemmen en kronkelen in een vochtige, warme holte. Meer, langer, hij hijgt, legt een hand op een borst, gaat met zijn hand haar beha in, voelt de hard geworden tepel, knijpt er zachtjes in. Ze kreunt.

Plotseling trekt ze zich terug.

Verdomme, te ver gegaan, schiet door zijn hoofd. Hij heeft het voor zichzelf verknald. Al die opdrachten van de gemeente kunnen ze nu waarschijnlijk vergeten.

Dan stapt ze uit de auto. Staat even stil, loopt om de auto, trekt het portier open en buigt zich aan zijn kant naar binnen. Een hete zoen, nog heter dan eerder. 'Kom je?'

Zonder zijn antwoord af te wachten, trekt ze hem uit de auto. Ze gooit haar schoenen met stilettohakken in de auto en rent weg. Hij wil haar achterna, struikelt bijna, maar hervindt zijn evenwicht. Voor hem uit rent ze een paadje op. Op een open plek weet hij haar in te halen, terwijl hij de indruk heeft dat ze expres een beetje vertraagt. Straks gaat ze misschien weer sneller om hem uit te dagen. Hij probeert haar bij een arm te pakken. Ze valt of ze laat zich vallen en trekt hem met zich mee, zodat hij boven op haar terechtkomt. Geen enkele gedachte aan mensen, toeschouwers, nieuwsgierigen komt zijn hoofd binnen. Er zijn geen gedachten meer, alleen maar lust, een wilde, woeste geilheid, die hem volledig beheerst.

Hand in hand lopen ze over het pad. Uren zouden ze zo door kunnen lopen. Het schoolfeest was waardeloos met al die mensen, al die andere leerlingen. Waarom zouden ze zich daaronder mengen, terwijl ze alleen maar samen willen zijn? Het is een paar minuten over twaalf. Afgezien van het gezang van een paar luidruchtige krekels is het doodstil. Geen mens, geen geluid. Ja, geritsel, alsof een konijn of een ander klein dier tussen de bosjes wegvlucht bij hun nadering. De heldere maan, die soms schemerig schijnt door een paar sluierwolken, verlicht het pad en de hele omgeving op zo'n manier dat het er vreemd uitziet, bijna onwerkelijk, met scherpe schaduwen, alsof ze door het landschap van een *game* lopen.

Fedor staat stil, trekt Bente naar zich toe en zoent haar. Ze gaat met een hand door zijn haar. 'Ik vind je lief,' fluistert ze.

'Alleen maar lief?'

'Veel meer, maar hoeveel meer, dat zeg ik lekker niet.'

Soms is ze een beetje pesterig; daar houdt hij wel van.

Ze zoenen elkaar opnieuw. Hij voelt de rondingen van haar lichaam, gaat met een hand onder haar topje en streelt over haar rug. Vannacht, deze warme nacht zou het kunnen gebeuren, weet hij. De eerste keer. Hij en Bente. Zonder daar iets over te hebben gezegd, weet hij dat ze daarom hier lopen, honderden en honderden meters van de bewoonde wereld.

Verderop, bij een open plek, is een auto geparkeerd. De lichten zijn aan, er staat een portier open aan de kant van de bestuurder.

Fedor wijst naar de BMW. 'Moet je 's kijken. Die staat hier zomaar. Zit niemand in, zo te zien.'

'Wat zou er aan de hand zijn?' Bente staat stil en kijkt om zich heen. 'Waar is de bestuurder?'

Fedor zegt het zomaar, zonder nadenken: 'Misschien de duinen in met een leuke vrouw.'

Bente giechelt een beetje.

In een opwelling gaat Fedor achter het stuur zitten. De afgelopen vakantie heeft hij op een groot, leeg parkeerterrein in zijn vaders Renault Mégane gereden. Schakelen was in het begin een beetje lastig. Hij drukte soms het gaspedaal iets te snel in als hij de koppeling nog niet had losgelaten, zodat de motor brulde. Maar bij elk rondje ging het beter. Als hij volgend jaar slaagt voor zijn eindexamen zullen rijlessen plus rijexamen het cadeau van zijn ouders zijn, hebben ze al beloofd.

'Shit, de sleuteltjes zitten er nog in!' Hij draait het contactsleuteltje om en de motor slaat aan.

'Niet doen,' zegt Bente. 'Kom, laten we verder lopen.'

'We gaan een stukje rijden. Stap maar in.' Hij buigt naar de passagiersstoel en doet aan die kant het portier open.

Bente lijkt te twijfelen. 'Je hebt toch geen rijbewijs?'

'Dat is hier ook niet nodig.'

Fedor rijdt een paar meter naar voren om haar te laten zien dat hij wel degelijk met zo'n auto om kan gaan.

'Maar alleen hier,' zegt ze. 'Een klein stukje, niet verder.'

'Natuurlijk niet.' Hij kan aan haar zien dat ze het spannend vindt. Op een of andere manier hoort het bij deze bijzondere nacht.

Als ze ingestapt is, schakelt hij naar de eerste versnelling en trekt langzaam op.

'Kan je echt autorijden?' vraagt Bente.

'Ja, natuurlijk. Dat zie je toch.' Hij voelt zich machtig achter het stuur van deze chique BMW. De auto doet wat hij wil. Hij schakelt door naar de tweede versnelling. Voor een strakke lijn bomen draait hij het stuur, ondertussen gas terugnemend. Soepel maakt hij een halve cirkel. Door de fantastische vering is er niets te voelen van de hobbels in het pad.

'Nu stoppen,' zegt Bente.

'Waarom? Het gaat toch lekker zo?'

Hij rijdt door. Dit is een buitenkansje dat hij zich niet laat afnemen. Hij kijkt even naar Bente, maar die heeft haar blik strak naar voren gericht.

Na een paar minuten komen ze bij de asfaltweg.

'Je gaat nu toch wel terug, hè?' vraagt Bente.

'Ja, maar ik moet even ergens keren.' Hij doet de richtingaanwijzer aan en gaat rechtsaf de weg op. Iets verder linksaf is de straat naar het dorp, maar het is te gewaagd om die kant op te rijden. Drukte, mensen, misschien politie. Het liefst blijft hij daar zo ver mogelijk bij vandaan. Hier moet ergens een oprit zijn waar hij de auto zou kunnen keren. Hij gaat langzamer rijden en schrikt zich een ongeluk als er achter hem plotseling wordt getoeterd. Een cabrio met twee mannen erin passeert hem. De ene man steekt zijn middelvinger op.

'*Asshole*,' fluistert Fedor. '*Fucking asshole*.' Zijn knieën beginnen een beetje te zwabberen en zijn bezwete handen glijden bijna van het stuur.

'Nu moeten we echt terug.' Er klinkt iets bozigs door in Bentes stem. Misschien heeft hij het allemaal verknald, terwijl dit ritje juist bedoeld is om indruk op haar te maken.

'Ja, ja,' zegt hij gehaast. 'Kijk, hier.' Hij rijdt voorzichtig de oprit naar een villa op. Nu langzaam achteruit. Het lukt hem niet om de versnelling in de achteruitstand krijgen. Er kraakt iets diep in de auto. Bij een volgende poging slaat de motor af.

'Wat is er?' vraagt Bente.

'Niks… *no problem*.' Hij draait het contactsleuteltje heen en terug. De motor slaat aan. Versnelling in zijn achteruit, langzaam de koppeling laten opkomen… Hij oefent weer met zijn vader op dat immense parkeerterrein… het stuur met de klok mee. Rustig blijven, houdt hij zich voor. Hij draait de weg op.

Dan is er plotseling, als uit het niets, fel licht en vlak daarna een harde klap en een vreemd, schrapend geluid. Fedor en Bente zitten als verlamd in de auto.

Fedor weet niet hoe hij bij het parkeerplaatsje aan het eind van het pad naar zee gekomen is. Bente heeft aan één stuk door zitten huilen. Misschien zijn ze bij elkaar een klein kwartier weggeweest.

'Hij reed veel te hard,' zegt Fedor voor de zoveelste keer, maar het is net of Bente niets hoort. 'Teringhard. Ik zag hem niet. Plotseling was-ie er.'

Ze staan weer op het parkeerplaatsje. Zijn idee: de auto terugbrengen waar ze hem gevonden hebben.

Hij pakt zijn zakdoek en veegt het stuur schoon. Zelf is hij verbaasd dat hij daaraan denkt. Dan stapt hij uit. Bente blijft zitten, als versteend. Ze zit te rillen, terwijl de temperatuur tegen de dertig graden moet zijn. Alsof de zomerse warmte de nacht in bezit heeft genomen. Er hangt nu een zware wolk voor de maan, die mogelijk ander weer aankondigt.

'Kom, we moeten weg. Ze kunnen elk ogenblik terugkomen.' Fedor loopt om de auto heen, doet het portier open en trekt aan Bentes arm.

'We hadden iets moeten doen,' snikt ze.

Fedor schudt zijn hoofd. 'We konden niks doen. Hij was dood.'

'Maar misschien...' begint ze.

'Nee, echt. Hij had geen helm op. Als-ie een helm op had gehad, dan had-ie een kans gehad, maar nu niet.'

Alsof ze elkaar niet los kunnen laten, alsof ze hun omstrengeling niet op willen geven, lopen Hans en Angela naar de auto. Soms is het meer wankelen dan lopen, de nawerking van een erotische dronkenschap. Hans denkt even aan een bierreclame met de tekst 'Bier zoals bier bedoeld is'. Dit was seks zoals seks bedoeld is.

Nu valt zijn oog op de auto. Stom dat hij die niet heeft afgesloten. De lichten aan, het linkerportier open. Hij blijft staan.

'Wat is er?' vraagt Angela.

Hij voelt in zijn broekzakken. Nee, geen contactsleuteltje. Met grote passen loopt hij naar de BMW. Gelukkig, het zit nog in het contact.

'Is er iets?' Angela staat weer naast hem.

Hij stapt uit de auto en ze omhelzen elkaar. Aan de sterke

behoefte om iets te zeggen over wat er hierna kan gebeuren, geeft hij niet toe. Geen afspraken, laat staan verplichtingen. Hij leunt tegen de motorkap. Vreemd, die voelt warm aan. Misschien een gevolg van de hoge zomertemperatuur, die de motor maar langzaam laat afkoelen.

'We moeten gaan,' zegt hij.

Ze knikt.

Als ze een tijdje onderweg zijn, horen ze de sirene van een ambulance.

Zo'n honderd meter van haar huis zegt Angela: 'Zet me hier maar af.'

Hij probeert haar naar zich toe te trekken, maar met zachte hand weert ze hem af. 'Je moet weten wanneer je iets moet beginnen en je moet weten wanneer je iets moet afsluiten.'

'Je bedoelt dat...?'

Ze drukt de toppen van een paar vingers even tegen zijn mond en houdt ze daarna tegen haar eigen lippen. Bedoelt ze 'Mondje dicht'? Nog voordat hij het kan vragen, is ze al verdwenen.

Ruim vijf minuten later is hij thuis. Marjon is kennelijk al naar bed gegaan. Hij schenkt een whisky in, doet er wat ijsblokjes bij en gaat op het achterterras zitten. Als hij zijn ogen sluit, kan hij alles weer oproepen. Haar stem, haar geur, haar huid, haar seks. En dat allemaal gewoon buiten, in de open lucht, bijna exhibitionistisch. Misschien kreeg ze daar een kick van, dat ze iets durfde wat eigenlijk niet kon.

Als het glas leeg is, gaat hij naar binnen, sluit alles af en neemt een douche. Daarna doet hij zo zachtjes mogelijk de deur naar de slaapkamer open en schuift in bed. Marjon beweegt niet, geeft geen teken van leven.

Pas na een paar minuten – hij schrikt van haar stem – zegt ze: 'Laat geworden.'

'Ja... hier thuis nog iets gedronken.' Het klinkt als een onnodig excuus.

'Hoe ging het met hem?'

Het duurt enkele seconden voor hij beseft dat ze Ariejan bedoelt.

'O... redelijk. Welterusten.'

Ze buigt zich naar hem toe en geeft hem een zoen. 'Slaap lekker.'

Verrader, bedrieger, denkt hij erachteraan.

* * *

Fedor hoort een stukje Coldplay, pakt zijn mobiel en ziet de naam van Bente op het display.

'Heb je al iets gehoord?' vraagt ze.

'Je bedoelt over... over die man op die scooter?'

'Ja.'

Fedor schraapt zijn keel. 'Nee, ik heb er niks over gehoord, maar maandag zal er wel wat in de krant staan.'

'Ik vind dat we naar de politie moeten gaan,' fluistert Bente, zodat hij haar met moeite kan verstaan.

'Naar de politie?'

'Maar we zijn doorgereden na een dodelijk ongeluk. Dat is een... dat is een misdrijf.'

'Als we niks zeggen, weet niemand dat wij in die auto zaten.' En die man op die scooter kan het niet navertellen, denkt hij bij zichzelf, maar dat zegt hij niet.

Een ruisende stilte, die hij doorbreekt door haar te vragen of ze elkaar vandaag nog zien.

'Ik heb veel huiswerk,' zegt ze, 'en mijn moeder wil dat ik vanmiddag met haar meega naar m'n oma.' Dan volgt er een diepe zucht. 'Meestal gaat ze met m'n vader, maar die is dit weekend niet thuis.'

Er klinkt een knetterende donderslag. In enkele minuten is de lucht dichtgesmeerd met wolken in verschillende tinten donkergrijs.

'Het gaat regenen.' Fedor vindt het zelf een stomme opmerking. Vanuit het raam van zijn kamer ziet hij de eerste druppels vallen. Binnen enkele seconden klettert het van de regen en kan hij de overkant van de straat nauwelijks meer onderscheiden.

'Ik zie je maandag op school.'

'Ja, tot maandag.' Hij drukt een zoen op de hoorn, die ze niet beantwoordt.

Een half uur later leest hij een sms'je van haar: 'We moeten alles vertellen aan de politie.'

Hij sms't terug dat ze zich stil moeten houden. '*Please* Bente, geloof me.' En dan vijf kruisjes. Die ontbraken bij haar bericht.

***

Een paar keer heeft Hans gisteren op het punt gestaan om Angela te bellen, maar hij wist zich te beheersen. Dit was de beroemde onenightstand waar je altijd aan terug bleef denken. Zij misschien net zo goed. Geen herhaling, geen vervolg, dat was onmogelijk. Het was wreed, bijna onmenselijk, dat zo'n uur van opperste wellust en genot werd geneutraliseerd of weggevaagd door een eeuwig verlangen dat nooit vervuld zou worden. Was het dat waard geweest? Ja, meer dan dat. Toen Marjon in de keuken bezig was, belde hij Ariejan en vertelde in enkele zinnen wat hij de avond ervoor had gedaan. 'Tegen Marjon heb ik gezegd dat ik bij jou was.'

'Ik ben dus je alibi,' zei Ariejan.

'Ja, zo zou je het kunnen noemen.'

'Meneer Van der Berg... mijnheer Van der Berg!'

Hij schudt even zijn hoofd om de opgeroepen beelden kwijt te raken.

Nienke houdt de telefoon naar hem op. 'Ik heb hier de politie aan de lijn. Wilt u ze nu spreken of moeten ze later terugbellen?'

'Schakel maar door.'

Een paar klikken en daarna een opvallend hoge mannen-stem. 'Met Joris Bovenkamp. Spreek ik met mijnheer Van der Berg?'

Dat bevestigt Hans. Bovenkamp zegt dat hij van de regio-nale politie is. Die wil graag even langskomen en naar zijn auto kijken.

'Naar mijn auto? Waarom?' Het enige waar hij aan kan denken, zijn mogelijke sporen van Angela. Haren, een vleug parfum, een bandje of elastiekje.

'Over een half uur kunnen we bij u zijn. Is dat oké?'

'Natuurlijk.'

Nadat hij de telefoon heeft neergelegd, zegt hij tegen Nienke dat hij even weg moet. Hij loopt naar beneden en gaat naar buiten waar zijn BMW staat. Hij kijkt eerst in de auto. Ruikt, strijkt met zijn hand over de zitting van de stoel naast die van de bestuurder. Geen teken van Angela. Alsof het nooit is gebeurd. Daarna loopt hij om de auto heen. Verdom-me, hier aan de achterkant een forse deuk en een paar kras-sen. Van het rechterachterlicht is het glas gebarsten. Het is bijna alsof er iemand tegen zijn auto aan is gereden. Hier op het parkeerterrein? Nee, onmogelijk. Thuis heeft hij hem op de oprit gezet en daar heeft hij gisteren de hele dag gestaan. Eerder dan? Maar wanneer? En zou de politie daarvoor ko-men? De vragen tollen door zijn hoofd.

Op zijn werkkamer gaat hij weer achter zijn bureau zitten, pakt het dossier van de verbouwing in het winkelcentrum en probeert tevergeefs de begroting te doorgronden. De minu-ten slepen zich traag voort. Eindelijk is er een telefoontje van beneden. Of hij naar de receptie wil komen voor een mijn-heer Bovenkamp.

Bovenkamp geeft Hans een hand. 'Bovenkamp.' Zijn stem lijkt nu minder hoog dan over de telefoon.

'Van der Berg, aangenaam.'

'Zullen we meteen maar naar de auto gaan kijken?'

Bovenkamp loopt om de BMW heen en blijft peinzend bij de achterkant staan. Hij wijst naar de beschadigingen. 'Hoe komt dat?'

Hans haalt zijn schouders op. 'Ik denk dat er iemand tegenaan gereden is toen ik ergens geparkeerd stond. Ik heb het niet eerder gezien.'

Bovenkamp strijkt met zijn vingers over de lak en volgt het spoor van een paar krassen. 'Het lijkt vers.'

De regen zet een tandje bij. 'Zullen we naar binnen gaan?' vraagt Hans.

Het is of Bovenkamp hem niet heeft gehoord. 'U was zaterdagavond rond een uur of twaalf niet op de Harkemaseweg?'

'Zaterdagavond?' Bijna met geweld moet hij de neiging onderdrukken om weg te lopen. Wat er precies aan de hand is, weet hij niet, maar het moet iets ernstigs zijn. De politie komt niet zomaar voor een paar deuken of krassen naar een auto kijken.

'Ja, zaterdagavond. Op de Harkemaseweg hebben mensen toen een auto gezien, een BMW dacht iemand, die langzaam reed, voorzichtig, zoekend. Vlak daarna is er een man op een scooter tegen een auto gereden. Dood... waarschijnlijk op slag dood. Misschien tegen die BMW. We gaan nu voorlopig eerst alle BMW's in het dorp even na.'

Hans heeft het idee ook keihard ergens tegenaan te zijn gereden.

* * *

In de grote pauze zijn ze samen. 'Mijn moeder heeft het me verteld,' zegt Bente. 'Een man op een scooter, vierentwintig, waarschijnlijk op slag dood. Onze schuld.'

Hij merkt hoe ze tegen haar tranen vecht en slaat een arm om haar heen. Ze moeten nu de indruk maken van een stel dat bezig is om het uit te maken, maar misschien hebben andere leerlingen niets in de gaten. Hoewel, vooral meiden hadden een scherp oog voor zoiets.

'Helemaal niet onze schuld,' zegt Fedor. 'We reden daar gewoon op de Harkemaseweg. De lichten waren aan, en hij is keihard tegen die auto geknald. Echt honderd procent zijn eigen schuld.'

'Als we er niet gereden hadden, was er niks gebeurd.'

'Maar daarom is het nog niet onze schuld.' Hij is weer terug op die weg, stapt uit de auto, gaat kijken bij de man die half in de berm ligt naast zijn verkreukelde scooter. Dood... helemaal, finaal, absoluut, honderd procent dood. 'Die man reed als een gek... veel te hard.'

'Maar...' Bente slaagt er nu niet meer in om de tranenvloed te keren. Tussen de snikken door prevelt ze: 'We moeten echt naar de politie gaan.'

Zo'n tien meter verderop staat Viviana, Bentes beste vriendin, nieuwsgierig toe te kijken.

Achter Bovenkamp aan rijdt Hans de auto naar het politiebureau, 'voor nader onderzoek', zoals het heet. Een jonge agent brengt hem terug naar de zaak. Tegen Nienke zegt Hans dat hij naar een afspraak moet, dat hij niet gestoord wil worden en zijn mobiel uit zal zetten. Hij pakt een van de bedrijfsauto's en blijft enkele uren kriskras door het dorp en de omgeving rijden. Het regent nog altijd. In een lege uitspanning aan de rand van het duingebied probeert hij vruchteloos zijn gedachten op orde te krijgen, terwijl hij een cappuccino drinkt en een broodje kaas weg kauwt.

Tegen half vijf is hij terug op kantoor.

'Of u mijnheer Bovenkamp wilt bellen,' zegt Nienke.

Bovenkamp is kort van stof. Hans wordt op het bureau verwacht.

'Waarom?'

'Dat bespreken we straks wel.'

Opvallend dat Bovenkamp geen vervoer aanbiedt. Dat kan van alles betekenen. Hans belt een taxi, die pas na ruim een ellenlang half uur het bedrijfsparkeerterrein oprijdt. De chauffeur lijkt een gezellig praatje te willen maken over de weeromslag, maar Hans houdt het bij een paar korte, eenlettergrepige reacties.

Bovenkamp wordt gesecondeerd door een andere man, die zich voorstelt als Mulder. Die komt direct ter zake. Enkele verfschilfers op de verongelukte scooter zijn afkomstig van de BMW.

'Maar,' reageert Hans, 'er zijn toch veel meer donkergrijze BMW's?' Ondertussen denkt hij aan de sirene die hij hoorde toen hij Angela naar huis bracht.

'En die deuk en die krassen op uw auto, hoe zijn die dan veroorzaakt?'

Hans haalt zijn schouders op. 'Dat heb ik al gezegd. Iemand moet ertegenaan gereden zijn toen ik ergens stond geparkeerd. Een of andere aso die geen visitekaartje heeft achtergelaten.'

'Dat moet dan zeer onlangs zijn gebeurd, gezien de aard van de beschadiging en het feit dat u die niet eerder heeft opgemerkt.'

'Ja, misschien donderdag of vrijdag.'

Mulder herhaalt zijn woorden, maar met een intonatie die duidelijk maakt dat hij er niets, maar dan ook niets van gelooft.

De vraag komt. Hans wist dat hij zou komen. Waar hij zaterdagavond rond twaalf uur was geweest.

'Bij een oude vriend van me. Ariejan Langhuis.'

Ze noteren zijn naam en vragen adres en telefoonnummer. Direct nadat hijzelf hier vertrokken is, zullen ze Ariejan gaan bellen. Dan bedenkt hij dat ze hemzelf als verdachte misschien helemaal niet weg zullen laten gaan, dat hij naar huis kan bellen voor schoon ondergoed, een tandenborstel, tandpasta.

'Daar ging u dus op zaterdagavond naartoe, nadat u eerst op de receptie in het gemeentehuis bent geweest.'

Ze hebben kennelijk al wat huiswerk gedaan. 'Ja, Ariejan is een oude vriend van me. Zijn vrouw is onlangs overleden en hij zit vaak alleen.'

'En mijnheer Langhuis woont dus langs de Oude Peppelstraat.' Bovenkamp kijkt Hans veelbetekenend aan.

Binnen een paar seconden valt bij Hans het kwartje: de Oude Peppelstraat kruist de Harkemaseweg.

'Is er iets?' vraagt Marjon als Hans een borrel heeft ingeschonken, de krant heeft gepakt en in zijn favoriete stoel is gaan zitten.

Hij neemt een slokje. 'Nee, niks.'

'Je maakt zo'n... ja, wat zal ik zeggen, zo'n gepreoccupeerde indruk. Alsof iets je dwarszit.'

Hij besluit om het aan Marjon te vertellen, want morgen of overmorgen zou het in de krant kunnen staan. Hij doet het verhaal dat hij aan de politie heeft verteld. Over zijn bezoek aan Ariejan, de rit naar huis, dat er volgens hem niets gebeurd is, maar dat er een scooterrijder met aan zekerheid grenzende waarschijnlijkheid tegen de BMW geknald is. Op slag dood.

'Dat kan toch niet?'

'Maar het is wel gebeurd.'

Dan weet hij plotseling hóe het gebeurd is. Alsof een onzichtbare geest hem de waarheid influistert. Terwijl hij seks had met Angela, heeft iemand anders in zijn auto gereden. Toen is die scooter tegen de auto geklapt. De motorkap was nog warm, realiseert Hans zich nu. De kortstondige autodief moet de BMW weer hebben teruggezet in de hoop dat zo de eigenaar de schuld zou krijgen als de politie hem zou vinden.

Enkele 'godverdommes' rollen in fluistertoon over zijn lippen.

Marjon begint opnieuw te zeggen dat het niet kan, dat het een vergissing moet zijn.

'Ik wil er voorlopig niet meer over praten.'

Na de maaltijd, die in stilte verloopt, gaat Hans naar zijn werkkamer waar hij bijna nooit werkt, maar die hij als de geëigende plek beschouwt om zich terug te trekken.

Marjon komt koffie brengen. 'O, zit je hier?'

'Ja, dat zie je toch.'

Een excuus mompelend maakt ze zich uit de voeten. Hij zou aardiger tegen haar moeten doen, maar kan het niet opbrengen.

Nadat hij zijn koffie heeft opgedronken, belt hij Ariejan. Die meldt dat hij op het punt stond om Hans te bellen, omdat de politie net bij hem langs is geweest.

'En?' vraagt Hans.

'Ik heb het verhaaltje verteld dat jij me hebt gedicteerd, hoewel ik niet wist dat dat voor de politie bedoeld was.'

'Nee, dat was het ook niet. Het ging om Marjon. Als je haar zou tegenkomen, of zo.'

'En nu dus de politie. Wat heb je geflikt?'

Hans doet uit de doeken wat er aan de hand is. De BMW, de schade, de dood van de scooterrijder. 'En dat op de Harkemaseweg, niet ver van jouw huis, terwijl ik nota bene helemaal niet bij jou was!'

'Dat ga je ze toch niet vertellen, mag ik hopen.'

'Nou ja, het moet misschien wel. Anders hang ik.'

'En als ze weten dat je nooit bij me bent geweest, afgelopen zaterdagavond, dan ben ik de lul. Dan heb ik mooi een vals alibi ondersteund.' Hans hoort de bitse verontwaardiging in de stem van Ariejan. 'Medeplichtige… zoiets.'

'Natuurlijk niet. Jij kon toch niet weten dat het te maken had met dat ongeluk. Jij dacht dat het alleen maar om Marjon ging.'

'Maar ik ben er mooi klaar mee.'

Hans zucht. Hij weet niet meer wat hij moet zeggen. De hele toestand met alle lijntjes, betrokkenen en gebeurtenissen zit zo verknoopt in zijn hoofd, dat hij er geen woorden voor kan vinden.

25

Het blijft een tijdje stil, afgezien van de suizende ademhaling van de telefoonlijn.

'Nou ja, je moet maar doen wat je niet laten kunt.' Meteen hierna verbreekt Ariejan de verbinding.

Hans sluit even zijn ogen. Dan zoekt hij het privénummer van Angela. Ze moet open kaart spelen. Het kan niet anders. Wie weet welke gevangenisstraf hem boven het hoofd hangt als hij zich niet weet vrij te pleiten. Er is maar één persoon die hem kan helpen, afgezien uiteraard van de autodief, maar die zal zich nooit melden, daar is Hans van overtuigd.

Op een of andere manier zal Marjon het te weten komen. Ze zal eerst hysterisch kwaad worden, hij zal haar laten uitrazen, geen commentaar geven op aan diggelen gegooide serviesstukken, schuldbewust klusjes in en om het huis doen, en mettertijd zal haar woede wegebben.

Hij haalt de fles whisky, een glas en een bakje ijsblokjes van beneden. Marjon ziet hij nergens.

Na het eerste glas waagt hij het om Angela te bellen.

'Hallo,' klinkt een meisjesstem.

'Met Hans van der Berg. Ik zou je moeder graag willen spreken. Het is dringend.'

'Ik ga haar even zoeken.'

Hans ziet voor zich hoe een meisje met een draadloze telefoon in haar hand door het huis loopt. Hij hoort geklop op een deur. 'Mam… telefoon. Het is dringend.'

Er volgt kennelijk een reactie die Hans niet kan verstaan.

'Dat weet ik niet,' zegt het meisje. En iets daarna: 'Ik zal het vragen… Hoe heet u?'

'Hans van der Berg. Het gaat om een urgente kwestie.' Nu hij gewaagd heeft om op te bellen, wil hij Angela per se aan de lijn krijgen.

'Hans van der Berg,' herhaalt het meisje. 'Het gaat om een urgente kwestie.'

Hans hoort gestommel, en vlak daarna klinkt Angela's stem

in zijn oor. 'Wat is er? Waarom bel je terwijl ik net lekker in bad lig?'

Ze ligt in bad. Waarom vertelt ze zoiets? Misschien om hem weer aan haar lichaam te laten denken. Hij probeert zich te concentreren op de zaak waar het om gaat. Hij vertelt over het ongeluk, maar heeft de indruk dat ze al op de hoogte is. 'We moeten naar de politie gaan, liefst samen, en eerlijk vertellen dat we bij elkaar waren, en dat ik je later naar huis heb gebracht.'

'O ja? Is dat zo? Daar weet ik niks van.'

'Kom, Angela. Dat lege parkeerterreintje in de duinen. Je rende weg, ik ging je achterna en toen...'

'Jij beschikt over een rijke fantasie, zeg. Hebben we toen ook gevreeën, of zo?'

'Ja... heel heftig.'

'Dat heb je allemaal leuk bedacht op je eenzame jongenskamertje.'

'Nee, kom op, Angela. Wees eerlijk, we moeten...'

Ze verbreekt de verbinding. Hans kijkt naar het toestel alsof dat de schuld van alles is. Hij zou het op de grond willen gooien en stuk trappen. In plaats daarvan roept hij keihard: 'Kutwijf!'

* * *

Fedor ziet Bente na het laatste uur.

'Heb je het gelezen?' vraagt ze.

Hij knikt.

'Die man wordt dus verdacht, terwijl hij niets gedaan heeft.'

'Maar wij hebben ook niks gedaan,' zegt Fedor.

Ze legt een hand op zijn arm. 'Nee, maar we hebben die auto meegenomen. Als we dat niet hadden gedaan, dan...'

'Als... als... als,' onderbreekt Fedor.

'Ik houd het niet meer uit,' zegt Bente. 'We móeten het vertellen. Ik kan gewoon niet meer slapen. Het blijft door m'n

27

hoofd malen. Straks zit die man in de gevangenis, terwijl-ie onschuldig is.' Ze kijkt hem aan met grote ogen. 'Fedor, dat wil jij toch ook niet!'

'Dacht je dan dat ik naar de gevangenis wil?'

'Dat gebeurt heus niet als we eerlijk vertellen hoe het gegaan is.'

'Hoe weet je dat?'

'Ik denk 't. We kunnen het aan m'n moeder vragen. Die heeft rechten gestudeerd. Vroeger heeft ze een tijd op een advocatenkantoor gewerkt, voor ze de politiek in ging. Ja, laten we het haar vragen. Vanmiddag om een uur of half zes is ze wel thuis, denk ik. Kom je dan langs?'

Fedor twijfelt, maar Bente kijkt hem aan met zulke grote, liefdevolle ogen dat hij zichzelf er bijna in kwijtraakt. 'Ja, misschien is dat het beste.'

Ze trekt zijn hoofd naar zich toe en zoent hem vol op zijn mond.

Bente kijkt met verbaasde blik naar haar moeder.

'Nee,' zegt die, 'ik zou het niet doen.'

'Niet alles eerlijk vertellen?' vraagt Bente.

'Nee, dat lijkt me niet handig, vooral voor Fedor niet.' Bentes moeder maakt een gebaar in zijn richting. 'Hij heeft zonder rijbewijs op de openbare weg gereden, dat is op zich al een zware overtreding. Daarna heeft hij een ongeluk veroorzaakt en...'

'Niet veroorzaakt,' brengt Bente in.

Maar haar moeder lijkt dat niet te horen. 'En is weggereden van de plaats van het ongeluk zonder politie of hulpdiensten te waarschuwen. Nou, ik weet niet wat de rechter daarvan zal vinden, maar ik neem aan dat hij Fedor... en ook jou... daar niet mee zal feliciteren.'

'Maar mam, dat is toch niet eerlijk!'

'Eerlijk... eerlijk... soms is het leven nou eenmaal niet helemaal eerlijk. Is het dan eerlijk dat Fedor het komende jaar en misschien ook het jaar daarna geen eindexamen kan doen omdat een of andere scooterrijder zo stom is geweest om keihard tegen de achterkant van een auto te rijden?'

Bente staart naar beneden alsof ze op de grond het antwoord op deze vraag denkt te vinden.

'Nou, is dat eerlijk?'

Langzaam schudt Bente haar hoofd.

Het blijft een tijdje stil. Daarna praten ze wat over school, het jaar dat nog maar pas begonnen is, de schoolonderzoeken die er al snel aan komen. Als het bijna half zeven is, zegt Fedor dat hij naar huis moet.

Hij staat op en geeft Bentes moeder een hand, opgelucht, bijna vrolijk. 'Dank u wel, mevrouw.'

Ze kijkt even naar Bente en zegt dan tegen Fedor: 'Voor jou ben ik toch geen mevrouw? Je mag gerust Angela zeggen.'

Patrick de Bruyn

Hitte

Een kleine klinknagel steekt opzij door haar bovenlip. Het meisje staat voor Ruth aan de kassa van de supermarkt, met alleen een XL zak chips op de band. Ze wiebelt van haar ene been op het andere en kijkt opgefokt achterom.

Een kind nog, stelt Ruth vast, te bloot onder een te kort rokje en een te krap topje. Alleen haar gezicht zit goed verborgen achter een zonnebril die, net als haar pose, nog een maatje te groot voor haar is.

De bejaarde vrouw voor haar aan de kassa schikt haar boodschappen traag en zorgvuldig in een draagtas. De caissière wacht af om af te rekenen. Het meisje zucht hardop en gaat, met haar armen achteruit, demonstratief tegen de roestvrijstalen reling hangen. Ze friemelt onafgebroken met haar tong aan de klinknagel aan de binnenkant van haar lip.

Ruth ziet hoe haar zoontje lui achterover ligt in het kinderstoeltje van de winkelkar en ernaar kijkt. Die glimmende klinknagel met het vergulde kopje beweegt in het gaatje in de lip als de kop van een stram wormpje dat met alle geweld uit die mond weg wil. Ruth wil er liever geen wijzend vingertje naar hebben, en leidt met een zoen de aandacht van haar zoontje af: 'Gaat Matthias mama straks helpen met de boodschappen in de kar laden?'

Hij knikt, maar kijkt direct weer achterom. Ruth vraagt zich af of het wormgaatje ook lekt als het meisje drinkt. Van

31

een wodka-jus die een veel te ervaren knul haar trakteert, bijvoorbeeld.

Het meisje stuift weg nog voor haar kassabon afgedrukt is. Ruth laadt haar gescande boodschappen in. Ze reikt Matthias het onbreekbare spul aan, dat hij plichtsgetrouw in de kar laat vallen.

'Flink zo, Matthias.'

Zijn neus krult.

Ruth betaalt met haar pinkaart en duwt de kar door de automatische deuren. De helwitte hitte buiten overvalt haar als een schelle toon die haar zintuigen verdooft. Ze zou zo weer achteruit de winkel willen inrijden.

Het is bijna middag, nog niet eens het heetst van de dag, en toch brandt het asfalt door de dunne zolen van haar ballerina's. Ze haast zich over het parkeerterrein. Ze wil Matthias zo gauw mogelijk uit de zon hebben. Hij kan niet zo goed tegen de warmte.

Ze opent haar auto. De hitte walmt uit het interieur. Ze gaat met één been in de auto zitten en start de motor. Ze zet de airco op de koudste en de ventilator in de hoogste stand, komt snakkend naar lucht weer overeind en sluit de deur. Ze weet dat het snel afkoelt.

Ze rijdt de winkelkar achter de auto, laadt haar boodschappen in de kofferbak en klapt het deksel dicht. Ze aait Matthias door zijn haar, dat al klam aanvoelt.

'Jongen, jongen, nu is het toch wel écht warm, hè!'

'Mats drinken,' zegt hij.

'Ja, natuurlijk, jij hebt dorst, hè jongen,' antwoordt ze. Maar ze heeft geen water bij zich. Heeft het ook niet gekocht. 'Ik had eraan moeten denken. Thuis krijg je direct je bekertje, jongen.' Thuis is nog geen vijf minuten met de auto daarvandaan.

Ze tilt Matthias uit het kinderstoeltje van de winkelkar. Het lijkt haar of hij al slapjes in haar armen hangt, als een jong plantje dat niet genoeg water krijgt.

32

'Kom, in de auto zal het nu al frisser zijn.'

Ze opent het achterportier. De airco heeft al goed gewerkt. Ze maakt Matthias in zijn kinderzitje vast.

'Mama is gauw terug, hoor. Mama brengt de kar weg en dan gaan we naar huis. Daar kunnen we drinken.'

Hij knikt.

Ze slaat de autodeur dicht. Ze kijkt door het raampje en glimlacht naar hem. Hij zwaait naar haar. Ze zwaait terug. Ze ziet hoe hij naar haar lacht en 'Mama!' zegt.

Ze duwt de handtas die om haar schouder hangt op haar rug en haast zich naar de ingang van de winkel om haar karretje weg te zetten. Ze haalt haar muntstuk uit het muntjesslot en loopt terug naar haar auto. Gauw naar huis.

Die verlammende hitte duurt nu al dagen. Vrienden die naar het Zuiden zijn verhuisd, vertelden het haar: wat na een tijd gaat tegenstaan is de zon. Elke dag alleen maar zon. Je gaat soms verlangen naar dat onvoorspelbare weer van de Lage Landen ertussendoor. Opstaan met regen. Heerlijk.

Ze is in gedachten nog bij het frisse buitje, als ze opnieuw bij de plek komt waar haar auto stond. Waar zij dácht dat haar auto stond. Of zou moeten staan. Of had gestaan. Want haar auto… is er niet meer! Er is alleen een lege parkeerplaats.

* * *

Ze gelooft het niet. Ze vraagt zich af: komt dit nu door de hitte? Een fata morgana, maar dan omgekeerd? Is ze de verkeerde kant op gelopen? Nee, ze zit juist. Haar auto heeft wel degelijk op deze plek gestaan. In dit parkeervak. En nu staat hij er niet meer.

En na die eerste ontreddering moet ze toegeven aan de misselijkmakende vaststelling: Matthias is verdwenen!

Ze voelt een kramp in haar buik.

Is dit een grap? Dit móet een grap zijn. Een zieke en misplaatste grap weliswaar, maar iemand wil haar van streek brengen. Haar auto staat vast wat verderop geparkeerd. Met Erik erin, haar man, die ze daartoe wel in staat ziet, bedilzuchtig als hij is. Ja, natuurlijk heeft ze de sleutels in het contact gelaten, maar dat doet ze anders nooit. Nooit. Nooit! Maar nu, met deze hitte, voor de airco, voor Matthias.

Matthias, waar ben je, jongen?

Haar maag trekt weer samen.

Ze kijkt reikhalzend om zich heen. Het parkeerterrein staat vol trillende carrosserieën. Ze gaat op haar tenen staan. Heeft ze nu net die ballerina's aan. Ze gaat op een boordsteen staan, maar meer ziet ze niet. Het lijkt of er geen levende ziel op het parkeerterrein rondloopt. Is er dan echt niemand die iets heeft gezien?

Ze duikt in haar handtas, rommelt erin, haalt haar mobieltje eruit en toetst het nummer van Erik in. Ze ratelt: 'Erik! Waar ben je? Heb jíj mijn auto genomen?'

'Hè?' Dan stijfjes: 'Ik zit wel in een meeting, hè.'

Natuurlijk, zijn standaardantwoord, hij zit gewoon op kantoor, en daar gaat haar hoop, als lucht uit een wegschietende ballon. Erik heeft hier niets mee te maken.

Ze probeert diep in te ademen, maar dat lukt niet, ze krijgt niet voldoende lucht. Haar hart gaat tekeer. Ze begint te beven. Ze duwt haar mobiele telefoon tegen haar oor, om het schudden van haar hand tegen te gaan. Haar oksels prikken van de transpiratie.

'Wat is er dan?' Hij klinkt nog altijd gereserveerd.

'Ik... de auto, mijn auto is weg...' Ze wacht een kort moment. Durft het haast niet meer te vragen. Bang voor de ontgoocheling. 'Weet jij hier meer van?'

Ze houdt haar adem in. Het blijft even stil, dan: 'Ik? Hoe dan? Begin eens van voren af aan, ja?'

'Mijn auto is weg en Matthias zit erin!' schreeuwt ze. 'Iemand is er met mijn auto vandoor en ze hebben Matthias meegenomen! Begrijp je dat dan niet? Ik dacht nog dat jij...'

Haar uitval gaat over in fluisterend gekerm. 'Ik hóópte dat jij hier achter zat.'

'Ik? Maar enfin, zeg... Blijf rustig...'

'Rustig? Hoe kan ik rustig blijven? Matthias is ontvoerd!' schreeuwt ze.

'Hoe is dat gebeurd? Hoe heeft dat kunnen gebeuren?'

Het klinkt beschuldigend, beweterig. Ze had niet anders verwacht. Maar dat doet er nu niet toe. Natuurlijk is het haar schuld, maar...

'Alsof dat nu belangrijk is! Ik hang op, ik bel de politie.'

Ze hoort hem nog iets zeggen als: 'Heb je dat dan al niet?' Maar ze verbreekt de verbinding en houdt haar trillende vingers krampachtig om de telefoon geklemd. Haar handpalm is vochtig. Alsof hém zoiets nooit kan overkomen. Ze houdt haar tanden op elkaar geklemd. Anders klappertandt ze. Ze denkt na. Matthias. De politie. Nu meteen.

Het nummer van de politie?

Ze tikt de drie cijfers in en plots klinkt heel dichtbij het gebrul van een motor die in de hoge toeren wordt gejaagd. Ze kijkt op. Het dringt niet onmiddellijk tot haar door, maar dan toch: daar rijdt hij. Haar auto. Matthias! Matthias is terug. Plots valt de gruwelijke onzekerheid weg. Ze voelt zich uitgelaten. Maar tegelijk groeit onstuitbaar de angst voor de nieuwe dreiging, als ze ziet wie aan de passagierszijde door het open raampje van haar auto hangt. Ruth maakt aanstalten om naar de auto toe te lopen, maar het meisje met de gouden piercing roept: 'Blijf daar!'

Haar bleke, blote arm hangt uit het raam en ze onderstreept de twee woorden met een pulserende beweging van haar hand, waarbij haar pink en wijsvinger naar Ruth priemen. Alsof ze haar vanaf die afstand een stroomstoot zal geven.

Ruth is niet onder de indruk. Ze loopt naar haar auto.

'Blijf staan!' Het meisje is al minder zelfverzekerd.

'Ik wil mijn kind terug!'

Plotseling geeft de bestuurder een dot gas en de auto schiet

vooruit, weg van haar. Ze wil gillen! Ze heeft niet eens kunnen zien of Matthias er nog in zit. Ze wil de auto achterna-
rennen, maar hij remt weer af en blijft grommend staan. Ze
sluipt er traag naartoe. Als ze op enkele meters is genaderd,
rijdt hij weer weg. Ze gaat nog trager sluipen. Het meisje aan
de passagierszijde draait zich uit het raampje naar haar om:
'Heb je de politie gebeld?'
    Ze schudt van nee.
    'Je hebt net wél gebeld!'
    'Met mijn man!'
    Het hoofd van het meisje gaat weer naar binnen. Plots rijdt
de auto in volle vaart achteruit. Ruth moet tussen twee gepar-
keerde auto's wegspringen. Hij blijft stilstaan met de achterdeur op haar hoogte. Ze grijpt bliksemsnel naar de handgreep.
    Het meisje hangt nog uit het raampje: 'Instappen!'
    'Wat?' Ze rukt de achterdeur open en kijkt in de auto.
Matthias zit daar nog.
    'Mama,' zegt hij, opgelucht, net als zij.
    Ze leunt voorover, met een knie op de bank, tot ze bij hem
kan.
    'Kom, jongen, je moet niet bang zijn. Kom bij mama.'
    Op dat moment schiet een tengere meisjeshand met een
glimmend mes voor haar ogen. Ze blijft er een fractie van een
seconde onbeweeglijk naar kijken.
    De stem van het meisje is ijzig: 'Instappen, zei ik...'
    'Ik wil mijn kind terug!'
    '*Shut up!*'
    De hand met het mes schiet naar Matthias. Ruth gilt. De
punt van het mes prikt in zijn T-shirt. Matthias begint te huilen. Van haar gegil, allicht. Ruth duwt de hand met het mes
ruw weg en houdt haar handen afwerend voor Matthias.
    Het mes zwaait opnieuw voor haar ogen. Ze is doodsbang.
    'Oké, oké,' zegt ze zacht. Ze heeft geen keuze. 'Niet zenuw-
achtig worden. Ik stap in. Maar doe alsjeblieft dat mes weg,
ja?'

Ze gaat zitten en trekt het portier dicht. Ze kruipt dicht tegen Matthias aan. Ze zoent hem.

'Niet bang zijn, jongen.'

De auto schiet er met slippende banden vandoor. Hij rijdt weg van het parkeerterrein, de stad uit.

'Mats drinken...'

Ze legt haar hand op zijn armpje en geeft hem nog een zoen. Ze kijkt op. Het meisje leunt tegen de deur. De chauffeur is een jonge kerel, ook met een zonnebril op. Verder kan ze hem niet zo goed zien.

'Waar rijden jullie met ons naartoe?'

Geen reactie.

'Wat willen jullie dan?'

Het enige waar ze aan kan denken, is hier wegkomen. Ze merkt dat ze in de richting van de snelweg rijden. Als ze eenmaal op de snelweg zijn, is het te laat.

'Laat ons híer uitstappen. Nu meteen!' Ze laat het dwingend klinken, en ongeduldig. Vooral niet hopeloos, denkt ze, maar haar hart gaat in *overdrive*. 'Waarom moeten wij mee? Jullie kunnen niets met ons beginnen. Jullie krijgen alleen maar last met ons.'

Geen reactie. Ze zijn teruggekeerd om haar mee te nemen. Waarom?

'Ik wil niet weten waar jullie naartoe gaan met mijn auto, of wat jullie er nog mee willen doen, maar laat ons erbuiten. Ja? Ik neem mijn kind mee, en jullie nemen de auto. Ik kom wel thuis. Dat is een faire deal, toch?'

Maar ze rijden de snelweg al op.

'Mama!' Hij kijkt haar smekend aan. '...Mats drinken.'

Zíj wil voorlopig niet gaan smeken: 'Horen jullie dat niet? Hij heeft dorst. Al de hele tijd. Ik heb niets om te drinken bij me voor hem. Jullie moeten halt houden bij een tankstation, waar ik een flesje water voor hem kan kopen. Evian, dat is wat hij...'

'Wil je nou wel eens eindelijk je kop houden, trut!'

37

De kerel achter het stuur legt haar brutaal het zwijgen op. Ze maakt hem dus nerveus. Dat is niet eens zo slecht. Misschien gooit hij hen van ergernis wel uit de auto. Alleen, dat mes is natuurlijk levensgevaarlijk. Waar is het meisje ermee gebleven? In elk geval lijken ze geen andere wapens bij zich te hebben. Anders hadden ze er vast al mee gezwaaid.

'Ja, maar ik móet ergens een fles Evian kopen. Hij móet te drinken krijgen. Anders gaat hij huilen, en uitdrogingsverschijnselen vertonen. En als de politie jullie dan oppakt...'

Ze praat voort in op het meisje dat haar, nu half naar achteren gedraaid, aankijkt: 'Weet je welke straf daarop staat?'

Geen antwoord, maar het meisje wacht aandachtig af. Ruth hoopt op een barstje in haar stoere schild.

'Wel, dan worden jullie beschuldigd van het niet verlenen van hulp aan personen in nood. Weten jullie wel wat voor een straf daarop staat? En zo'n kind gaat al gauw onomkeerbare...'

De auto slingert bruusk naar rechts.

Ruth belandt boven op Matthias. Die begint te huilen. Als ze weer overeind komt, ziet ze dat de chauffeur het parkeerterrein van een tankstation oprijdt.

Hij heeft het begrepen, denkt ze. Ze troost Matthias. 'Rustig, jongen, rustig. Mama neemt je gauw mee. Kom.' Ze wil de gordel van zijn kinderzitje al losmaken.

De chauffeur remt hard en houdt halt naast een uitgestrekt grasveld, dat nog ver verwijderd is van de gemarkeerde parkeerplaatsen en nog verder van het tankstation en de kiosk.

De kerel stapt vloekend uit, komt naar de achterdeur en trekt die open.

Ruth blaft hem toe voor hij iets tegen haar kan zeggen: 'Moet ik met mijn kind dan tot ginder lopen, misschien?'

'Hou je kop!' tiert hij en hij geeft haar met zijn vlakke hand een klap in haar gezicht. Haar hoofd knikt opzij alsof het los gaat komen van haar nek. De arrogante trek om haar mond wordt een grimas van pijn. Ze schreeuwt het uit.

Maar hij houdt niet op: 'Hou je kop! Hou nu eindelijk eens je kop, zeg ik! Trut!'

Hij geeft haar nog een venijnige klap met de rug van zijn hand tegen haar andere wang. Haar kaakgewrichten knerpen. Haar gezicht staat in brand. Ze betast het, terwijl ze haar andere arm beschermend over Matthias houdt. Die is gaan krijsen. Ze kijkt naar haar hand. Haar neus bloedt. Ze zoekt in haar tas naar een papieren zakdoekje.

Daar gaat dus haar stiekeme hoop dat ze met twee sulletjes te maken heeft die ze kan overbluffen.

'En ga jij mij zeggen wat ik moet doen?'

Daarbij zwaait hij woest naar haar, priemend met zijn pink en wijsvinger, net als het meisje.

'Het is je eigen stomme schuld verdomme dat je hier zit, trut! Met dat kind in de auto te laten. Wie laat er nu een kind alleen achter in de auto?'

Ruth houdt het papieren zakdoekje tegen haar neus en sust Matthias.

De schoft loopt naast de auto heen en weer, te opgefokt om stil te blijven staan. De deuren aan de bestuurderskant staan open. Alle koelte is uit de auto weggestroomd. Ruth proeft de uitlaatgassen van de snelweg die, samen met lome hitte, het interieur benauwend snel opvullen. Ze voelt zich draaierig worden. Ze haalt het papieren zakdoekje van haar neus weg. Het bloeden lijkt gestelpt.

De schoft houdt plotseling de pas in en bonst met beide vuisten op het dak. Hij vloekt hartgrondig.

Matthias schrikt ervan en gaat weer huilen. Ruth aait hem door zijn haar. Het plakt in sliertjes tegen zijn hoofd.

'Wat een fokking klotetoestand!' Hij bonst nog een keer met zijn vuisten op het dak. 'En laat dat kind verdomme ophouden!'

Ruth vindt het geen gunstige ontwikkeling dat de ellendeling zijn aandacht naar Matthias verplaatst. Ze vreest dat hij zijn frustratie op het kind zal afreageren. Ze haalt Matthias uit zijn kinderzitje en neemt hem beschermend op haar schoot. Hij zwijgt. Hij is moe. Misschien gaat hij wel slapen, het is tenslotte bijna tijd voor zijn middagslaapje. Ze wil hoe dan ook bij deze gangsters vandaan. Ze probeert nog maar eens een andere aanpak.

'Matthias vergaat van de dorst,' zegt ze zacht en op neutrale toon. 'Het duurt niet lang meer of hij verliest het bewustzijn. Kijk maar, hij hangt al helemaal slap in mijn...'

De overvaller stoot een kefferig lachje uit: 'Ach mens, hou toch op. Zal ik bang worden? Moet ik me je lesje herinneren? Over hulp verlenen en zo? Wat denk jij wel dat ik ben? Achterlijk, of wat? Denk eens na, zeg.'

'Ja?'

'Ik heb dat mormel wel teruggebracht, hè! Ik was al een heel eind weg.'

'Ík had hem wel direct gezien, hè!' reageert het meisje verbolgen.

'Maakt dat wat uit? Ik had dat mormel ook gewoon uit de auto kunnen zetten, hè. Maar ja, dán had ik een boete kunnen krijgen... voor sluikstorten.' Hij stoot opnieuw dat keflachje uit.

Ruth hoort het meisje zacht zeggen: 'Maar ík zei wel dat je dat niet kon doen, hè...'

Het ene moment lijkt hij een gewone jongen, het andere moment reageert hij als een agressieve gek. Eén verkeerd woord kan fatale gevolgen hebben, beseft Ruth.

'Ben je daarom naar het parkeerterrein van de supermarkt teruggereden? Om mij te zoeken? Om mijn kind terug te geven? Zíj wist hoe ik eruitzag.'

'Ik kan me niet indenken voor welke andere fokking reden ik zou zijn teruggekeerd.'

'Maar waarom moest ik dan mee?'

'Een briljante ingeving van mij: zolang jij met ons in je auto zit, staat hij niet als gestolen gemeld.'

'En hoe lang denk je ons nog zo te gijzelen?'

'Gijzelen? Noem jij dat gijzelen? We gaan gewoon samen, met z'n allen, naar zee.'

'Naar zee? Dat is honderd kilometer hiervandaan! Nee, laat ons nu gaan. Mijn zoontje heeft water nodig. Alsjeblieft.'

'Ik denk erover na.'

Dat is al geen radicaal nee. Het meisje met de gouden piercing eet van haar chips. Ruth concentreert zich op hem. Ze wil de indruk wekken dat ze zich voor hem interesseert.

'Waarom wilde je mijn auto eigenlijk hebben?'

'Om naar zee te rijden. Dat zei ik al.'

'Moest je daarom een auto stelen?'

'Lénen! Een auto lénen! Het is goedkoper dan de trein.'

'Ja, als je niet zelf de benzine hoeft te betalen.'

Hij haalt zijn schouders op.

'Maar steel jij een auto, gewoon als je ergens naartoe wilt?'

Ze kijkt naar hem tegen het zonlicht. Zijn gezicht is een donkere vlek, maar het lijkt of hij het met enige trots zegt: 'Natuurlijk.'

Ze wacht tot hij de stilte opvult.

'Ik slenter wat rond over parkeerterreinen. Alleen waar geen bewakingscamera's in de buurt zijn, natuurlijk.'

'Niet iedereen laat zijn auto met draaiende motor achter?'

'En al zeker niet met een kind erin!'

Touché.

'Ik hoef nooit lang te wachten. Er is altijd wel een oma die haar auto vergeet af te sluiten. Oma's hou ik altijd goed in de gaten.'

'Oma's?' vraagt ze ontzet. 'Zoals je mij in het oog hield?'

'Jij was niet echt een target.'

Op een zekere manier voelt ze zich opgelucht.

'Toen je de winkelkar terugbracht, wandelde ik langs je auto, en ik hoorde de motor draaien…'

'Zo zou ik het ook kunnen.'

'Ja, het is soms nog een klus om de motor gestart te krijgen.'

'En je bent nooit tegen de lamp gelopen?'

Hij kijkt haar nu echt uit de hoogte aan: 'Nooit! Daarbij, ik ben geen dief.'

Ze antwoordt niet.

'Ik leen 'm even en dan laat ik 'm gewoon weer achter. Ik verkoop 'm niet of zo, hè.'

'Ja, precies.'

Hij recht zijn rug. 'Oké, geef me je mobieltje!'

'Wat?'

Hij houdt zijn hand open: 'Heb je me niet gehoord? Geef me je mobieltje!'

'Waarom dan?' Ze klinkt onthutst. 'Ik kán toch helemaal de politie niet bellen zolang jullie...'

'Ik hou je mobieltje bij me terwijl jij naar de kiosk gaat om een fles water.'

'Wat?'

Dat komt uit twee monden tegelijk. Ook het meisje reageert verbaasd op die plotselinge koerswijziging.

'Ik heb nagedacht. Je loopt vanhier naar de kiosk en je haalt water. Maar ik kan het niet hebben dat je met je mobieltje de politie waarschuwt.'

'Dan kan ze voor ons ook wat meenemen,' zegt het meisje.

'Yep, een sixpack, ijskoud.'

Ruth geeft hem haar telefoon.

'En zet maar uit je hoofd dat je dáár de politie kunt bellen. We houden je in de gaten.'

Matthias slaapt in haar armen. Ze maakt aanstalten om met hem uit te stappen.

'En wat denk je wel dat je met hem gaat doen?'

'Hij is nu rustig,' zegt ze zacht. 'Ik neem hem met me....'

'Vergeet het! Hij blijft hier!'

'Wat? Geen sprake van!'

'O nee?'

'Nee! Vergeet jíj het maar dat ik hem bij jullie achterlaat.'

Hij pauzeert even en gaat dan rustig verder: 'Oké, jij je gelijk. Dan geen water...'

'Als jullie hem weer ontvoeren...'

'Ontvoeren? Ben jij werkelijk achterlijk of doe je maar alsof? Omdat ik met dat mormel niets te maken wil hebben, daarom sleep ik jou nu ook achter me aan. Begrijp je dat dan niet?'

Het klinkt aannemelijk, maar is het de waarheid?

'Kijk eens om je heen. Waar zou je naartoe rennen met hem? Land hier, snelweg daar. En wees maar zeker: geen enkele chauffeur staat te trappelen om een chick met een blèrend kind een lift te geven.'

Deze discussie voortzetten heeft geen enkele zin, beseft ze. Ze is er niet gerust op, maar ze kan niets anders doen dan het risico nemen: het is dit of helemaal geen water voor Matthias. Heimelijk hoopt ze dat ze Matthias met zijn zitje hier in het gras zullen achterlaten en weg zullen rijden terwijl zij om water is. Ze maakt Matthias voorzichtig weer vast in zijn autozitje. Hij blijft doorslapen.

Ze glijdt erlangs om uit te stappen. De ellendeling reikt haar elegant een hand. Ze negeert hem. Ze komt overeind in de verschroeiende zon. Ze hangt haar handtas over een schouder. Als ze langs hem loopt, houdt hij haar bij haar arm vast. Hij draait zich naar haar toe en zegt zacht: 'Weet je dat ik je een echte MILF vind?'

Ze denkt: 'In je dromen', en loopt kalm door. Hij zou niet zien dat ze doodsbang is.

'Jupiler!' roept hij haar nog na. 'IJskoud!'

De weg naar de kiosk is lang, en ze haast zich niet. Ze moet een plan beramen. Erik heeft ongetwijfeld de politie al gebeld. Maar het is vreemd dat hij haar nog niet heeft teruggebeld. Ze moet nu zelf de politie zien te waarschuwen. Hun zeggen waar ze nu is. Maar hoe? Matthias mag absoluut geen enkel gevaar lopen.

Het is een kleine supermarkt, met airco. Ze krijgt het plotseling koud in haar klamme kleren. En ze denkt aan haar arme Matthias in de hete auto. Ze telt vier klanten. Zélf bellen? Iemand zijn mobiele telefoon vragen? Dat kunnen ze van buiten zien. De man aan de kassa zit achter glas, allicht kogelwerend. Ze neemt een fles Evian. Ze loopt ermee naar de kassa. De man beduidt haar dat ze de fles verder, binnen het scannerveld, moet neerzetten. Ze schudt het hoofd: 'Nee, ik moet nog wat anders hebben. En u moet iets voor me doen,' vervolgt ze gejaagd. 'U moet de politie bellen!'

De man kijkt haar uitdrukkingsloos aan.

'Hebt u mij begrepen? De politie opbellen, ja? Nu!'

Hij blijft haar onverstoorbaar aankijken.

'Moment! Ik kom zo terug,' zegt ze. 'Ze mogen niet zien dat ik met u sta te praten.'

Ze loopt naar de koelkasten, haalt er twee blikjes Jupiler uit en loopt terug naar de kassa. Ze gaat schuins staan, zodat haar gezicht van buitenaf niet te zien is: 'U moet de politie waarschuwen. Ze zitten in de rode auto, helemaal achteraan op het parkeerterrein.' Ze rolt met haar ogen. 'Ze houden mij in het oog.'

Hij kijkt de andere kant op. Ze gaat door: 'Ze gijzelen ons. Mijn zoontje zit nog in de auto. Ze hebben ons ontvoerd. Begrijpt u? U moet de politie bellen. Moment...'

Ze loopt weer naar de koelkasten, neemt in elke hand nog een blik en loopt terug naar de kassa. Er staat ondertussen een andere klant af te rekenen.

'U móet het doen! Dit is écht géén grap...'

Uit de luidspreker onder het kogelwerende glas klinkt zijn stem vervormd, lijzig en uitermate verveeld: 'Ziet u niet dat ik bezig ben?'

Hij denkt vast dat ze aangeschoten is – dat kan met dit weer – en een nieuw voorraadje bier aanlegt.

'Ja, maar u moet dóen wat ik zeg!'

De andere klant kijkt haar fronsend aan.

'U móet het doen. Ik weet niet wat ze allemaal nog...'

Maar ze komt niet verder. Achter haar klinkt de hartverscheurende gil van een kind. Ruth draait zich met een ruk om. Ze heeft de stem herkend.

Haar twee ontvoerders stormen de supermarkt binnen. Ze hebben nu allebei een muts op. Het meisje met de piercing sleept Matthias mee aan een arm. Ze houdt haar andere arm voor zich uit gestrekt. Haar hand is omzwachteld met het dekentje dat altijd in het kinderzitje ligt. Uit het dekentje steekt een loop. Ze hadden dus toch een wapen bij zich. Ze wil naar Matthias rennen, maar dan ziet ze hoe de andere gangster op haar komt toegelopen. Hij grijpt haar bij een arm vast en wringt die in een houdgreep, zodat ze om haar as draait en krijst van de pijn.

Hij duwt haar ruw tegen de kassa. Ze kronkelt, met haar rug naar achteren gebogen, tegen de pijn. Ze kan enkel naar het plafond kijken, terwijl ze hoort hoe Matthias hartverscheurend huilt. Er is geharrewar in de winkel. Ze hoort dat het meisje de klanten met haar wapen onder schot houdt: 'Portefeuilles op de tafel. Daar, bij de kassa. Snel!'

Ruth voelt iets kouds tegen haar keel. Een mes. Het mes van het meisje? De gangster roept naar de man achter het kogelwerende glas: 'De kassa! Vlug! Of zij gaat eraan!'

Hij duwt het mes strakker tegen haar keel. Ze denkt dat ze een gil slaakt, maar er komt alleen hees gepiep uit haar keel.

Ze beseft dat de man aan de kassa aarzelt, want de gangster gaat door: 'Je wilt toch niet de dood van een klant op je geweten hebben? Kijk,' hij wijst naar de camera boven het kogelwerende glas, 'als dat op tv komt, weet je wat de mensen dan zullen zeggen? Je krijgt hier geen hond meer in je winkel, man.'

De gangster keert zich naar Ruth, tot hij met zijn mond haar lippen bijna raakt: 'Vertel jij meneertje eens wat hem te wachten staat. Niet verlenen van hulp? Ja, toch?' Hij wringt aan haar arm. Ze piept weer hees. 'Vertel hem eens welke straf daarop staat.' Dan weer tot de man aan de kassa: 'Of moet ik eerst het kind wat beschadigen?' Hij buigt naar opzij en terwijl hij zijn greep om haar arm niet lost, voelt ze hoe hij uithaalt naar Matthias. Die krijst!

'Matthias! Néé!' gilt ze, maar hij duwt zijn mes weer hard tegen haar keel.

Matthias gaat hard tekeer. Wat is er gebeurd? Ze wil kijken. Ze wil zich naar hem toe draaien, maar door de pijn in haar arm en schouder dreigt ze het bewustzijn te verliezen. En met het mes tegen haar keel kan ze niet eens haar hoofd bewegen.

'De kassa! Nu!' schreeuwt de gangster.

'Wat heb je gedaan? Wat heb je hem aangedaan?' schreeuwt ze.

Hij antwoordt niet. Matthias blijft krijsen.

Het lijkt of de man toch geld uit de kassa haalt en het de gangsters toeschuift.

'In een plastic tas!' schreeuwt het meisje.

'Mama!' krijst Matthias.

Ze voelt weer een pijnscheut door haar buik gaan. Haar kind heeft haar nodig, ze staat amper een meter van hem af, en ze kan niet bij hem! Ze kan hem niet eens zien. Ze stelt zich gruwelijke taferelen voor. Ze hoort de schuiflade van de kassa opengaan, en dan het meisje: 'Jij! Doe de portefeuilles in de tas. Sneller! En geef hier!'

De gangster wringt de arm van Ruth om tot haar gezicht dat van hem raakt en hij sist: 'Tot zeer binnenkort, jij.'

Hij duwt haar krachtig van zich af, ze verliest het evenwicht en valt neer, naast Matthias.

'Matthias!' Ze raakt hem aan, betast hem, voelt overal aan hem. Ze ziet geen bloed. Ze trekt hem dicht tegen zich aan. Haar ene arm kan ze nauwelijks nog bewegen. 'Hebben ze je pijn gedaan? Vertel het me! Heb je nu géén pijn meer? O, wat ben ik blij, wat ben ik blij dat je niets hebt.'

De twee overvallers lopen naar buiten, ze springen in haar auto, die ze met draaiende motor voor de supermarkt hadden geparkeerd en rijden plankgas weg.

Matthias is ongedeerd. Dat is het enige wat telt.

'Het kenteken, ik heb hun nummerplaat... Bel de politie. Met dat nummer hebben ze hen direct,' hoort ze.

De energie ontbreekt haar om te zeggen dat het haar auto is, dat de gangsters ermee naar zee rijden. Terwijl ze Matthias knuffelt, ziet ze de digitale klok boven de kassa. De verschrikking heeft alles bij elkaar nog geen halfuur geduurd. Een halfuur dat nooit helemaal voorbij zal zijn.

**
* *

Ruth zit thuis op de bank met opgetrokken knieën. Ze heeft haar armen om Matthias heen geslagen en wiegt hen allebei vooruit en achteruit. Hij is allang in slaap gevallen, maar ze kan het niet opbrengen om hem in bed te stoppen, zo bang is ze om hem los te laten, om hem nog eens kwijt te raken.

De film van de gebeurtenissen loopt in fragmenten telkens opnieuw door haar hoofd. Ze krijgt een bizar schuldgevoel als ze bedenkt hoe ze de hele tijd gewoon is blijven functioneren, en nu niet eens meer de kracht heeft om zichzelf te dwingen naar bed te gaan.

Erik is al naar bed. Wat heeft híj een hectische dag achter de rug. Ze heeft hem, pas nadat de politie was gearriveerd, vanuit de supermarkt kunnen telefoneren. Nee, hij had de politie niet gewaarschuwd. Ze had toch gezegd dat zíj het zou doen? Hij heeft haar nog proberen te bereiken. Beweert hij. Dat kan dan alleen geweest zijn nadat ze haar mobieltje al had afgegeven. Hij heeft eerst zijn vergadering gewoon afgewerkt. Het zal enige aanpassing vergen om aan die nieuwe prioriteiten van hem te wennen.

Het is een warme zomernacht waarin het maanlicht slechts af en toe wordt getemperd door een sluierwolk. Maar Ruth houdt ramen en deuren gesloten. Radio en televisie staan uit.

De telefoon heeft een keer gerinkeld: haar auto is teruggevonden aan het eind van een doodlopende weg in de duinen. De wagen was niet afgesloten, een van de deuren stond zelfs half open, de lichten brandden. Er is geen spoor van de twee.

Oké. En dan?

De politie heeft het moeilijk met haar verhaal over de carjacking. Vooral omdat de andere getuigen verklaren dat ze vooraf van de overval wist. En dan worden net zij en haar kind gegijzeld, zonder dat ze een schrammetje oplopen, en blijkt het pistool ook nep te zijn geweest: een dekentje en een onderdeel van de krik uit haar auto. Voor hen lijkt het erop dat alles in scène is gezet, en Ruth over enkele dagen haar deel van de buit kan incasseren.

Wat een nonsens.

Alsof zij haar ontvoerder ooit wil terugzien. Ze zou hem niet eens herkennen zonder zonnebril, terwijl hij hier elk moment kan verschijnen. Hier. Dankzij de autopapieren.

Elke dag dat hij haar niet achterna is gekomen, zal ze zich opgelucht voelen. Maar tot haar laatste dag zal ze bang zijn dat het alsnog gebeurt.

Bavo Dhooge

Stil bloed

1924
Los Angeles

I.

Ik haastte me van de straat en sloeg de hall van de Movie
Drome op Sunset Boulevard in. Niets of niemand zat me op
de hielen, behalve het bloed dat op mijn schoenen kleefde. Ik
dreigde van mijn stokje te gaan, maar toen zag ik haar. Molly
Hicks, op een foto, keurig achter glas alsof ze een beschermd
monument was dat niet mocht worden aangeraakt. Ze liet
zich bedwelmen door de rook van een Chesterfield en droeg
een cloche over haar korte zwarte lokken.

'Ik wil een kaartje,' hijgde ik tegen de griet achter het loket.

'Jij weer?'

'Ik kan van jou hetzelfde zeggen,' zei ik. 'Ik wil een kaartje...'

'Ik weet dat je een kaartje wilt, schooier. Als ik niet beter
wist, zou ik denken dat je voor mij komt.'

'Jij bent Molly Hicks niet,' zei ik.

Ik nam het kaartje aan en draaide me om naar de negerjon-
gen die me in de gaten hield en me doorgaans aanklampte om
mijn schoenen te poetsen. Ik zag hoe het wit in zijn ogen nog
witter werd. Hij had me door. Een schoenpoetser op Sunset
is het niet gewoon om in de ogen van de mensen te kijken, hij
kijkt eerst naar de schoenen en dus zag hij op mijn schoenen

geen witte vlek van duivenstront, maar een rode vlek van andere *shit*: vers bloed.

'Waar zit je naar te kijken, *boy*?' vroeg ik. 'Vandaag niet.'

Ik keek nog één keer Sunset Blvd in en verdween toen in de duistere gang van de bioscoop. Ik kreeg het maagzuur. Echt waar: ik bracht toch geld in het laadje, neen? Hoeveel keer per week belandde ik hier in dit rottheater dat anders op sterven na dood was? Het was dankzij mij dat die katoenplukker een paar schoenen kon poetsen. Alleen niet vandaag, *mister*. Neen, vandaag poets ik ze zelf wel. En wat was die gein met die griet achter de kassa? Dat was zeker een of andere *wannabe* actrice die strontjaloers was op een godin als Molly Hicks.

'Wat een wijf, hè?' zei een oude vent toen ik naast hem ging zitten en de naam Molly Hicks in koeien van letters op het witte scherm zag verschijnen. Ik stak mijn schoenen onder het stoeltje voor me en probeerde me te ontspannen.

'Ja, net als opium,' zei ik. 'Maar nog meer verslavend.'

'Jij zat hier gisteren ook, hè?' vroeg de oude.

Ik wist dat hij niet voor Molly Hicks kwam, maar voor de warmte in de zaal. Het was een zwerver die niet sliep onder de sterren, maar tússen de sterren van het witte doek. Dit was zijn hotel. Hij grapte dat hij al had geslapen met Louise Brooks én met Greta Garbo, maar dat hij ze niet de baas had gekund omdat ze zo groot waren. Hij kon als het ware in hun mond kruipen.

'Je hebt me door,' zei ik.

'Hoeveel keer heb je die prent al gezien?'

'Ik weet niet,' loog ik. 'Een stuk of tien keer.'

Die ouwe schooier kon natuurlijk niet weten dat ik Molly Hicks in haar nieuwste prent, *The Beach Girl*, al veertien keer aan het werk had gezien. Ik kende de prent al uit mijn hoofd en kon de pancartes nog beter onthouden dan al de namen van stakkers die ik in mijn leven had omgelegd.

'Ik heet Lee,' zei ik en ik schudde de hand van de schooier.

'Waarom heb jij die film met Molly Hicks al meer dan tien keer gezien? Je bent verliefd op haar, he?'

Ik lachte.

'Nah, ik ben een huurmoordenaar. Ik heb net een vent drie kogels door zijn hoofd gejaagd downtown en nu heb ik een beetje troost en afleiding nodig.'

De vent keek me met grote ogen aan en begon toen te hoesten en te lachen. Hij overstemde de pianist die met zijn *ragtime* de heupwiegende gang van Molly Hicks begeleidde.

'Haha. Die heb ik nog niet gehoord. Jij bent echt een film-freak, hè?'

Ik lachte gezellig mee en deed er nog een schepje bovenop.

'Ik zweer dat het waar is. Het is trouwens niet de eerste keer dat ik een kerel naar de andere wereld help. Maar daarnet was het echt grof: hij slingerde zo alle kanten op, alsof hij de Charleston danste.'

De ouwe bleef er bijna in, maar er werd hier en daar gekucht in de zaal. Toen richtte hij al zijn aandacht op Molly Hicks, die in een mantelpakje uit een taxi kwam. Ik wilde nog een hand op zijn arm leggen en hem verzekeren dat ik niet had gelogen. Ik was een filmfreak, ja natuurlijk, maar ik was ook een huurmoordenaar. Ik wist alleen niet welke het ergst was.

Maar het moment was voorbij en dus liet ik hem maar in de waan dat ik niets meer was dan een loser die opging in een wereld die niet bestond.

Was het maar waar.

Molly Hicks zag er in *The Beach Girl* even appetijtelijk uit als toen ze *The Holiday Wife* of *The Dark Lady* was. Ze had al meer dan dertig vrouwen gespeeld, maar voor mij bleef ze altijd Molly Hicks. Ze was mijn rots in de branding. Ze zat me op te wachten en telkens als ik het licht zag uitgaan in het hoofd van een van die arme sukkels die ik doorzeefde, dacht ik aan haar. Haar onschuld. Haar gezicht.

'Dat is een wijf om voor te moorden, hè killer,' grapte de ouwe zagevent nog één keertje.

Ik lachte en staarde naar het scherm waar Molly Hicks, in close-up, verliefd opkeek. Helaas keek ze niet naar mij, maar naar haar tegenspeler. Een vent met een kartonnen kaak die Randolph – of liever – Randy Gould heette. Een of andere smous die aan het eind van de film altijd maar weer met Molly, mooie Molly aan de haal ging. En dan begonnen de titels te lopen en verscheen er:

'*The End.*'

Maar het einde was dan nog lang niet in zicht, ho neen, meneer. Randy Gould breide er vaak zelf nog een eind aan, maar een eind dat niemand van ons te zien kreeg. Terwijl wij, de dommeriken, de zaal uitliepen om ons 's nachts warm te houden met dromen over Molly, lag ranzige Randy wel mooi met haar te smoezen, de smous, en deed hij met haar al die dingen die wij nooit op het scherm te zien kregen. Mijn god, mochten mijn schoenen al niet vol bloed zitten, kotste ik ze helemaal onder. Het maakte me ziek.

'Dit is mijn lievelingsscène,' zei de ouwe schooier een uur later heel serieus en aangedaan.

Hij knikte naar het scherm waar Molly en Gould in een fonkelnieuwe roadster uit '22 op het strand zaten. De koplampen van de sportwagen straalden een wit licht als van een vuurtoren en ik wist dat het vuur tussen de twee hoog zou oplaaien. Ik kende de scène ook en las de pancarte:

'*Die avond ontmoetten de twee geliefden elkaar op het strand.*'

Zoveel was duidelijk. Molly Hicks stapte uit de roadster en keek naar de Pacific Ocean. Gould, de gluiperd, liet de lichten branden en het portier openstaan. Hij wilde haar kussen en het ergste van al was dat het hem nog zou lukken ook. Ik had het al veertien keer eerder gezien, en toch wilde ik het hem weer opnieuw beletten. De laatste keer sloot ik zelfs de ogen om het niet te moeten aanzien. Was ik in de buurt geweest, kroop ik zelf in de roadster om die smous op een hoopje te rijden.

Ik zag de prachtige lippen van Molly uit elkaar gaan toen ze de woorden sprak die enkel te lezen waren op de volgende pancarte. De muziek van de pianist in de bioscoop zwol aan.

'*Neen, het mag niet zijn.*'

Ik zag de blik van Gould, vol liefde. Maar ik wist dat hij haar in het echt gewoon op dat strand wilde neuken.

'*Waarom niet, mijn liefste?*' stond er te lezen op de volgende pancarte.

Ik maakte me altijd druk om die zwarte pancartes waarop de dialoog te zien was. Het waren niet meer dan deuren die alsmaar in je gezicht dichtvielen. Ik voelde me keer op keer bekocht als er zo eentje aankwam, alsof ik niet mocht zien wat er werkelijk gaande was tussen die twee. Het was alsof je even geblinddoekt werd. Alsof je in de roadster achterbleef en de twee schimmen in het duister zag verdwijnen. Molly richtte zich terug tot Gould en wierp zich dan toch in zijn armen. Het volgende was te lezen:

'*Ik hou van je, maar ik heb schrik.*'

Ik hoorde achter me een of andere oudere poetsvrouw een zakdoek bovenhalen en haar tranen drogen. Dit hoorde een romantische komedie te zijn. Maar dat wijf achter me had gelijk: het werkte. Alles werkte met Molly Hicks. Ze mocht Gould nog gaan pijpen in die roadster, dan nog zou ik in tranen uitbarsten. Tranen van wanhoop.

'*Je hoeft geen schrik te hebben,*' las ik vervolgens op de pancarte.

Ik kende het vervolg van de scène al uit het hoofd. Voor een deel omdat ik het al veertien keer eerder had gezien, voor een deel omdat het zo pijnlijk was. Molly zou hem kussen. En niet lang daarna zouden ze verdwijnen in het piepholletje van de fade-out dat hen allebei zou opslorpen. Het kleine zwarte gat.

'Ja, ja, ze doen het met elkaar,' juichte de schooier naast me.

Ik bereidde me voor op de laatste pancarte: '*Jij bent het, jij bent de ware.*'

Maar toen gebeurde het. Ik zat zo naar de lippen van Molly

Hicks te staren – en zelfs na veertien keer zat ik te hopen dat ze die drol van een Gould niet zou kussen – dat het me voor het eerst opviel. Molly Hicks fluisterde in het oor van Randy Gould dat hij de ware was. Althans, dat zou een moment later op de pancarte verschijnen, maar toen zag ik het. Ze zei iets *anders*!

Het duurde al met al niet langer dan een seconde, maar dat was niet wat ze echt had gezegd.

'Jij bent het, jij bent de ware.'

Neen. Neen. Ik zag dat haar lippen, haar zwoele, wellustige lippen een andere zin vormden dan de zin die op de pancarte te zien was. Ik wist natuurlijk wel dat acteurs en actrices soms andere dingen zeiden op de set dan wat de kijker op de pancarte te zien kreeg. Op die manier kon je alleen al met de pancartes van een film een komedie of een drama maken. Maar dit was de eerste keer dat het me opviel. Ik was zo begaan met de lippen die bijna het rechteroor van die flapdrol aanraakten, dat ik de woorden een voor een uit haar mond zag rollen:

'Hij… is… er… geweest. Hij… moet… dood.'

2.

Ik keek weer voor me en zag dat Molly Hicks en Randy Gould in een volgende scène alweer voor het altaar stonden. Er liepen al een paar mensen de bioscoop uit. Het happy end was in zicht. Maar ik bleef versteend zitten.

'Het blijft een dijk van een wijf, hè?'

Ook de schooier hield het voor gezien. Had ik iets gemist?

Ik spoelde de film voor mijn eigen netvlies terug. Neen, ik wist het zeker. Molly Hicks had Randy Gould iets heel anders in het oor gefluisterd. Er was geen spannende muziek aan te pas gekomen. Er was geen greintje spanning in de hele film terug te vinden. Het kon dus niet anders of de boodschap die Molly in Goulds oor fluisterde… hoorde niet thuis in de film.

Ik bleef als laatste in de zaal zitten. De lichten gingen aan en een man kwam uit de projectieruimte om te checken of de zaal wel helemaal leeg was.

'Sorry mister, als je hem nog eens wilt zien, moet je een nieuw ticketje kopen. Dat zijn de regels.'

'Neen, bedankt,' zei ik.

Ik had genoeg gezien. Ik hoefde *The Beach Girl* geen twintig keer te zien om te weten dat Molly Hicks iets in haar schild voerde. Het was me de veertien vorige keren niet opgevallen, maar de vijftiende keer wel. De vraag was niet meer wat ze zei, maar wel wie ze bedoelde. Wie was er geweest? En wie moest er dood?

Opeens was Molly Hicks niet meer de femme fatale voor wie ik het zo zwaar had zitten. Ze was een fatale dame. Want als ik het goed had, was ik net getuige geweest van een... moordplan.

Ik was zo van de kook dat ik zonder schroom de bioscoop uitwandelde en zonder het te beseffen mijn schoenen liet poetsen door de neger op de stoep. Ik keek verdwaasd naar het bloed op mijn schoenen en mompelde:

'Dat heb je als je in het slachthuis werkt.'

De neger schrobde de smurrie van mijn schoenen en het stille bloed verdween.

Het zag ernaar uit dat Molly Hicks en Randy Gould een moord zouden plegen. Ik voelde me die dag niet alleen een huurmoordenaar; ik was een huurmoordenaar die zich dubbel buitengesloten voelde.

De volgende ochtend had ik zin om weer naar *The Beach Girl* te gaan, maar ze speelden de film pas om twee uur. Ik had weinig of niet geslapen en ontbeet in een tent op Sunset waar foto's aan de muur hingen van bekende Hollywoodsterren: Douglas Fairbanks, Louise Brooks, Gloria Swanson, Rudolph Valentino. Het was de eerste keer dat ik me echt betrokken voelde bij een moordplan en dan nog eentje dat ik niet zelf bekokstoofd had. Ik weet niet waarom, maar om een of andere vreemde reden voelde het goed aan. Ik was een buitenstaander, alsof ik voor één keertje het goede nastreefde en de moord zelfs wilde verhinderen.

Aan de andere kant: de woorden kwamen uit de mond van Molly Hicks. Ik bestelde mijn eieren en nam er de *Los Angeles Examiner* bij. Ik voelde me onrustig, maar ook prettig, als een detective die toevallig eens aan de juiste kant van de wet stond.

'Wilt u bacon bij uw eieren, *sir*?' vroeg het dienstertje vriendelijk.

Ik bleef naar haar mond staren zoals ik al de hele ochtend naar de monden van mensen aan het staren was. Ik keek naar de beweging van de lippen, het klakken van de tong en de verschillende vormen die de klanken van de mond maakten. Wat voordien een heel abstracte beweging was, leek me nu heel concreet. En heel cruciaal. Je moest er maar een moment bij stilstaan.

'Hij is er geweest. Hij moet dood.'

Ik kon het maar niet van me afzetten. Niet zoals ik de vorige dag zo makkelijk het stille bloed van mijn schoenen kon laten poetsen. Molly Hicks was getrouwd. Ik wist niet wie de gelukzak was, maar ik wist wel dat hij binnenkort niet meer zo gelukkig zou zijn. Zoals het ernaar uitzag, was Molly namelijk van plan hem te dumpen voor Randy Gould. En met dumpen bedoel ik: dumpen in de zin van dumpen in de Nevadawoestijn of in een ravijn. Terwijl ik de pagina's van de *Examiner* omsloeg, sprak ik zelf de woorden uit.

'Hij is er geweest. Hij moet dood.'

Ik moest er even om lachen, maar pagina twaalf van de *Examiner* maakte me weer even ernstig als een hartaandoening. Ik las er het volgende bericht bij het societynieuws:

'…werd gisterenavond in een luxe-appartement in Venice het levenloze lichaam aangetroffen van de heer Randolph Preston Goldstein, bij het grote publiek beter bekend als Randolph Gould. Gould speelde mee in meer dan twintig films en maakte onlangs nog furore aan de zijde van Molly Hicks in The Beach Girl. *Het gerucht deed de ronde dat de twee ook naast de set met elkaar omgingen, ondanks het huwelijk van Molly Hicks met de veel oudere…'*

De eieren met spek bleven staan en werden koud. Ik dacht nu aan mijn eigen mond en lippen, die gortdroog werden. Randy Gould, de smeerlap die met Molly Hicks mocht foefelen in een roadster op het strand, was dood.

Ik hoorde me blij te voelen, maar de waarheid was dat ik het sneu vond voor de sul. Oké, hij verdiende Molly niet, maar hij verdiende het zeker niet om te sterven.

Maar dat was niet de vraag die me bezighield.

'Als Randy Gould dood is, was hij dan de man die er was geweest en die eraan moest?'

Als dat zo was, tot wie richtte Molly zich dan in de film? De moordenaar en zo ja: wie?

3.

Later op de dag trok ik me terug op mijn flat op Vermont Avenue. Ik trok zelfs de gordijnen dicht. Ik deed niets anders dan op mijn bed liggen en me bezighouden met deze merkwaardige zaak. Niet de vraag wie er geweest was. Die vraag was opgelost. Randy was er geweest. Maar wel de andere vraag: tot wie had Molly Hicks zich gericht?

Ik kreeg een telegram onder de deur geschoven van Fitzie, de handlanger van een van mijn opdrachtgevers. Dat kon maar één ding betekenen. Een volgende opdracht. Althans: een afspraak om een volgende hit te plegen.

'*Afspraak om vijf uur in de lobby van het Carlton,*' stond er te lezen.

Ineens ging door mijn hoofd dat ik geen zin had in een afspraak in het Carlton. Ik had ook geen zin in een nieuwe opdracht. Die hele zaak rond Randy Gould bleef me maar door het hoofd spoken. Ik las de zin in het telegram opnieuw, in de hoop dat ik iets anders zou lezen. Net zoals ik een andere boodschap had ontdekt in *The Beach Girl*. Maar helaas bleef er staan:

'Afspraak om vijf uur.'

Ik moest mijn hoofd vrijmaken voor ik aan deze nieuwe opdracht begon. Dus ging ik aan het bureau bij het raam zitten en begon aan een brief.

'Geachte mevrouw Hicks...'

Het was een aanzet die ik al ontelbare keren eerder had gepleegd. Ik had al veertien keer *The Beach Girl* gezien en ik had al meer dan veertien brieven aan Molly Hicks geschreven. Ik was gestopt ze te tellen, maar ik schat dat ik er meer dan honderd heb geschreven. Sommige mensen bidden tot de lieve heer als ze een vent hebben vermoord. Maar ik geloof niet in de heer. Ik geloof wel in Molly Hicks, ook al was ze dan geen maagd Maria meer.

'Ik schrijf u deze brief voor één keertje niet om u het hof te maken. Ik had vroeger geen redenen om u uit te vragen. Wie ben ik immers: een gewone sterveling die het niet waardig is om zelfs tot in uw brievenbus te kruipen. Maar dit keer kan ik niet anders dan u uitvragen en ik denk dat u op mijn aanbod zult ingaan. Het heeft namelijk te maken met de heer Randy Gould, en nog meer met de persoon die hem het hoekje heeft omgeholpen. Ja, ik ben een fan van u, maar ik ben ook een fan van de perfecte moord. Wees gerust, ik zal niets aan de grote klok hangen. Daarvoor ben ik een te grote fan, maar het minste wat u kunt doen is me ontmoeten. Wat dacht u van een afspraak over een week van vandaag, op het strand van Malibu, rond acht uur? Net zoals in *The Beach Girl*. Ik zal Randy Gould spelen, brengt u dan de roadster mee...'

4.

Een week later zat ik op een duin op het strand en zag de nacht vallen. Ze hadden het niet beter kunnen filmen, ik had de zon zien ondergaan en nu wachtte ik op Molly Hicks. Kon je het chantage noemen? Wellicht wel. Ik wist nog niet goed wat ik zou uitspoken, maar ik zou haar wel aan de tand voelen. En als het even meezat, zou ik haar ook nog ergens anders voelen.

Ik liet mijn wagen staan met de lichten aan. De scène deed me denken aan de film: ik kuierde naar de oceaan en luisterde naar de golven. Ze was een vol uur te laat en het was geen roadster, maar ik kon mijn ogen toch niet geloven toen ze zomaar naast me parkeerde. Ze droeg een witte mantel met bontkraag, een zijden sjaal om het hoofd, en bleef in de wagen zitten.

'Mevrouw Hicks,' begon ik toen ik aan het portier ging staan.

'Luister, ik weet niet wie je denkt te zijn, *buster*,' zei ze bitsig. 'Maar ik heb weinig tijd. Ik ben onderweg naar een feestje van Valentino en ik ben al aan de late kant. Zeg wat je te zeggen hebt. Wil je een handtekening?'

Ik was sprakeloos. Ze was nog mooier in het echt. Zonder die zwarte make-up, zonder die stomme snoeten die ze moest trekken zag ze er nog vleselijker en begeerlijker uit. Ik stotterde zelfs:

'Mevrouw Hicks, het is een eer om u te zien.'

'Ja, laat de complimenten maar achterwege, slijmerd. Ik ken jou, nietwaar?'

Ik wist niet waar ze het over had. Maar ik begon het wel verrekt koud te krijgen door de wind op het strand. Kon ik niet zomaar naast haar in de wagen kruipen, dicht bij of *in* haar?

'Ik ben een grote fan. Ik heb u al veel geschreven.'

'Ja? Kan zijn. Ik lees die prullen meestal niet. Een en al gezwets, als ik me niet vergis. Ik laat dat soort onzin meestal over aan mijn assistenten. Maar dit keer kon ik niet anders dan mij er persoonlijk mee bemoeien, hè?'

'Het was niet mijn bedoeling, mevrouw Hicks, om...'

Ik geraakte er niet uit. Kolere, natuurlijk was het wel mijn bedoeling om haar te chanteren. Het lag wel degelijk in mijn bedoeling om in die wagen te kruipen en met haar te doen waar miljoenen mannen van droomden.

'Je wil me dus niet chanteren?'

Ze lachte ineens uit de hoogte.

'Ik zal je eens vertellen hoe het zit. Je hebt verdomme veel lef om hierheen te komen. Hoe heet je eigenlijk? Heb je ook een naam?'

'Lee,' zei ik.

Als het aankwam op Molly Hicks zou ik zelfs onder een douche gaan staan om een emmer hete stront over mijn hoofd heen te laten komen en nog zou ik dankbaar zijn.

'Lee,' begon ze en ze haalde een brief tevoorschijn.

Ik dacht dat het mijn laatste brief was waarin ik haar had geschreven over de ontdekking van de verborgen boodschap in *The Beach Girl*. Maar het was een andere brief. Ik herkende hem onmiddellijk. Er kleefde een rode vlek op. Het soort vlek dat deed denken aan dat van een zegel. Maar ook aan de smurrie op mijn schoenen.

'Je herkent dit prulletje wel, zeker?'

Ze hoefde hem niet onder mijn neus te schuiven, maar liet het papier even flapperen in de wind.

'Mevrouw Hicks…'

'Dit is een van je vele ontzettend zielige liefdesbrieven waarmee je me het afgelopen jaar hebt gestalkt. Dit is wel een speciaal briefje, niet? Het volstond niet om het gewoon met je naam te ondertekenen. Je wilde lekker ouderwets doen en met je eigen bloed tekenen. Je ziet dat het ondertussen is opgedroogd.'

'Eh…'

Ik zag de brief, mijn eigen geschrift en mijn eigen bloed dat ik inderdaad een paar maanden geleden had gebruikt om haar mijn liefde en bewondering te betuigen. Ik herinner me nog goed dat ik me zo eenzaam voelde nadat ik twee Italianen de strot had opengesneden en dat zij mijn enige hoop was.

'Waarom heeft u die brief meegebracht, mevrouw?' vroeg ik.

Nu schaterde ze ineens en ze overstemde daarmee de golven van de Pacific.

'Waarom? Heb je het nog niet door, slimme?'

Neen, ik had het niet door. Waarom kwam Molly nu met die brief aandraven terwijl ik haar net een nieuwe had geschreven?

'Jíj bent er geweest, Lee,' zei ze plots koel.

'Hè?'

'Je hebt me gehoord,' zei ze klaar en duidelijk.

'Ik begrijp niet wat u bedoelt.'

'Neen, zal ik het nog eens duidelijk articuleren?'

Ze opende haar mond, alsof ze op het punt stond me een tong te draaien, maar deed haar best om de woorden perfect uit te spreken.

'Ik zal het nog eens herhalen. Je... bent... er... geweest, Lee. Jij moet dood.'

Ik verstijfde. Het leek wel alsof ik opeens op een filmset stond en mijn dialoog was vergeten. Ik was sprakeloos, maar dit keer niet door haar schoonheid. Het was haar leepheid die me verstomde. Zat die sloerie achter de moord op Randy Gould omdat hij met haar wilde trouwen, maar zij liever met haar ouwe rijkaard gehuwd bleef?

'Excuseer, maar wil je me nu *framen* voor de moord die je op je vriendje Gould hebt laten plegen?'

Haar lach stuikte in elkaar.

'Wat denk je dat de flikken zullen zeggen als ze die brief met jouw bloed zien? Je schrijft hier dat je alles op de wereld voor me over hebt en dat je zelfs een moord voor me zou plegen. Ik denk dat dat alles best kan betekenen: dus ook Randy Gould vermoorden.'

'Het spijt me, maar u bent gek.'

'Neen, ik niet, Lee. Ik niet. Maar jij wel.'

'Ja, ik ben gek op u.'

Het lachen leek haar voorgoed vergaan. Ze keek op het zakhorloge dat ze uit haar handtas tevoorschijn toverde. Maar iets vertelde me dat ze nu niet langer inzat over dat decadente feestje van Valentino. Algauw wist ik dat ze op iets anders zat te wachten. Of iemand anders. De figuranten verschenen niet veel later op de scène. Er kwamen namelijk twee flikkenwagens het strand opgereden. Als een filmspot schenen de koplampen in mijn gezicht.

'Meneer Lee Evans, u wordt beschuldigd van de moord op Randolph Preston Goldstein. Alles wat u zegt, kan tegen u gebruikt worden. U heeft het recht op een advocaat. Als u zich geen advocaat kan veroorloven, zal er u één worden toegewezen door het hof...'

Ze sloegen me in de boeien. Ik kon me een advocaat veroorloven. Maar haar liefde, neen, ik kon me haar liefde niet veroorloven. Dat was duidelijk.

'Hij is er inderdaad geweest, *miss*,' zei de inspecteur van de L.A.P.D. tegen Molly Hicks. 'Dit is de brief die bij het lichaam van Randy Gould is gevonden.'

'Jij smerige teef!' riep ik haar na. 'Je hebt me erin geluisd. Kunnen jullie niet zien dat die slet me erin heeft geluisd? Ze heeft die brief met mijn bloed bij dat lijk neergelegd.'

'Je bent er geweest, Lee Evans. Je bent op de plek van de moord geweest.'

Meer kon ik niet zeggen. Ze duwden me in de flikkenwagen en voerden me af. Molly Hicks kon naar haar feestje in Hollywood, en ik naar het mijne.

In de cel.

5.

Ik zit nu niet langer in voorhechtenis in een politiekantoor van Los Angeles, Malibu. Ik zit in de dodencel in Alcatraz, te wachten tot twee mannen me mijn maaltijd komen brengen. En over enkele dagen wacht er me nog iets anders: de strop.

'Jij hebt Randy Gould vermoord, Lee,' hielden ze me steeds maar voor.

'Neen, dat wijf heeft mij en mijn brief gebruikt om zichzelf vrij te pleiten. Ze wilde die smous van haar dumpen, maar hij wilde niet, wilde hun verhouding naar buiten brengen en dus heeft ze er iemand op afgestuurd. En toen liet ze alles naar mij leiden.'

Ze geloofden er geen snars van en waarom zouden ze ook? Molly Hicks was een wereldster. Ze werd aanbeden. Ze was niet het soort vrouw dat een huurmoordenaar zou inschakelen om haar vriendje uit te schakelen. En wie was ik? Een arme sukkel die verliefd was op een mens dat alleen op het witte doek bestond.

'Heb je nog een laatste wens, Lee?' vroegen ze me een dag voor de executie.

'Ja.'

Ik wilde geen laatste maaltijd, ik wilde zelfs geen laatste sigaret. Ik wilde haar nog één keer zien. Molly Hicks.

'Je bent gek, Lee. Je hebt haar vriend om zeep geholpen en je wilt dat ze je komt bezoeken?'

'Ik wil Molly zien.'

Ik ben er vrij zeker van dat het telegram of uitnodiging nooit naar mevrouw Hicks is gestuurd, laat staan dat ze hem heeft gekregen. En als dat zo was, heeft ze hem wellicht toch niet bekeken. Er zat namelijk geen bloed op zoals in mijn vorige brief. Want alleen bloed spreekt de mensen aan.

'Ze wil jou niet zien, klootzak.'

'Maar ik haar wel.'

'Oké, dan lossen we het anders op. Je zal haar te zien krijgen.'

Uiteindelijk hadden ze er niets beters op gevonden dan Molly Hicks in mijn cel binnen te laten. Ze rolden een kleine projector binnen en lieten me *The Beach Girl* nog eens zien. De zestiende en laatste keer.

'Je kan je nog een laatste keer afrukken als je wil, Evans.'

Maar dat deed ik niet. Ik bleef zitten en kon mijn ogen niet van haar afhouden. Ik dacht terug aan mijn moment met Molly op het strand van Malibu. Die lege wagen op het strand, het portier dat openstond, zo uitnodigend om erin te stappen en samen weg te rijden naar het eind van de horizon...

'We komen je over een uurtje halen, Lee,' was het laatste wat ze zeiden.

Ik kreeg een brok in de keel toen ik de scène op het strand zag. Molly en Randy in de roadster. Het was vreemd om de smous terug te zien want in het echt lag hij al onder de zoden met de wormen te dobbelen. Even ging het door mijn hoofd dat ook de andere tegenspeler van Molly – ik dus – weldra het bijltje zou neerleggen. Misschien was dat wel het lot van alle minnaars van Molly.

'Jij bent het. Jij bent de ware,' las ik op de pancarte.

En toen keek ik uit naar het moment waarop Molly in Randy's oor zou fluisteren:

'Hij… is… er… geweest. Hij… moet… dood.'

Ik wachtte en bleef wachten. Maar het kwam niet!

'Hé, dat kan niet!' riep ik.

Het enige wat te zien was, waren de smachtende blikken van de twee minnaars op het strand.

'Hé, jullie hebben een stuk uit de film geknipt!'

Ik riep en tierde de hele tent bij elkaar en er kwamen twee, drie cipiers aan te pas, die me in bedwang moesten houden. Ze sloegen me bijna helemaal kapot met hun gummiknuppels zodat de strop later niet veel werk meer zou hebben.

'Waar is het?' mompelde ik verdoofd en afwezig.

'Waar is wat, Evans?'

'Waar is de boodschap?'

'Welke boodschap? Over welke boodschap heeft hij het?'

Ze schudden lachend het hoofd en keken op me neer, alsof ik al dood was. Ik kon het net zo goed zijn. *The Beach Girl* was ondertussen afgelopen en het beeld was blijven steken in de projector. De close-up van Molly Hicks begon door te branden.

'Ze brandt helemaal door,' zei ik. 'Doe iets.'

'En jij zult branden in de hel, Lee.'

Toen ik al met de kap over de kop op het schavot stond en de priester me mijn laatste sacramenten voorlas, dacht ik niet aan de Heer. Ik dacht aan haar. Molly Hicks. En alsof ik in de duisternis van de kap ineens het licht zag, wist ik het!

'Het is er nooit geweest!' bedacht ik.

Het was alsof ik me in de leegte van een pancarte bevond. Een cesuur tussen leven en dood. En de waarheid was dat... het er nooit was geweest. Ik was de enige in de zaal die de boodschap op Molly's lippen had gezien.

'Jij bent een huurmoordenaar, Lee,' klonk in mijn hoofd.

'Jij was dé huurmoordenaar.'

Ik schudde het hoofd en trachtte het letterlijk van me af te schudden zoals de hond van een zwerver de vlooien van zijn lijf wilde schudden.

'De boodschap... het bloed op mijn schoenen toen ik de Movie Drome binnenvluchtte, was het bloed van... Randy Gould. Ík had hem vermoord, doorzeefd.'

'Jezus christus!'

De priester dacht dat ik om vergeving vroeg bij de Heer. Hij had voor een deel gelijk: ik vroeg wel degelijk om vergeving, maar niet bij de Heer. Wel bij haar.

'Het was geen opdracht. Het was de enige opdracht ik mezelf had opgelegd.'

Dat was de reden waarom ik *The Beach Girl* ging zien. Voor een keertje niet om Molly Hicks te zien, maar voor Randy Gould. Hij leefde nog, in de film. Hij had met haar in de roadster op het strand van Malibu gezeten. Ja toch? Het portier van de wagen stond nog altijd open, te wachten tot hij er terug zou instappen. Ik wilde geen huurmoordenaar zijn! Ik was zo in de ban geweest van haar schoonheid dat ik haar dingen liet zeggen die niet waar waren. Een zin die ze nooit had uitgesproken:

'*Hij is er geweest. Hij moet dood.*'

Het was nu duidelijk wie dood moest. Ik verdiende haar niet, maar wel de dood.

De priester klapte de Gideons Bijbel dicht en zette een stap achteruit. Ik begon hevig te ademen. Nog even van de lucht

65

proeven voor het definitief was afgelopen. Voor het doek viel – of liever de kuil openviel. Ik hapte nog één keer en was opgelucht over mijn laatste wens. Die ochtend nog had ik gelezen dat Molly Hicks een nieuwe film zou maken met een nieuwe tegenspeler. Het leven ging verder. Ze bleef onsterfelijk. Ik had als laatste wens laten noteren dat mijn as werd uitgestrooid over het strand van Malibu.

'Molly, Molly,' sprak ik mijn laatste woorden. 'Jij lieve teef.'

En toen verdween ik in het gat – opgeslorpt door de fade out – en werd het bloed in mijn lijf heel stil.

Loes den Hollander

Lik op stuk

Het is een ruime, lichte kamer met aan twee kanten ramen. Ik voel me er direct op mijn gemak.

'Hannie de Grave,' stelt de coördinator zich voor.

'Anja Mens. Mooie kamer is dit.'

Ze nodigt me uit op de tweezitsbank en gaat tegenover me zitten. Mijn hart begint opeens sneller te kloppen. Ik heb een droge keel.

Ze opent een ordner. 'Je reageerde op onze oproep voor vrijwilligers die langdurig gestraften willen bezoeken. Waarom?'

'De oproep raakte me. Toen ik las dat er mensen in de gevangenis zitten die jarenlang geen contact meer hebben met familie of vrienden en na hun straf helemaal op zichzelf zijn aangewezen, ging ik daarover nadenken. Ik heb tijd genoeg om een periode iemand te bezoeken en met hem of haar over de dingen van het gewone leven te praten. Dat is toch de bedoeling?'

Hannie knikt. 'Het gaat om langgestraften, in dit geval alleen om mannen, die het laatste gedeelte van hun straf uitzitten. Je moet natuurlijk wel bedenken dat deze mannen ernstige delicten hebben gepleegd. Maar ze hebben geen tbs gekregen.'

'Heb je al iemand op het oog die ik zou kunnen bezoeken?'

'Ik ben nog op zoek voor drie mannen, die berecht zijn voor brandstichting, verkrachting met geweld en doodslag.'

Het is even stil.

'Heftig, hè? Wil je er nog eens over nadenken?'

'Ik heb me gemeld en dat betekent dat ik beschikbaar ben.'

'Heb je kinderen?'

Deze vraag had ik niet verwacht. 'Nee. Hoezo?'

'Ik zou graag iemand hebben om de man te bezoeken die een meisje heeft omgebracht. Maar ik wil iemand voor hem hebben die geen kinderen heeft. Je hebt emotionele afstand nodig als je iemand bezoekt die een dergelijk delict heeft gepleegd en ik denk dat dit bijna onmogelijk is voor iemand die zelf moeder is.'

'Ik wil deze man wel bezoeken.'

We moeten wachten in een speciale ruimte. Ik kijk om me heen. De groep bestaat alleen uit vrouwen en enkele kinderen.

We worden in een grote hal gelaten waar zich een balie bevindt en waar langs de wanden een paar rijen kluisjes zijn opgesteld. Er ligt een register waar we onze eigen naam moeten noteren en de naam van degene die we bezocken. Als ik Arie de Haas invul, beeft mijn hand.

Ik moet mijn handtas in een kluis opbergen en krijg het sleuteltje mee. Daarna moet ik aansluiten in de rij en word ik grondig gefouilleerd. Ik krijg het koud als ik de handen van de bewaakster mijn lijf voel aftasten. Het is een hele tijd geleden dat ik ben aangeraakt.

We worden naar een gang geleid die aansluit op de hal en de deur valt met een dreun achter ons dicht. Die dreun blijft in mijn oren naklinken. De wereld die zich buiten deze gevangenis bevindt, lijkt opeens eindeloos ver weg. Onbereikbaar.

Ik wil hier weg.

We komen in een tweede wachtruimte en worden één voor één binnen geroepen. Arie de Haas blijkt een grote, slanke man te zijn. Als hij me een hand geeft, kijkt hij me recht in mijn ogen. 'Allereerst bedankt dat je me wilt bezoeken,' zegt hij en hij gaat weer zitten. Ik volg zijn voorbeeld en kijk hem aan. Hij heeft bruine ogen en ik zie rimpeltjes bij de ooghoeken. Borstelige wenkbrauwen, even grijs als zijn haar. Zijn wangen zijn glad geschoren, op zijn linkerwang heeft hij een wondje. Scheert hij zich met het mes? Met een mes kun je zelfmoord plegen.

Ik huiver bij deze gedachte en hij vraagt of ik het koud heb.

'Het is deze omgeving,' verzin ik ter plekke. 'Ik ben nog nooit in een gevangenis geweest. Het voelt opgesloten.'

'Dat ben je hier ook. Maar je went eraan.'

Het bezoek mag een half uur duren. Het is niet toegestaan elkaar aan te raken en al helemaal niet om de gedetineerde iets te overhandigen. Als je iets wilt geven, kan dat bij binnenkomst in de hal. De bewakers nemen het dan mee en alles wordt eerst grondig gecontroleerd.

Terwijl de bezoekers met de gedetineerden praten, wandelen twee bewaaksters tussen de rijen tafeltjes door en letten op of er niets gebeurt dat ongeoorloofd is.

Arie is nieuwsgierig naar de reden van mijn besluit hem te komen bezoeken.'Hoe denkt je partner hierover?' wil hij weten.

'Ik ben alleen.'

Als ik later buiten sta, lijkt de grond onder mijn voeten te bewegen en ik moet me vasthouden aan het getraliede hek om te voorkomen dat ik val. Ik voel nog steeds de benauwdheid van de gesloten ruimtes. Het overweldigende gegons van al die pratende mensen samen in één vertrek en vooral de verstikkende sfeer in het hele pand.

Arie de Haas blijkt een gewone man te zijn, die er goed uitziet en een vriendelijke uitstraling heeft.

Daar had ik niet op gerekend.

Iedere keer herhaalt zich eerst hetzelfde ritueel van wachten in de wachtruimte, inschrijven, handtas achterlaten en gefouilleerd worden. Het is mijn derde bezoek. Ik verzin een openingsvraag. 'Hoe heb je je tijd hier tot nu toe doorgebracht?'

'Geschreven, vooral geschreven. Poëzie en proza, ik wist niet dat ik het in me had. Het zijn hoofdzakelijk schuldbekentenissen.'

'Over...?'

'Over mijn misdaad. Ik was het niet van plan, weet je. Het gebeurde, het overkwam me.'

Ik voel enige weerstand. 'Met alle respect: dat méisje overkwam toch iets?'

'Ja, dat is waar. Het meisje overkwam iets verschrikkelijks, iets waarom ze niet heeft gevraagd. Dat is mijn verantwoordelijkheid en dat ontken ik niet. Het klinkt misschien heel goedkoop, maar ik heb dit echt nooit gewild. Ik gaf om dat meisje.'

Hij kijkt me niet aan. 'Binnenkort moet ik terug naar de maatschappij, ik ga naar mijn broer in Benidorm.'

'Voelt dat zo: terug moéten?'

'Min of meer. Ik kreeg zes jaar en daar moet je in dit land minstens tweederde van uitzitten. Vier jaar is lang om je vrijheid te missen. Je went noodgedwongen aan gevangenschap.'

Hij kijkt me nu peinzend aan. 'De hele wereld is al die tijd buiten bereik geweest. En terugkeren naar de maatschappij geeft mij een heel onvoorspelbaar gevoel. Ik zal aan alles moeten wennen. Zon op mijn gezicht, wind om mijn oren, regen op mijn hoofd. Straks kan ik weer buiten lopen en me nat laten regenen. Dat ga ik beslist doen, me kledderkletsnat laten regenen. Dat lijkt me heerlijk!'

'Daar zou ik niet op rekenen in Benidorm.'

'Ik blijf nog één week in Nederland.'

'Bij vrienden?'

Hij doet een poging om te glimlachen. 'Ik heb geen vrienden meer. Nee, ik slaap die week in een hotel.'

'Vertel eens wat over jezelf,' nodigt hij me uit.

'Ik heb weinig verheffends te vertellen, vrees ik. Ik ben een boerendochter die het bollenbedrijf van haar ouders heeft overgenomen. Ik ben het bedrijf nu aan het verkopen.'

'Alleen het bedrijf of ook je huis?'

'Alles. Het huis, de grond, de hele bedrijfsvoering. Ik ben bijna vijftig en heb nog niets van de wereld gezien. Daar gaat nu verandering in komen.'

'Lukt dat? Verkopen?'

'Ja, ik zit in de eindonderhandelingsfase. Ik denk dat we binnen een maand naar de notaris kunnen voor de overdracht.'

'Moet je dat allemaal in je eentje doen?'

'Dat ben ik gewend. Toen mijn vader stierf, heb ik de leiding van het bedrijf al overgenomen.'

'Je hebt helemaal niet het postuur van een boerendochter. Die zijn toch altijd groot en fors, met van die brede schouders en gespierde bovenarmen? Jij bent klein en tenger. Ik zou zweren dat je nog geen deuk in een pakje boter kunt slaan.'

'Daar zou je je nog wel eens op kunnen verkijken. Ik kom uit een sterk geslacht. Heb jij familie?'

'Die broer in Benidorm. En ik had een gezin. Een vrouw, Karla. Met een K, dat zegt ze er altijd nadrukkelijk bij als ze zich voorstelt. Drie kinderen. Ik weet niet hoe ze er tegenwoordig uitzien, want ik heb ze al vier jaar niet ontmoet.'

'En je vrouw heeft zich van je laten scheiden?'

Arie staart langs me heen en kijkt me dan weer aan. 'Ja. Ze is natuurlijk heel erg geschokt geweest, en niet alleen door wat ik gedaan heb. Ik was haar ontrouw en dat was niet de eerste keer. Ik had een zwak voor jonge meisjes en was gevoelig voor hun avances. Je kunt je als vrouw waarschijnlijk moeilijk voorstellen hoe dat werkt bij mannen. Maar als zo'n jong ding zich aanbiedt en je aanraakt... Je moet echt heel stevig in je schoenen staan om dan nee te zeggen. Dat voel je tot in je botten.'

71

Ik slik het antwoord dat ik hierop wil geven direct in.

'Maar ik hield ook van Karla, ik hield veel van Karla, ondanks mijn verliefdheid. Ik ben nooit van plan geweest om haar te verlaten, maar dat ging er bij haar niet in. Mijn gevoel voor het meisje was een soort huwelijksuitstapje, hoe banaal dat ook zal klinken. Ik dacht dat mijn relatie met Karla wel een stootje kon verdragen en ze het mij zou kunnen vergeven. Dat is wat ik onder liefde versta: kunnen vergeven.'

'Heb je nooit een relatie gehad?' wil Arie weten.

Ik bezoek hem voor de vijfde keer. 'Jawel. Maar hij wilde naar het buitenland en ik kon niet zomaar het bedrijf van mijn ouders in de steek laten.'

'De familie van het meisje is ook naar het buitenland vertrokken. Van het meisje dat ik...'

'Ik begrijp over welk meisje je het hebt. Waarom is die familie vertrokken?'

'Ik heb gehoord dat ze het hier niet meer konden uithouden. De vader was bij de rechtszaak aanwezig, de moeder heb ik nooit gezien. Die mensen schijnen helemaal kapot te zijn geweest. De vader zat voortdurend naar me te staren maar ik wist niet hoe ik moest kijken, daarom heb ik geen oogcontact gezocht.' Zijn stem hapert. 'Ik wilde het meisje niet om het leven brengen, ik hield van haar. Niet zoals ik van Karla houd, dat is een volwassen liefde. Ik was ontvankelijk voor de adoratie die me ten deel viel. Die baan als conciërge was beter dan werkeloos zijn, maar niet wat ik ambieerde. Ik ben onderhoudsmonteur en dat vak wilde ik uitoefenen. Maar ik werd binnen drie jaar twee keer ontslagen omdat het bedrijf moest inkrimpen en ik een van de duurste krachten was.

En toen was daar dat meisje. Fris, jong, vol aandacht voor mij. Ik ga niet beweren dat zij mij verleidde, echt niet. Ik was de oudste en had mijn verstand moeten gebruiken. Maar dat deed ik jammer genoeg niet.'

'Wat wilde je met dat meisje?'

'Niets definitiefs. Ze werd zwanger, terwijl ze de pil slikte. Ze was hem een avond vergeten in te nemen en voilà: we zaten in de nesten. Ik moest mijn gezin verlaten, vond ze, ik moest kiezen voor haar en het kindje. Ze bleek het hele plan al te hebben bedacht en toen ik zei dat scheiden absoluut niet mijn bedoeling was, raakte ze buiten zinnen en begon te gillen. Ik wilde haar de mond snoeren en in plaats daarvan bleek ik haar verstikt te hebben. Ik heb zelf het alarmnummer gebeld.'

Bij de laatste woorden grijp ik zijn rechter onderarm met beide handen vast en kijk hem verschrikt aan. Het volgende moment staat de bewaakster naast ons. 'Elkaar niet aanraken,' waarschuwt ze nors, 'anders is het bezoek voorbij.'

Ik laat Arie weer los. In zijn arm zijn de afdrukken van mijn nagels duidelijk zichtbaar. Hij wrijft erover. 'Je bent echt een sterke boerendochter,' zegt hij glimlachend.

We zitten onbeweeglijk tegenover elkaar. Ik weet niet wat ik moet zeggen of hoe ik mijn reactie moet verklaren.

'Ik ben bij haar gebleven toen ze probeerden haar te reanimeren,' gaat hij door. 'Ik zal nooit die leegte in haar starende ogen vergeten.'

'En toen kreeg je zes jaar.'

'Zes jaar, waarvan ik er vier moet zitten. Plus een echtscheiding, geen contact meer met mijn kinderen en een strafblad. En dat allemaal omdat ik mijn verstand op vakantie had gestuurd.'

Hij kijkt me weer aan. 'Je piekert wat af in een gevangenis. Die ouders van het meisje, daar kun je je toch geen voorstelling van maken? En mijn gezin, wat denk je dat daarmee gebeurd is?'

Na dit gesprek lijkt de geest uit de fles te zijn, want zodra ik twee weken later weer tegenover Arie zit, vraagt hij of ik over zijn verhaal heb nagedacht.

'Ja,' geef ik toe, 'heel veel zelfs. Ik vraag me af op welke manier je je schuldgevoel straks een plaats gaat geven. Dat zal toch nodig zijn, denk ik, om verder te kunnen leven.'

Hij beaamt dat. 'Daarover heb ik in de afgelopen jaren gesprekken gevoerd met een psychiater. Niemand kan je vertellen hoe je je zult gaan voelen als je weer vrij bent, heeft hij me duidelijk gemaakt. Als ik eerlijk mag zijn, ben ik nu zover dat ik mezelf toesta het te proberen: verder leven en het schuldgevoel meenemen dat volgende leven in. Maar ik weet niet of dit lukt. Ik houd er serieus rekening mee dat ik in de knoop raak met mijn gevoel of mijn plaats in de maatschappij niet meer terugvind. Als dat gebeurt, stap ik eruit. Ik ben zwaar allergisch voor walnoten. Ik hoef maar een handvol van die dingen op te eten om in shock te raken. Als ik dat doe op een plaats waar ik niet snel gevonden word en er ook nog een paar slaaptabletten bij inneem, ga ik zeker dood.'

'Dat meen je niet.'

'Dat meen ik dus wel. Ik heb iets onherroepelijks teweeggebracht en ik kan het niet terugdraaien. Als daar uiteindelijk toch niet mee te leven valt, is het einde oefening. Begrijp je dat een beetje?'

'Ik probeer het.'

Tijdens het laatste bezoek zijn we allebei nerveus.

'Is de verkoop van je huis en je bedrijf al rond?' vraagt Arie.

'Ja. De overdracht is over drie weken.'

'En heb je al een ander huis?'

'Nog niet direct, pas twee weken later. Ik logeer even bij vrienden.'

Er vallen stiltes die we niet direct kunnen invullen.

'Vreemd idee,' zegt Arie opeens, 'dat we elkaar na vandaag waarschijnlijk nooit meer zien. Nou ja, zeg nooit nooit.

Ik zal onze gesprekken missen, Anja. Het heeft veel voor me betekend om met je te kunnen praten. Je bent een goede luisteraar, ik wil je graag bedanken.'

'Wat ga je het eerste doen als je hier ontslagen wordt?'

'Nieuwe kleren kopen, koffie drinken bij Americain op het Leidseplein en zeker drie broodjes Van Dobben eten.'

Ik aarzel. 'Wil je voordat je vertrekt een keer bij me komen eten?'

Hij kijkt verrast op. 'Natuurlijk!'

De vrouw die tegelijk met mij naar buiten loopt, heeft een nieuwsgierige blik in haar ogen. 'Jij bent toch Annelies Mertens?'

Ik kijk zo onopvallend mogelijk snel om me heen. 'Nee. Ik ben Anja Mens.'

'Ik zou toch zweren dat je Annelies Mertens was,' mompelt ze.

Ik vond het paspoort op de dag dat we naar Canada vertrokken op een toilet in de vertrekhal van Schiphol. Er lag een plastic zakje op de grond en ik raapte het op om het in de afvalemmer te gooien. Toen ontdekte ik het bordeauxrode boekje. Op de pasfoto stond een vrouw met halflang haar, die wel een beetje op mij leek. Anja Mens, las ik bij de persoonlijke gegevens. Geboren te Amsterdam. Ik aarzelde. Maar niet lang. Ik stopte het paspoort in mijn tas.

Ton en ik hielden het niet meer uit in ons dorp, in ons huis, eigenlijk nergens meer in Nederland. De eerste maanden nadat Saskia vermoord was, bewogen we ons als zombies. We waren volkomen kapot. Saskia was ons enige kind. Ieder plekje in huis herinnerde aan haar, overal misten we haar.

Toen kwam er een brief van een oom van Ton, die in Canada een boerderij had en dringend om hulp verlegen zat. Geen van zijn kinderen had zin in het bedrijf, was het een idee om voorlopig te komen assisteren? We hoefden er beiden niet lang over na te denken en lieten alles en iedereen achter. En mijn moeder ging mee. Ze verhuurde haar huis en haar bedrijf aan jonge mensen. Toen die vier jaar later de huur opzegden, ging ik terug om namens haar de verkoop te regelen. Maar dat nam meer tijd in beslag dan we gedacht hadden en ik dwaalde noodgedwongen rond in de omgeving die ik voorgoed tot het verleden wilde laten behoren. Ik voelde me hopeloos alleen.

En kwaad.

Toevallig las ik het artikel waarin vrijwilligers werden gevraagd om gedetineerden te bezoeken. En alles viel op zijn plaats. Ik reageerde en ondertekende de brief met de naam uit het gevonden paspoort. Ik werd Anja Mens. En ik besloot het lot zijn werk te laten doen. De kans dat ik in de gelegenheid zou komen om de moordenaar van mijn dochter te ontmoeten, was minimaal.

Maar niet onmogelijk.

De eerste keer dat ik Arie de Haas bezocht, moest ik na iedere zin die ik uitsprak diep ademhalen om de weerstand die mijn lijf teisterde te bedwingen. Ik dwong mezelf hem aan te kijken en mijn gezicht in de plooi te houden. Ik realiseerde me dat hij een vriendelijke uitstraling had. Erger nog, hij was het type man waar ik graag naar keek.

Saskia was een echte vrijbuiter. Er was altijd herrie rondom haar, we hadden onze handen vol aan dat kind. Ze verzon wat nooit verzonnen was en organiseerde wat niemand anders bedacht in een tempo dat nauwelijks bij te benen viel. Ze vertelde ons alles, haar mond stond werkelijk nooit stil. Soms, als ze 's avonds eindelijk sliep, zaten Ton en ik elkaar wel eens verdwaasd aan te kijken. 'Hoor je hoe stil het hier kan zijn?' vroeg hij dan aan me. Ze was druk en vermoeiend en had duidelijke grenzen nodig. Maar we hielden zielsveel van dat meisje en toen we haar verloren, is er iets in ons kapot gegaan.

Op een zaterdagavond was Sas plotseling verdwenen, ze ging zonder iets te zeggen weg. Toen ik haar riep voor het avondeten kreeg ik geen antwoord. We aten zwijgend en een beetje ongerust. Het was niets voor Saskia om zomaar te verdwijnen en we vermoedden dat er iets aan de hand was.

Om half negen ging de bel. We vlogen tegelijk overeind. Er stonden twee agenten voor de deur. 'Bent u de ouders van Saskia Mertens?' vroegen die.

We kregen geen woord over onze lippen. Ik wilde wegrennen. Vluchten.

'We moeten u helaas iets verschrikkelijks vertellen.'

Ze was zwanger en ik heb daar niets van gemerkt. Al bijna vier maanden, hoe heb ik dat in hemelsnaam niet kunnen zien? Haar stemming was volkomen anders dan anders, haar haren piekten om haar hoofd, ze was steeds misselijk. Allemaal hormonale verschijnselen en ik zag het zonder blikken of blozen over het hoofd. Het is gewoon niet in me ópgekomen dat ze in verwachting zou kunnen zijn.

Ton wilde meer weten over de man die zijn dochter had vermoord en dat heeft ons uit elkaar gedreven. Toen hij het verhaal van de moordenaar hoorde en zag dat de man kapot was van schuld en schaamte begon hij te beweren dat hij de man begreep. Dat ging er bij mij niet in. We kregen daverende ruzies en ik heb serieus overwogen om te scheiden. Toen kwam de vraag om hulp van de oom in Canada. We vertrokken.

Hannie heeft koffie gezet en biedt me een kopje aan. 'Goed dat je nog even afscheid komt nemen. Ik nodig iedere vrijwilliger altijd uit voor een afsluitend gesprek, maar jammer genoeg maken de meesten geen gebruik van deze service. Hoe is het werk je bevallen?'

Ik heb mijn antwoord zorgvuldig voorbereid. 'Wisselend. Interessant en zwaar. Niet voor herhaling vatbaar.'

'Je leek een goed contact met De Haas te hebben. Het viel de bewakers op.'

'Hij wilde veel vertellen en ik wilde wel luisteren.'

'Ben je nu niet een beetje te bescheiden?'

77

De ruimte benauwt me. Ik wil hier weg.

Buitenlucht inademen.

Nooit meer een gevangenis binnengaan.

'Hij zal inmiddels wel veilig in Benidorm zijn aangekomen,' probeer ik de aandacht van mezelf af te leiden.

'Ik denk het niet.' Hannie is opeens ernstig. Er hangt iets in de lucht.

Slecht nieuws.

'Hij heeft waarschijnlijk zelfmoord gepleegd.'

Ik staar haar aan. 'Zelfmoord? Waarom?'

Ze zucht diep. 'Ik begrijp het ook niet. Hij leek goed in zijn vel te zitten. Zei dat hij zich op de vrijheid verheugde. Iedereen dacht dat hij het zou gaan redden. Hij wilde geen nazorg. Maar het is waarschijnlijk allemaal *fake* geweest. Afleidingsmanoeuvres. Heel triest.'

'Hoe heeft hij...' Ik slik een paar keer. 'Sorry. Daar heb ik natuurlijk niets mee te maken.'

'Ik wil je er wel iets over vertellen. Zijn broer had geregeld dat er een auto voor Arie beschikbaar was. Hij zou daarmee naar Spanje rijden. De auto is een paar dagen na zijn ontslag gevonden op een doodlopende weg in de duinen. Leeg. De motor was nog warm. De deuren stonden open. De mensen die de auto ontdekten, sloegen direct alarm. De kustwacht is de zee opgegaan. Ze hebben urenlang gezocht. Maar ze hebben niets meer van hem teruggevonden.'

'Maar misschien is hij juist niet...' Ik schud vertwijfeld mijn hoofd. 'Als ze niets gevonden hebben...'

'Hij is nergens meer opgedoken. En vlak bij het water vonden ze zijn portefeuille en zijn schoenen. Ga er maar rustig van uit dat hij de zee is ingelopen.' Ze biedt me nog een keer koffie aan.

We maakten een afspraak voor de vrijdagavond nadat hij werd vrijgelaten. Zijn broer zou een auto voor hem regelen. Ik hoefde hem niet te komen halen.

Ik kon geen keuze maken uit het grote receptenboek dat mijn moeder altijd gebruikte. De meeste gerechten waren me te ingewikkeld. Ik had geen ruimte in mijn hoofd om me daarop te concentreren.

Ik voelde me afwisselend moedeloos en strijdvaardig. Het was niet verstandig geweest om hem in het huis van mijn moeder uit te nodigen. Misschien had hij zichzelf iets beloofd. Hij had vier jaar lang geen vrouw gehad. Wie weet wat hij van mij verwachtte. Er schoten allerlei plannen door mijn gedachten die allemaal iets te maken hadden met mijn woede.

Ik deinsde terug van mijn eigen stemming, sprak mezelf vermanend toe. Maar er veranderde niets in mijn hoofd.

Hij was anders. Ik zag het direct toen hij binnenkwam. Hij stond rechterop. Hij keek zelfverzekerder uit zijn ogen. Hij was geen gevangene meer.

Hij bekeek me van top tot teen.

Zijn fiere houding maakte me onzeker. Het scheen hem niet op te vallen. 'Wat woon je hier afgelegen,' zei hij. 'Wat een enorme hoeveelheid land heb je. Of had je. Het is toch verkocht?'

Ik knikte. 'De overdracht is over vier dagen.'

Hij leek volkomen op zijn gemak. En hij liet op geen enkele manier merken dat hij mijn onzekerheid in de gaten had. Ik voelde dat ik rustiger werd.

De rollade was heerlijk. Goed gekruid en net gaar. Hij smulde ervan. Ik at zelf weinig. Mijn maag leek gehalveerd. Ik moest het eten naar binnen persen. Het was een foute beslissing geweest om hem hier binnen te laten. De muren leken me verwijtend aan te kijken. De foto van mijn ouders straalde ook al weerstand uit. Ik voelde aan de stekende pijn in mijn nek dat ik mijn schouders veel te krampachtig had opgetrokken. Ik liet ze zakken en concentreerde me op mijn ademhaling. Hij moest hier weg. Zo snel mogelijk. Ik had hem gezien. Het had niets opgelost. Mijn kind was nog altijd dood en mijn verdriet even groot. Ik had het bezit van mijn moeder namens haar verkocht en ik kon terug naar Canada. Ton wachtte op me. Hij zei iets tegen me op het vliegveld, voordat ik vertrok. 'Ik hoop dat je Nederland definitief achter je hebt gelaten als je terugkomt.' Met Nederland bedoelde hij mijn verdriet. Mijn wroeging.

Mijn walging van de moordenaar.

Er was wel iets veranderd. De walging was minder geworden omdat ik had ontdekt dat Arie de Haas geen monster was. Maar ik had het bij die ontdekking moeten laten. Ik had hem nooit zo dichtbij moeten laten komen. Ik begreep niets van mijn eigen gedrag.

Hij zat strak naar me te kijken. Onaangenaam strak.

Broeierig.

Ik wilde dat hij wegging. Er was iets aan hem dat me bang maakte.

Hij boog zich naar mij toe. 'Ik weet wel wat jij wil,' zei hij. Er lag een onaangename grijns op zijn gezicht. 'Jij wil eens lekker neuken met een moordenaar.'

De stilte die na zijn woorden viel, greep me bij mijn strot. Ik probeerde te slikken, maar mijn keel was te droog. De hoestbui die me overviel, klonk of ik bezig was te stikken.

Hij leunde achterover en likte met het puntje van zijn tong zijn lippen af. Ik nam een slok wijn. En nog een. En ik dacht razendsnel na.

'Ik zag het direct. Al toen je de eerste keer op bezoek kwam. Die honger in je ogen. Die zucht naar avontuur. En de overtuiging in je hele houding dat het je zou lukken om me te strikken. Het lukt je zeker niet om op een normale manier een vent te krijgen?'

Ik wist niet wat ik moest zeggen. Wat wilde hij van me? Waarom was hij eigenlijk gekomen?

Hij boog zich naar me toe en ik hield mijn adem in. 'Je vraagt je af waarom ik op je uitnodiging ben ingegaan. Eerlijk gezegd heb ik nogal geaarzeld. Ik vertrouwde je niet. Wat ben je eigenlijk van plan?'

'Ik ben niets van plan.'

'Dat is goed. Ik val namelijk niet op jouw type. Je hebt niets waar een man ondersteboven door raakt.' Hij lachte schamper. Hij was kil. IJzig.

Ik haatte hem. En ik besefte dat ik dat had gedaan vanaf het moment dat ik hem zag. En dat ik die haat had genegeerd. Maar nu kwam hij tevoorschijn. Hij drong zich aan me op.

En ik zoog hem naar binnen.

Ik zat doodstil op mijn stoel en keek naar hem. Hij hield me duidelijk in de gaten. 'Jij houdt wel van een beetje spanning, hè?'

Ik schudde mijn hoofd. 'Niet echt.'

'Geloof je het zelf? Je fantaseert al weken over seks met een moordenaar. Je lijkt heel degelijk maar in wezen ben je een sloerie. Net zo'n slet als het meisje dat ik heb omgebracht. Sas.'

Sás?

Ik wilde schreeuwen dat hij zijn bek moest houden. Sas was ons koosnaampje voor mijn dochter. Die naam kwam míj toe. Daar moest hij met zijn vuile moordenaarspoten van afblijven. Maar ik zei niets.

Ik wachtte.

'Dat kutje heeft mijn leven overhoop gehaald. Me met haar zaadvragende ogen te pakken genomen.' Hij boog zich over de tafel heen naar me toe. 'Iedereen denkt dat ze een onschuldig meisje was, maar niets is minder waar. Het was een snol van het zuiverste water. Ik heb haar heel bewust de strot dichtgeknepen. Dat soort sletten hoort in de hel.' Zijn ogen flikkerden.

Ik wist dat ik me moest beheersen. 'In de gevangenis zei je heel andere dingen.' Het lukte me om enige aarzeling in mijn stem te leggen.

'In de gevangenis zeg je alles wat kan helpen om er zo snel mogelijk weer uit te komen.'

81

'Je hebt je straf uitgezeten.' De woorden kwamen uit mijn tenen.

'Ja. En nu kan ik zonder enig risico weer zeggen wat ik wil. Ook tegen jou. Tegen de weldoenster van de eeuw.'

'Ik wilde je alleen maar helpen.' Ik boog mijn hoofd. Zou hij erin trappen?

'Helpen!' schreeuwde hij opeens. 'Hélpen. Ik word beroerd van jouw soort.' Hij stond op. 'Ik ga, voordat ik me nog een keer vergrijp.'

'Ik heb nog een lekker dessert,' zei ik langs mijn neus weg. 'Zelfgemaakt mocca-ijs met koffielikeur en slagroom.'

Hij staarde me aan. 'Jij bent gek. Maar vooruit dan maar. Dessert. IJs. Likeur. Net waar ik dol op ben. Dan wordt het toch nog leuk.'

De nacht was warm. Het maanlicht werd slechts af en toe getemperd door een sluierwolk. De stilte in de duinen was oorverdovend. Ik zette de auto aan het eind van de doodlopende weg, waar ik zo vaak samen met Sas had gelopen. Ik voelde hoe ze haar arm stevig om me heen sloeg en me tegen zich aantrok. 'Je bent de beste moeder van de hele wereld,' hoorde ik haar zeggen. Er kwam een wanhopig geluid uit mijn keel. En op hetzelfde moment voelde ik dat ze bij me was.

Het was goed.

Ik liep in de richting van de zee en legde zijn portefeuille en zijn schoenen ergens in het zand. Daarna rende ik weg en keek niet meer om.

Toen ik het erf op liep, begon het al licht te worden. Ik doorzocht het hele huis. Maar hij was nergens meer.

'Wat een lekker mocca-ijs,' zei hij. 'Maar je bent nogal uitgeschoten met de likeur.'

Ik had vijf zakjes walnoten zo fijn gemalen dat er niets meer van overbleef dan gruis. De koffielikeur was heel nadrukkelijk aanwezig, wist ik. En de zoete slagroom deed de rest.

Hij reageerde binnen twintig minuten. Zijn gezicht zwol op. Hij begon hard aan zijn handen te krabben en piepend adem te halen. Zijn ogen rolden door hun kassen. Hij raakte in paniek en probeerde naar buiten te vluchten. Ik sloeg hem tegen de grond met de grootste schop die ik in de schuur had kunnen vinden. En ik sleepte hem naar het diepe gat in het bollenveld.

Hannie heeft nog iets voor me. Een bedankbrief van de broer van Arie. Ze haalt hem uit haar bureau.

Ik sta op. 'Sorry. Ik wil geen brief. Vernietig hem alsjeblieft.'

'Ik bewaar hem wel. En als je je bedenkt, meld je dat maar. Goed?' Ze meent het oprecht. Het is een aardige vrouw. Een beetje simpel, dat wel. Ze geeft me een hand. 'Dan bedank ík je, namens hem. Bedankt, je hebt het goed gedaan.'

Op Schiphol word ik weer uitgebreid gefouilleerd. Maar nu voelt het anders.

Annet de Jong

Factor 10

Het moest een handgeschreven boodschap zijn op geschept papier. De wetenschap dat ze de moeite had genomen om chique briefpapier te kopen en er met sierlijke letters een dreigement op te schrijven, zou hem nog meer de stuipen op het lijf jagen. Koel en berekenend, zo moest ze op hem overkomen.

Femke Willems staarde naar het lege vel en daarna in de spiegel boven haar schrijftafel. In het zachte kaarslicht zag ze er nog verhitter uit. Haar gezicht en schouders waren verbrand door de lange wandeling langs het strand en door de duinen. De bandjes van haar zomerjurk stonden in haar huid getekend als een omgekeerde tatoeage.

De avondbries die samen met de geluiden van de stad door de open balkondeuren naar binnen dwarrelde, bracht nauwelijks verkoeling. Al dagen was het overdag warmer dan dertig graden en volgens De Bilt was er nu officieel sprake van een hittegolf. Het liep tegen middernacht en het stadsleven was nog in volle gang. De aanhoudende hitte joeg de Amsterdammers uit hun huizen. Tot diep in de nacht bevolkten ze de terrassen of zochten ze verkoeling in de stadsparken.

Femke hield van het vrolijke lawaai van de zomer en van de spaarzame dagen in het jaar dat het de hele nacht niet stil werd. Uren kon ze staren naar de flakkerende lichtjes van de olielampen op de balkons van de overburen, terwijl ze af en toe flarden opving van hun ingehouden nachtelijke conversaties.

Hoewel de krantenkoppen beweerden dat het land gebukt ging onder de hitte, vond Femke het juist een zegen. De zwoelte bracht herinneringen boven en daardoor wist ze wat te doen. Ze klemde haar vulpen tussen de duim en wijsvinger van haar linkerhand en begon te schrijven. Grote letters zette ze neer, klassiek aan elkaar geschreven. Ze moest oppassen dat ze de inkt niet meteen met haar hand uitveegde. Dat ging haar tegenwoordig goed af, maar als kind had ze daarop eindeloos moeten oefenen. Zodoende had ze een vreemde schrijftechniek ontwikkeld. 'Met een spastisch handje,' zei haar zus altijd. Tegen ballpoints en blokletters had Femke zich altijd verzet, want die vond ze niet onderscheidend. Dan maar een spastisch handje.

Twee zinnen waren het, zinnen die geschreven móesten worden. Als zij het niet deed, deed niemand het. Ondertekenen was niet nodig. Hij zou haar handschrift onmiddellijk herkennen. De vorige keer dat Femke hem een brief schreef was tien jaar geleden geweest. Toen had ze wel haar naam en adres vermeld, maar had hij toch niet de moeite genomen om te reageren. De lafbek.

Met weerzin likte ze aan de envelop en plakte hem dicht. Door de bitterzoete smaak van de lijm vertrok haar gezicht. Femke zag haar grimas in de spiegel en lachte. Het was waar, ze ging steeds meer op Sofie lijken. Of beeldde ze zich dat in?

Om de lijmsmaak weg te spoelen nam ze nog een slok van de wijn die haar had geholpen moed te verzamelen. Het was een magnum uit de vorige eeuw, een geschenk van haar oudere zus en Femke had hem met zorg bewaard. 'Dorstig weer, hè?' hoorde ze Sofie zeggen.

Met de envelop in haar hand liep Femke naar het meubel van sloophout waarop de lijstjes stonden met foto's van haar dierbaren. Ze keek naar die van Sofie en hield de envelop omhoog. 'Voor jou, zusje,' zei Femke. 'Ik ga hem nu bezorgen.'

Sofie leek gelukkig op de foto. Gekleed in een bijna doorzichtig zomerjurkje lag ze op een plaid in het Sarphatipark, een sigaret tussen haar dunne lippen geklemd en een zonnebril in haar haar. In de zomer van 1999, de zomer waarin Femke achttien werd, was het net zulk mooi weer geweest als nu. Zes dagen duurde de hittegolf en toen het weer omsloeg, was niets meer hetzelfde.

Femke liep met de envelop naar de trap, maar bedacht zich. Eerst moest ze naar de studeerkamer om te controleren of het meisje nog sliep. Voorzichtig opende ze de deur, waarvan de scharnieren hinderlijk piepten. Met ingehouden adem knielde ze neer bij het matras op de grond en keek ze naar het kind. Ze sliep als een roos. Haar haren waren nog nat van het douchen, of lag ze te zweten? Zacht smeerde Femke de rode armpjes en wangetjes in met aftersun. Ze pakte een schoon laken uit de kast en legde dat over het warme lijfje heen. Die zou voorlopig niet wakker worden.

Buiten was het al even benauwd als binnen. De duisternis had de klamme hitte ook vanavond niet uit de stad verdreven. Femke liep haar straat uit en zag dat het terras van haar stamcafé nog afgeladen vol was. Het geroezemoes stemde haar vrolijk. Ze had een hekel aan stilte. Als het stil was hoorde ze Sofie.

De kroeg lonkte, maar het kostte Femke geen moeite de gezelligheid te weerstaan. Niet vanavond, ze had een missie. Vastberaden liep ze dwars door het park. Na het tweede blok rechts, wist ze van de keer dat ze hem stiekem was gevolgd. Voor het appartement hield ze stil en behoedzaam opende ze de klep van de brievenbus. De envelop gleed naar binnen en viel met een plofje op de deurmat.

Femke maakte dat ze wegkwam en verdween weer in het donkere Sarphatipark. De brutaliteit om in haar buurt te komen wonen! Haar opwinding sloeg plotsklaps om in woede. Ze rende op haar sandalen terug naar haar eigen kant van het park en stopte onder de boom. Haar boom. Met felle bewegingen schopte ze een paar keer tegen de stam, terwijl ze een lang en uitgerekt 'KLOOTZAK!' schreeuwde. Femke sneed zich aan het schors, maar voelde niets. Op weg naar huis liet ze op de stoep een spoor van bloeddruppels achter. Precies als op die avond, maar dan in omgekeerde richting.

Stefan de Roos liet de koelbox in het zand zakken en haalde een paar keer diep adem. Met zijn T-shirt veegde hij het zweet van zijn voorhoofd. De wandeling door het rulle zand bij deze temperaturen viel hem zwaar. Hij nam het deksel van de koelbox en pakte er een een fles uit. Gulzig klokte hij het ijskoude water naar binnen.

De zon brandde op zijn schedel. In de strandtas zocht hij naar zijn pet, maar hij kon hem niet vinden. Hij kieperde de tas om en zocht tussen de emmertjes, het schepje en de handdoeken. Vloekend constateerde hij dat hij hem in de auto had laten liggen. Nu meteen teruglopen, zag hij niet zitten. Bovendien moest hij verder, want zijn dochtertje marcheerde dapper door met het fluorescerende roze rugzakje om haar schouders. Zolang ze dat droeg, pikte hij haar zo uit iedere menigte. Dat stelde hem gerust.

Het stranduitje was niet gepland. Stefan was van plan geweest om deze papadag in het Sarphatipark door te brengen en eindelijk weer eens een boek te lezen, maar hij had zich niet kunnen concentreren. Telkens werd hij afgeleid door zijn gedachten. Daar in het park was het ten slotte allemaal begonnen, met een innige kus op het Liefdesbruggetje. Het was de eerste keer dat hij had ervaren dat de liefde groter was dan hijzelf, dat hij haar bijna niet verdragen kon. Het voelde als een baksteen op zijn gezwollen hart, dat bijna uit elkaar barstte van verlangen. Wie het had over vlinders en violen had nog nooit zo liefgehad als hij.

Vanmorgen had hij steeds gedacht dat hij haar zag. In iedere luchtig geklede vrouw met een zonnebril meende hij haar te herkennen. Zijn fantasie was door de hitte met hem op de loop gegaan en hij had het angstige gevoel gekregen dat ze hem begluurde. Het was lang geleden dat hij haar aanwezigheid zo sterk had waargenomen. De keren dat hij ernaar had verlangd om haar te zien, had ze het laten afweten. Nu zat hij er eigenlijk niet meer op te wachten. Hij wilde vooruitkijken, verder met zijn leven. Ze had al genoeg kapotgemaakt.

Het ongemakkelijke gevoel van vanmorgen ebde nu langzaam weg. Stefan snoof de zeelucht op en liep verder richting het water. Het was druk aan zee. Vier miljoen mensen hadden voor de grote vakantie het land verlaten en maakten nu de côtes en de costa's onveilig. Die andere dertien miljoen zaten hier in Schoorl, zo leek het althans. Stefan ploegde door het zand, de koelbox vol water en biertjes in de ene, de strandtas in de andere hand.

Langzaam liep hij verder terwijl hij zijn dochter in de gaten hield. Die had een mooi plekje bemachtigd naast een zandkasteel dat ze zich waarschijnlijk ging toe-eigenen. Vooralsnog negeerden de jongens die verantwoordelijk waren voor het bouwwerk haar, en toen ze dat in de gaten had, ging ze trots met haar rug naar hen toe staan. Ongeduldig wenkte ze haar vader. Stefan lachte. Nog dertig meter en dan kon hij eindelijk gaan liggen.

Toen hij het grote strandlaken met de groene kikkers had neergelegd ging Stefan er snel op zitten. Hij geneerde zich voor de handdoek. Waarom had hij hem niet gewoon aan Miriam gegeven? Terwijl hij een biertje achterover sloeg, besefte hij hoe kinderachtig hij was geweest door bij de boedelscheiding koppig vast te houden aan de afspraak: van alles de helft, ook van het kind. Dat co-ouderschap zo zwaar zou zijn, had hij zich niet gerealiseerd.

Zijn ex-vrouw had hem verlaten voor een ander. Niet omdat ze niet meer van Stefan hield, maar omdat ze het gevoel had dat zij nooit zijn nummer één zou kunnen worden. Jarenlang had ze die hoop gekoesterd, maar die was ijdel gebleken. Zelfs de komst van het kind had geen verandering gebracht. Die ander, die jeugdliefde, stond tussen hen in. Ze had er genoeg van.

Na het derde biertje hield Stefan het niet meer. Zijn blaas stond op knappen. Als jongetje had hij het al een smerig idee gevonden dat iedereen altijd alles maar liet lopen in zee. Zijn vader had hem geleerd dat het veel netter was om een plas te doen in de duinen.

Als hij toch in de richting van de duinen ging, kon hij net zo goed even zijn pet uit de auto halen. De biertjes waren hard aangekomen, merkte hij toen hij opstond: hij voelde zich licht in het hoofd. Tevreden zag hij dat zijn dochtertje zich met succes had ingevochten bij de kasteelbouwers. Met emmertjes zeewater vulde ze de slotgracht. Trots toonde ze hem de schelpjes die ze had gevonden toen hij haar zei dat hij even een wandelingetje ging maken.

'Kijk, papa. Mooi, hè?'

'Prachtig. Ik ben zo terug, lieverd.'

Wankel op zijn benen sjokte Stefan naar de duinen. Ineens zag hij haar weer, de schim uit het verleden, verderop achter het wuivende helmgras. Hij zwaaide, versnelde zijn pas, maar toen hij dichterbij kwam, was ze weg. Stefan wreef over zijn hoofd. Het voelde alsof zijn hersens kookten. In een duinpan groef hij met zijn voet een kuiltje en waterde erin. Dat luchtte op. Toen hij zich omdraaide, zag hij iemand verdwijnen achter het duin. Het witte jurkje, de zonnebril, Stefan dacht dat hij gek werd.

'Hé!' riep hij en nog voor zijn kreet was opgegaan in de wind realiseerde hij zich hoe belachelijk hij zich maakte. Ze kon hier onmogelijk zijn. Een fata morgana? Wat haalde hij zich allemaal in zijn hoofd? Stefan keek om zich heen en knipperde met zijn ogen. Weer zag hij iets bewegen, nu vlak achter de top van het volgende duin. Zo snel als zijn verhitte lichaam het toeliet, liep hij ernaartoe. Het was een half ingegraven witte plastic zak die wapperde in de wind. Opgelucht liep hij door naar de parkeerplaats, pakte zijn pet van de passagiersstoel van zijn oude jeep en wandelde terug naar het strand.

Toen hij de zee weer in beeld kreeg, speurde Stefan de kustlijn af op zoek naar zijn dochter. Hij zag haar niet onmiddellijk en begon automatisch sneller te lopen. Het zandkasteel kreeg hij in het vizier, maar ook daar zag hij haar niet. Ingespannen keek hij naar links en naar rechts en weer terug. De zee was ruiger geworden, het werd vloed. Zijn blik verstarde en hij voelde dat zijn adem werd afgesneden. In de verte zag hij het roze rugzakje dobberen in zee.

Snel schopte Stefan zijn slippers uit en begon te rennen zo hard als hij kon. Met een verbeten gezicht slalomde hij tussen de parasols door. Hij wilde om hulp roepen, maar zijn keel zat op slot. Toen hij het water aan zijn voeten voelde maakte hij een zweefduik. Het rugzakje dreef de zee op. Stefan crawlde ernaartoe. In een mum van tijd had hij het te pakken, maar daar waar hij zijn dochtertje vermoedde, was niets dan water.

'Help!' riep hij, en hij kreeg een slok binnen. Stefan hoestte zijn longen vrij, ademde diep in en dook weer onder. Met zijn ogen open zwom hij onderwater. Alles was grijs. Hij moest naar boven om opnieuw adem te halen. Hij ging weer kopje onder, maar niet voor lang. Hij raakte uitgeput. Met het rugzakje in zijn hand zwom hij terug naar het ondiepe gedeelte. Zijn ogen prikten en hij zag troebel. Tranen spoelden het zeewater uit zijn ogen. Toen hij de kant bereikte en op zijn knieën ging zitten om uit te rusten, zag hij haar. Ze stond met haar voeten in het water en staarde hem niet-begrijpend aan.

'Verdomme,' zei hij. 'Verdomme, meisje,' en hij pakte haar op en kuste haar.

'Je mag niet vloeken, papa,' zei ze.

'Wil je papa nooit meer zo bang maken, lieverd?' vroeg hij.

'Ik wil een ijsje,' zei ze.

Nadat ze een grote beker schepijs hadden gedeeld, stortte het meisje zich weer hartstochtelijk op het bouwen aan het zandkasteel, alsof er niets was gebeurd. Voor de zekerheid had hij haar de zwembandjes omgedaan. Stefan dronk zijn laatste biertje en voelde de loomheid toeslaan. Dit was de genadeslag, al zijn energie was verdampt. Hij ging op zijn rug liggen, bedekte zijn gezicht met de pet en voelde hoe hij langzaam wegzonk in een diepe slaap.

Op blote voeten liep Femke door het zand naar de zee. Haar sandalen hield ze in haar hand. De temperatuur van het water voelde heerlijk aan. Ze raapte een wit schelpje op en keek er aandachtig naar. Ze bleef ermee ronddralen in de buurt van het zandkasteel. Het meisje had al een paar keer haar kant op gekeken. Het zou nu niet lang meer duren voor ze contact kon maken. Op haar hurken groef Femke nog wat schelpjes uit het zand en onderwijl slaakte ze kreten van verrukking. Nu hield het kind het niet meer. Nieuwsgierig kwam ze aanhuppelen.

'Wat heb jij?' vroeg ze.

'Heel mooie schelpen,' zei Femke. 'Kijk, vind je ze mooi?'

'Ja,' zei het meisje.

'Weet je waar mijn mooiste schelpen liggen?' vroeg Femke. Het meisje schudde haar hoofd.

'Daar in de duinen.' Ze wees naar het hoge duin. 'Zullen we ze samen gaan halen? Neem je schep maar mee.'

Femke pakte het schepje en gaf het aan het meisje. 'Deze heb je niet nodig,' zei Femke, wijzend op de gele zwembandjes. 'Die laten we lekker hier.'

Het meisje knikte en stond toe dat Femke de bandjes afdeed en in het zand legde. Gedwee aanvaardde ze Femkes hand en samen liepen ze de duinen in, naar de plek waar Femke eerder haar schat had begraven. Met een gevoel dat het midden hield tussen opwinding en verbijstering keek Femke om zich heen. Niemand sloeg acht op haar. Zo eenvoudig was het dus.

Ze wees het meisje de plek waar ze moest gaan graven en vol enthousiasme ging het kind met haar schepje in de weer. Het was een grappig meisje, vond Femke. Het verbaasde haar dat die vader zo'n onschuldig wezen had kunnen verwekken.

'Hoe heet je?' vroeg Femke.

'Sofie,' zei het meisje.

Femke zakte op haar knieën, sloeg een hand voor haar mond en slaakte een kreet.

'Wat is er?' Sofie keek verschrikt op.

'Niks,' zei Femke en ze hernam zich snel. 'Mooie naam. Zal ik je laten zien waar mijn grootste geheim begraven ligt, Sofie?'

Stefan schrok wakker van een vreemde stem en een hand die hem zacht heen en weer schudde.

'Meneer? Hallo, meneer. U bent lelijk aan het verbranden, ik waarschuw maar even.'

Hij keek in het vriendelijke gezicht van een dame met een rood kruis op haar witte zonnehoed. Langzaam kwam Stefan omhoog. Het licht deed pijn aan zijn ogen.

'U lag zo diep te slapen, pas maar op voor een zonnesteek,' zei de vrouw.

Hij bedankte haar en loog dat hij zich goed voelde. De huid van zijn buik voelde pijnlijk aan en ook zijn bovenbenen leken in brand te staan. Snel trok hij zijn T-shirt en zijn korte broek aan. Hij wreef in zijn ogen, die nog steeds prikten van het zout. Hoe lang had hij liggen slapen? De zon stond al laag en het was aanmerkelijk leger geworden op het strand. Sofie! Stefan keek om zich heen. Het zandkasteel was meegesleurd door de vloed.

'Sofie?' Hij stond op en speurde het strand af. 'Sofietje!' Zijn keel was droog. Uit de koelbox pakte hij een fles water en hij telde de lege bierblikjes. Zes stuks. Klootzak. 'Sofie? Kom je? We gaan naar huis.' Hij dronk de literfles water leeg en voelde dat zijn lichaam wat herstelde. Zijn blik bleef rusten op de gele zwembandjes in het zand. Shit. Het roze rugzakje lag nog op zijn handdoek te drogen. Hij nam het in zijn handen. Sofie. Hoe moest hij haar nu vinden?

Toen het begon te schemeren besloot Stefan hulp te gaan

halen. Hij had kilometers gelopen, langs het strand en door de duinen, in de overtuiging dat hij haar zou vinden. Sofie was geen weggloper. Deze niet. Hij schaamde zich, maar besloot toch naar de reddingsbrigade te gaan. Het was zijn schuld dat ze was verdwaald. Waarom moest hij zoveel zuipen? Had hij niet gewoon samen met haar een kasteel kunnen bouwen? Hoe moest hij dit aan Miriam uitleggen?

Bij de reddingsbrigade namen ze zijn melding zeer serieus en via walkietalkies werd aan verschillende strandposten het signalement van zijn dochter doorgegeven. Tenger meisje, vier jaar oud, bruine ogen, bruin haar. De politie werd op de hoogte gebracht en binnen twintig minuten kwam er een surveillance-terreinwagen het strand oprijden. Stefan moest iets doen, verder zoeken.

In paniek holde hij naar de parkeerplaats en stapte in zijn jeep. Hij moest haar vinden voor het donker werd. Met groot licht aan reed Stefan door de duinen, dwars door met prikkeldraad beschermd gebied. Hij kamde het hele terrein uit, reed tot aan de bosrand en weer terug en belandde op een doodlopende zandweg. De duisternis viel nu snel in en Stefan zag de maan tevoorschijn komen. Wanhopig sloeg hij met zijn handen op het stuur en schreeuwde haar naam. Hij keek om zich heen, hoopvol, en hij was er zeker van dat hij in de verte, boven op het duin, iets zag bewegen.

Stefan zette de motor uit, stapte uit de auto en holde het duin op. Alle spieren in zijn lichaam boden weerstand, maar hij zette door. Hijgend bereikte hij de top van waaruit hij het hele strand kon overzien. In zijn ooghoek zag hij een konijn wegschieten. Verslagen knielde Stefan in het zand en staarde hij naar het strand, dat nu bijna verlaten was. Zijn ogen volgden het zoeklicht van de politiewagen. In het schijnsel zag hij de spullen die hij had achtergelaten: zijn handdoek, de koelbox, het rugzakje. Stefan barstte in huilen uit. Ze was verdwenen.

Femke zette de zonnebloemen in een vaas. Ze pakte de bezem en veegde de marmeren steen schoon. Met een borsteltje poetste ze het vuil uit de gegraveerde letters. Uit de plastic tas schepte ze met haar handen wat verse aarde en met een hark fatsoeneerde ze het perkje naast het graf. Ze kwam er graag, op Zorgvlied, vanwege de bomen, de vogels, de rust. Alsof het zo moest zijn, kwam de zon door de bladeren en verlichtte de steen:

Sofie Willems
1-7-1971   4-8-1999

Sober maar mooi, vond Femke nog steeds. Geen 'rust in vrede', expres niet. Wie kon er ooit vrede hebben met de manier waarop haar zus uit het leven was weggerukt? Sofie zelf al helemaal niet.

'Nu mag jij de planten water geven,' zei Femke.

Sofietje tilde met twee handen de gieter op en liet het water over de steen stromen. Het kind vertrouwde haar volledig. Het begrip dood kende ze nog niet, maar na de spoedcursus van Femke en de wandeling over de begraafplaats wist ook deze Sofie er alles van.

Het had op Femkes lippen gelegen om het meisje het hele verhaal te vertellen. Wie daar lag begraven, en hoe ze was gestorven. Hoe woedend ze was geweest terwijl ze lag dood te bloeden. Ze was gestorven in de armen van Femke met een blik van 'het zal toch godverdomme niet waar zijn'.

Toen Femke die nacht in augustus de telefoon opnam, had ze meteen geweten dat het mis was. Het was een lome nacht en Femke lag naakt in haar studentenkamer op haar bed naar de televisie te kijken. Aan de andere kant van de lijn had ze gestommel gehoord en gegil, en daarna niets meer. Ze was opgestaan en had zich razendsnel aangekleed. Ze moest naar haar zus. Een moment had ze getwijfeld: lange broek of korte broek? Had ze dat maar niet gedaan.

De voordeur van Sofie's huis stond open toen Femke kwam aanfietsen. Ze had haar fiets neergegooid en was hollend het bloedspoor gevolgd naar het Sarphatipark. Toen ze het park bereikte, zag ze iemand wegrennen. Sofie lag hevig bloedend onder een boom.

Stefan schrok wakker van de telefoon. De hele nacht was hij opgebleven en had hij gewacht op de verlossende woorden van de politie, maar het was stil gebleven. Tegen de ochtend moest hij in slaap zijn gevallen, met het roze rugzakje op zijn borst.

Misselijk van de spanning probeerde hij overeind te komen. De blaren op zijn buik hielden hem tegen. Hij verging van de pijn. Nu pas zag hij hoe ernstig de zon hem te grazen had genomen. Moeizaam schoof hij van het bed en pakte hij de telefoon van zijn nachtkastje.

'Meneer De Roos?'

'Ja?' Stefan herkende de stem van de politieman.

'Sorry. We hebben haar niet gevonden.'

Stefan moest kokhalzen en liet de telefoon op de grond vallen. Net op tijd kon hij de wastafel bereiken. De lange, koude douche die hij nam nadat hij zich had ontdaan van zijn maaginhoud, verlichtte de branderige pijn op zijn huid. Zonder zich te hebben afgedroogd, sloeg hij voorzichtig zijn badjas om en ging naar beneden om de krant te halen.

Een handgeschreven envelop met daarop zijn oude naam trok zijn aandacht. Dinand de Roos. Al tien jaar lang gebruikte Stefan zijn tweede naam als roepnaam. Aan zijn Dinand-tijd wilde hij niet worden herinnerd. Niemand noemde hem nog zo. Hij was iemand anders toen.

Stefan scheurde de envelop open. Met trillende handen las hij het briefje. Een bekend handschrift. Amsterdam, 4 augustus 2009. De sterfdag van zijn grote liefde. Dat was gisteren. Waarom had hij dat niet eerder bedacht? Stefan las het briefje en voelde hoe de angst plaatsmaakte voor razernij.

Jouw Sofie voor mijn Sofie, tenzij je bekent
Sarphatipark middernacht: je weet waar

Dus dat was het. Hij moest een moord bekennen en dan zou hij zijn dochter terugkrijgen. Een moord die hem al tien jaar lang achtervolgde, die zijn geluk in de weg stond en die hem zijn huwelijk had gekost. Als opgejaagd wild had hij in het najaar van 1999 de stad verlaten. Hij was vrijgesproken wegens gebrek aan bewijs, maar veroordeeld door iedereen die Sofie had gekend. Tien jaar later pas had hij het aangedurfd om terug te komen naar Amsterdam, zijn stad. Wat een vergissing. Stefan had spijt. Voor zijn gevoel had hij levenslang.

Het zusje was indertijd de aanstichtster geweest. Het was allemaal haar schuld. Alles. Zij had tegen hem getuigd. Het was nota bene door haar dat hij en Sofie ruzie hadden gekregen op de dag dat ze stierf. Stefan had volgens Sofie die zomerdag iets te veel aandacht aan haar jongere zusje besteed. Het verwijt had hem razend gemaakt. Sofie betekende alles voor hem. Van haar hield hij meer dan van zichzelf. Dat ze daaraan twijfelde, voelde als regelrecht verraad.

Het was precies zo'n nacht als tien jaar geleden; net zo warm, dezelfde maan, dezelfde sterren. In gedachten verzonken liep Stefan over het grindpad, langs het monument ter nagedachtenis aan Samuel Sarphati. Hij voelde zich verrassend kalm. Zijn woede had hij met succes gesmoord in sterke drank. Op een bankje lag een zwerver te slapen. Het park zag er doorleefd uit. In het gras zag hij de smeulende resten van een illegale barbecue.

Klokslag twaalf uur kwam hij aan op de afgesproken plek. Stefan hield zijn adem in toen hij haar zag. Hij knipperde met zijn ogen, maar ze stond er nog steeds. Sofie, in het zomerjurkje dat hij haar cadeau had gedaan. Zo zag hij haar het liefst: zonnebril in haar haar, een sigaret in haar mond. Ze was geen dag ouder geworden. Voor altijd achtentwintig. Was dit

97

nu een geestverschijning? Hij had er veel over gelezen. Wat was ze mooi, zijn Sofie. Hij wilde haar.

'Sofie?'

Stefan liep naar haar toe. Ze lachte, maar bewoog niet. Stefan pakte haar hand. Ze was echt. 'Sofie, ik... Ben jij het, Sofie?'

'Nee, natuurlijk niet, klootzak.' De lach was verdwenen. Stefan deinsde achteruit. Femke. Wat leek ze op Sofie, ongelooflijk. Hij stond te tollen op zijn benen. Als twee druppels water. Hij zou er alles voor geven om haar terug te krijgen.

Ineens realiseerde hij zich weer waar hij voor was gekomen.

'Waar is mijn dochter?' vroeg hij.

'Veilig,' zei Femke, die een trekje van haar sigaret nam. 'Het gaat me niet om haar.'

'Wat wil je?' vroeg Stefan.

'Gerechtigheid,' zei Femke.

Stefan keek haar strak aan.

'Je mag niet gewoon doorleven alsof er niets is gebeurd,' zei ze.

'Alsof dat zou kunnen,' zei Stefan. 'Ik hield van haar.'

You've got a strange way of showing it,' zei Femke.

'Breng me naar mijn dochter.'

'Later. Eerst ga je bekennen, Dinand.'

'Noem me niet zo,' zei Stefan.

'Zo heet je toch? Dinand.'

'Niet meer.'

'Zelfs je naam vond ze mooi. Dinand, charmant... misverstand.'

'Zo heet ik niet meer,' zei Stefan. 'Niet meer sinds jij mijn naam bezoedelde.'

'Ik? Laat me niet lachen, Dinand. Jij hebt haar vermoord. Ik heb je gezien.'

Stefan zweeg.

Femke keek hem indringend aan.

'Breng me naar mijn dochter,' herhaalde Stefan.

'Eerst bekennen,' zei Femke.

'Eerst mijn dochter.'

'En dan beken je?' vroeg Femke. 'Gelijk oversteken?'

Stefan peinsde. Hij dacht aan Sofietje bij het zandkasteel. Nooit zou hij meer zo onoplettend zijn. Ze was zijn dierbaarste bezit. Hij wilde haar terug. 'Ja,' zei hij ten slotte.

'Goed,' zei Femke, 'je weet de weg.'

Je weet de weg? Aarzelend liep hij met Femke mee, de straat in die hij tot nog toe zorgvuldig had gemeden. De rillingen liepen over Stefans rug toen hij bij het appartement kwam waar hij die zomer zo gelukkig was geweest. Nu woonde Femke er. Hij liep achter haar aan de trap op en keek naar haar zacht op en neer deinende billen. Het was griezelig hoezeer ze op haar zus leek. De oude kapstok stond er nog, hij herkende een gebreide sjaal van Sofie.

'In de studeerkamer,' zei Femke.

Stefan liep erheen en duwde de deur open. Die kraakte nog altijd. Sofietje lag te slapen. Hij knielde bij haar neer en kuste haar. Ze ademde rustig en geurde naar de zomer. Juist toen hij haar in zijn armen wilde nemen, trok Femke hem zo hard naar achteren dat hij omviel.

'Niet zo snel, Dinand. Eerst je verklaring.'

Stefan stond op en liep de woonkamer in. Femke hield een mobiele telefoon voor zijn neus en was hem aan het filmen.

'Zeg me na,' zei ze. 'Ik, Dinand de Roos, verklaar dat ik op 4 augustus 1999 Sofie Willems heb vermoord. Kom op, zeg het!'

Stefan draaide zijn hoofd weg, maar opnieuw duwde Femke het toestel in zijn gezicht.

'In het Sarphatipark diende ik de fatale steken toe, zo heet dat toch in politietaal?' Femke schreeuwde. 'Zeg me na! Ik ben een moordenaar, zeg het, Dinand. Je wist wat je deed. Driehonderd meter had je om je te bedenken, om haar te laten leven. Zeg het dan: ik ben een moordenaar.'

Stefan opende zijn mond, maar er kwam geen geluid uit.

Het voelde alsof Femke hem een mes op de keel zette. Hoe moest hij zich hieruit redden? Femke duwde haar mobiel nog dichter onder zijn neus. In een reflex haalde Stefan uit en de telefoon vloog door de kamer. Hij rende erachteraan en stampte het ding aan gruzelementen. Woedend kwam Femke op hem aflopen, maar Stefan duwde haar weg. Als een boemerang kwam ze terug en ze trapte hem zo hard tegen zijn schenen dat hij zijn evenwicht verloor en tegen de kapstok viel. Hij landde zacht op een stapel jassen, maar voor hij kon opstaan, was Femke boven op hem gedoken en begon ze wild op hem in te slaan. Stefan omklemde een van haar polsen en duwde haar van zich af. Met zijn andere hand pakte hij de sjaal die naast de kapstok lag. Met een snelle beweging deed hij hem om Femkes nek en trok hem strak aan. Nu piepte ze wel anders. Ze hield op met stompen en maakte een rochelend geluid. Stefan huilde en hield de sjaal van Sofie stevig vast. Sofie. Door zijn tranen heen zag hij hoe ze paars aanliep. Sofie. Femke. Sofie. Femke.

'Wat doe je, papa?'

Stefan draaide zich om en zag zijn dochtertje aan de andere kant van de kamer staan. Hij liet de sjaal los en stond op. Met open armen liep hij op haar af en tilde haar op. Slaperig legde ze haar hoofd in zijn hals.

'Gaan we naar mama?' vroeg ze.

Stefan knikte. Met zijn hand bedekte hij haar gezichtje en liep hij langs Femke de trap af, de deur uit en door het park naar huis.

Kortsmit & Lotz

De redding

Mijn handen klauwen in het fijne zand en ik vind een arm. Zweet hangt als een watergordijn voor mijn ogen. Terwijl de zon brandt op mijn rug komt er een hand tevoorschijn. Ik versnel het tempo, graaf als een bezetene, maar de korrels vullen het gat steeds weer op, alsof ze tegen me samenspannen. Ik veeg het zweet weg, maar dat helpt niet, het zoute, prikkende vocht is vrijwel meteen weer terug. Het is te heet hierboven, tegen de duinen aan.

Dan vind ik een been, zacht en menselijk. Ik pak het vast en voel omhoog, naar een heup, ribben. Ik laat niet meer los. Mijn hele lichaam bonst en gloeit en mijn zweet druipt, ook op de schouder die nu vrijkomt. Ik voel een kaaklijn en veeg meer zand weg, nog sneller. Er komt een blonde lok tevoorschijn.

Ik ben nog net op tijd.

De groep mensen om ons heen is een en al loftuitingen voor mij en vol aanmoedigingen voor de kleine jongen. Hij is een jaar of acht en spuugt zand uit zijn mond, terwijl hij steeds harder begint te snotteren. Ik ben zo opgelucht dat hij huilt. Hijgend sta ik op en haal een aantal keren diep adem. 'Alles onder controle, ik heb geen ambulance nodig,' zeg ik in mijn portofoon.

We worden omringd door steeds meer nieuwsgierige lijven in bikini's en zwembroeken. In een boog staan ze om ons heen. Pas als de jongen in de armen van mijn collega naar de strandpost wordt gedragen, wijkt iedereen uiteen.

Het is het eind van de middag als ik terugkeer naar de post bij de centrale strandopgang, waar ik word gefeliciteerd door iedereen, ook door Mark, mijn ex. Hij doet dat onhandig, alsof hij me niet meer durft aan te raken.

Ik plof neer op de oranje plastic bank en drink in één keer de waterfles leeg die ik krijg aangeboden. 'Is die jongen oké?'

Mijn chef, die met zijn handen in zijn zij op me neerkijkt, knikt. 'Zijn vader is hem net komen ophalen.'

Ik schud mijn hoofd. 'Je kind alleen laten graven bij een hek langs de duinen. Die ouders zouden toch beter moeten weten...' Ik gooi de lege fles in de prullenbak en sluit mijn ogen even. Als ik ze open, is iedereen weer aan het werk. Mark staat gebogen over de tafel. Waarom wordt hij nou niet gewoon dikker en kaal, zoals zoveel mannen van zijn leeftijd? Ik kijk op de ronde klok boven hem. Mijn dienst zit er al twintig minuten op.

Het zoute water is koel en donker als ik erin duik. Onder water blijf ik doorzwemmen, genietend van de rust. Het boezemt me geen angst in hier te zijn, als kind al niet. Terwijl andere kinderen niet eens een paar seconden onder water durfden te blijven, zwom ik al weg, alles loslatend, vrij.

Als ik weer boven kom, kijk ik recht in de ogen van twee jongens van een jaar of zeventien, die op een luchtbed hangen. Ze bezien me met verbazing, alsof ik een opgedoken zeemonster ben, maar dan verandert hun blik. Ik ben het al gewend, die gretige blikken van mannen en jongens. Ze zwijgen, met hun hoekige schouders tegen elkaar aan. Ik draai me loom om en zet een borstcrawl in. Pas nu ik de kustlijn zie, realiseer me hoe ver in zee ik ben. En de jongens dus ook. Ik stop met zwemmen en draai me weer om. Ze staren nog steeds naar me.

'Kunnen jullie wat meer deze kant op komen? Straks drijven jullie nog af.'

Een van hen wuift grijnzend. 'Dus je wilt dat we met je meekomen? Dat klinkt gezellig.'

'Ik meen het. Straks kunnen jullie niet meer terug.'

Hun uitdrukking verandert. De een legt zijn hoofd op zijn armen. De ander wuift me weg. 'Sodemieter even gauw op.'

Ze kijken me verwachtingsvol aan. Ik besluit terug te zwemmen. Als ik een paar meter verder omkijk, is er een op het luchtbed gaan liggen. De ander duwt zijn vriend richting strand.

Binnen twee uur ben ik toegejuicht en uitgejouwd.

De boulevard ademt loomheid en overgave. Zelfs de veelkleurige landenvlaggen laten zich gelaten hangen. Ik onderdruk de gedachte dat dit alweer mijn laatste week is als vrijwilligster, en ik over minder dan negen dagen weer elke ochtend naar kantoor moet.

Ik wandel ontspannen, in korte broek en een wit shirt, dat nu alweer aan mijn rug kleeft, zodat ik terug verlang naar mijn badpak en de koele zee. Het gaat richting vijf uur, en het strand begint leeg te lopen. Mensen zijn op weg naar huis, net als ik. Alleen hoef ik niet met de auto uit deze verzengende heksenketel weg te komen. Ik woon in een appartementencomplex, nog geen zes minuten lopen van het strand. Het geschreeuw van radio's, toeterende claxons en de optrekkende en vrijwel meteen weer stilstaande auto's doen me glimlachen. Ik loop langs een winkel vol kleurige vliegers, voetballen en reclameborden voor ijs, en blijf even staan. Naast een rij groene schepnetten hangen teenslippers met extra dikke, comfortabele zolen. Ze hebben een mooi hip kleurtje, paars en zwart, met paisleyprint. Het is druk in de winkel, maar ik ga evengoed naar binnen. Een voordeel tegenover de vele nadelen dat er thuis niemand op me wacht, is dat ik geen haast heb.

Ik trek een paar slippers van het schap, op zoek naar de goede maat, terwijl ik mijn eigen schoenen uittrap. Geen maat negenendertig. Zoekend kijk ik om me heen, recht in de ogen van Katja. Ze is in de twee jaar sinds ik haar voor het laatst zag nauwelijks veranderd. Haar eens zwarte, lange haren komen nu maar tot haar schouders en ze lijkt magerder geworden. Ik lach en loop op haar toe. Er staat een oudere man naast Katja, tegen haar aan zelfs. Hij draagt een felgekleurd hemd. Ik ken hem niet. Hij is een kop groter dan zij en wrijft met zijn hand over zijn norse, pafferige gezicht, waarin een paar slierten plakken van zijn bruine haren. Al die tijd staat Katja doodstil naast hem.

'Hé, Katja! Wat leuk! Hoe lang ben je al terug?'

Tot mijn verbazing zegt ze niets. Ze werpt een steelse blik omhoog, naar de man. Die grijpt een schep van de toonbank, pakt Katja bij haar arm en trekt haar mee richting uitgang.

'Katja?' probeer ik nog, maar ze lopen de winkel al uit, mij beduusd achterlatend. Even twijfel ik, boos en verbaasd, maar dan pak ik mijn schoenen en loop ook de winkel uit, achter hen aan.

Buiten zie ik ze nog net de hoek omgaan, als ik een stevige hand op mijn schouder voel. De man die net nog achter de kassa stond, kijkt me bozig aan en wijst naar mijn hand. 'Zullen we die eerst even afrekenen, mevrouw?' Ik heb de slippers nog vast.

Ik duw ze haastig in zijn handen en laat hem verbijsterd achter. Op mijn blote voeten ren ik snel de hoek om, maar ze zijn al verdwenen. Een paar minuten blijf ik staan, speurend, maar ik zie ze nergens meer. Tot er een groene Citroën langsrijdt, zo'n lage. Eerst zie ik het felgekleurde hemd van de lange man achter het stuur. Dan ernaast Katja.

Ik roep nogmaals haar naam, maar de auto stuift weg, met erin degene die eens mijn beste vriendin was.

Ik trap het laken van me af en draai me om op mijn linkerzij, maar de hitte blijft als een onzichtbare deken op me liggen. De rood oplichtende cijfers van mijn wekker verspringen van 00.58 naar 00.59. Ik hoor voetstappen van de bewoner boven me, een balkondeur die opengaat. De geur van sigaretten-rook. Ik ga weer op mijn rug liggen en doe mijn ogen dicht. Ik blijf maar denken aan Katja. Twee jaar geleden vertrok ze. Zomaar ineens. Ze zou wel zien waarheen, misschien Thailand. Typisch Katja. Als je bij haar in de buurt was gebeurde er altijd wel iets.

Ze mailde me regelmatig tijdens haar reizen, tot een half jaar geleden; een vaag laatste bericht dat ze weer in Nederland was en daarna niks meer. Ook haar andere vriendinnen hoorden niets meer van haar. Katja leek van de aardbodem verdwenen.

Tot vanmiddag.

Ik hoor de deur boven me dichtslaan en draai me nog eens om. Alles voelt klam. Mijn hemdje plakt aan mijn huid. Ik sta op en slenter richting de keuken. Nou ja, keuken is een groot woord: het is een aanrecht in een kleine woonkamer, maar ruim genoeg voor mij alleen. Ik open de deur van de ijskast om te zien of er nog iets lekkers in zit. De koelte die me tegemoet komt voelt heerlijk. Even blijf ik zo staan, met mijn ogen dicht en mijn hoofd gedeeltelijk in de ijskast.

De beltoon van mijn mobiel doet me opschrikken en ik stoot mijn hoofd. Met mijn hand wrijvend langs mijn pijnlijke slaap pak ik mijn mobiel. Beller onbekend. Geen Mark, dus.

'Hallo?'

'Heleen?' Een fluisterende stem die ik niet meteen kan thuisbrengen. 'Heleen, je moet me helpen.'

Mijn lichaam verstijft. 'Katja, ben jij het?' Ik loop naar het raam, licht een stukje vitrage op en kijk naar buiten. Alsof ze bij me op de stoep zou staan.

'Je moet me helpen. Help me alsjeblieft.' Ze klinkt gejaagd nu. Angstig.

Ik draai me om en blijf midden in de kamer staan. Jarenlange ervaring bij de reddingsbrigade heeft me geleerd kalm te blijven. 'Wat is er aan de hand? Moet ik de politie bellen?'

'Nee, nee, vooral geen politie!'

'Waar ben je?' Ik luister gespannen, druk mijn mobieltje hard tegen mijn oor. Geen herkenbare geluiden op de achtergrond.

'Weet je nog dat doodlopende pad bij het Zeehuis?' zegt ze.

'O nee, hij is er weer!'

Een klik. Ze is weg.

Een paar seconden blijf ik staan, mijn mobiel in mijn hand. Dan stuif ik naar de slaapkamer en grijp de eerste de beste zomerbroek uit de kast. Terwijl ik me aankleed, loop ik richting de voordeur. Ik stap in mijn sandalen en gris onderweg nog net mijn fietssleutel mee voordat ik de deur met een harde klap achter me dichtsla.

Ik stap af en gooi mijn fiets tegen een vuilnisbak, met het sleuteltje er nog in. Haastig loop ik het rode tegelpad af, terwijl mijn ogen heen en weer schieten. Als ik geritsel hoor in de struiken die het pad aan weerszijden insluiten, blijf ik staan. Zo snel als het geluid opkwam is het ook weer verdwenen. Ik hoor alleen in de verte het geklots van de golven die op het strand stukslaan. Ik haal diep adem en ruik de zilte zeelucht. Voor mijn gevoel overstemt mijn versnelde ademhaling het getik van mijn zolen als ik het verlaten pad afren, richting de duinen.

Vanwaar ik sta, heb je uitzicht over de kabbelende zee en de wit oplichtende schuimkoppen van de branding. Ik kwam hier vroeger vaak met Katja. Als we een strandfeest hadden, klommen we regelmatig naar deze plek, vaak met jongens natuurlijk. Maar vannacht kijk ik niet naar de kust onder me. Ik heb alleen oog voor de groene Citroën van vanmiddag. Hij staat geparkeerd met zijn neus naar de duinen, de lichten branden, het linker achterportier staat half open. Angst haakt zich vast in mijn onderbuik en ik loop richting de auto. Voorzichtig kijk ik door de vieze ramen. Niemand. Ik leg mijn hand op de motorkap. Hij is nog warm. Ze kunnen nooit ver weg zijn.

Ik loop een rondje om de auto heen en klim dan verder omhoog, de duinen in. De scherpe punten van het helmgras prikken in mijn enkels en kuiten. Ik wrijf er snel overheen om het stekende gevoel weg te nemen. Ik hoor een geluid dat ik niet kan thuisbrengen. Het komt van links. Terwijl een zeedistel venijnig langs mijn bovenbeen schraapt, weet ik opeens wat ik hoor: gegraaf. En ik ben er vlakbij. Ik kijk tussen de begroeiing door en zie in het maanlicht Katja staan. Ze graaft met een schep een gat in het duinzand. Op een afstand staat de man van vanmiddag uit de winkel toe te kijken. Ik kruip nog wat dichterbij en zie dan dat hij een pistool in zijn hand heeft. Hij houdt Katja onder schot. Wat heeft dit te betekenen? Laat hij haar haar eigen graf graven?

Oncontroleerbare paniek vliegt in me omhoog. Wat moet ik doen? Op mijn billen laat ik me een stukje naar beneden glijden, en ik grijp naar mijn mobiel. Maar dan denk ik aan wat Katja zei: geen politie. Trouwens, zouden die wel op tijd hier zijn?

Katja heeft hulp nodig. Nu.

Ik kijk om me heen en zie dan bij mijn voet een tak liggen. Het bleke stuk hout voelt licht, en ik sla er een keer mee in het zand om me ervan te verzekeren dat het stevig is. Ik hoor de zee, verderop, en de graafgeluiden die Katja maakt. Met de tak als zwaard in mijn klamme hand sluip ik hurkend om het duin heen, houvast zoekend aan de begroeiing. Af en toe schuiven mijn voeten weg in het rulle zand, en één keer zak ik helemaal weg en lig ik een paar seconden languit. Als ik weer opsta, kijk ik om naar het duinpad waar de auto nog steeds staat, als een vreemde, stille toeschouwer. De maan maakt alles blauw en wit.

Na nog een paar stappen schat ik recht achter de man te zijn en ik klim het duin weer op. Omdat ik steeds wegglijd met mijn voeten, heb ik het helmgras nodig om overeind te blijven, al beginnen de taaie, sliertige stengels nu in mijn handen te snijden. Bijna boven op het duin laat ik me vallen en dwing mijn ademhaling tot rust te komen.

Ik sta inderdaad precies achter de man. Het maanlicht doet zijn pistool blinken en zijn uitgestoken arm is spierwit. Ik kijk langs de loop van het wapen naar Katja, die met gebogen hoofd doorgraaft. Ik herken de schep aan het blauwe handvat; hij lag vanmiddag nog op de toonbank van de winkel aan de boulevard. Ik voel mijn ademhaling weer zwaarder worden, want ik weet wat ik nu ga doen.

Alles aan mij lijkt geluid te maken als ik op de man afsluip. Ik knijp hard in de tak, zozeer dat ik hem hoor kraken. De ademhaling van de man is hoorbaar en de geluiden van de schep in het zand worden luider. Ik sluip stap voor stap, mijn ogen strak gericht op de man. Dan kijk ik naar Katja. Haar haren vallen door het graven voor haar gezicht. Ik weet niet of ze iets hoort, maar opeens kijkt ze op, haar lokken wegvegend met de achterkant van haar pols. Ze ziet me. Haar mond valt iets open.

De man merkt het of ziet het, en draait zich om. Ik zie zijn ogen niet, het zijn twee donkere gaten. Zijn arm gaat iets omhoog en het pistool is in één vloeiende beweging op mij gericht, recht op mijn gezicht. In een reflex spring ik om de laatste meters te overbruggen en zwaai tegelijkertijd de tak van boven naar beneden. Die raakt de arm van de man even boven zijn pols. Het pistool valt met een droge plop. De man schreeuwt niet, wat me verbaast. Hij kreunt alleen maar. Mijn arm met de tak zwaait opzij en dan weer terug, en de stok raakt de zijkant van zijn hoofd met een onsmakelijk geluid.

Nu schreeuwt hij wel. Hij valt. Ik doe nog een stap naar voren. Mijn benen lijken van rubber, maar toch lukt het me te blijven staan. Zoute zweetdruppels dringen in mijn ogen, en door een waas zie ik de man liggen. Ik hef mijn stok weer en wrijf snel een keer over mijn ogen. Mijn zicht is weer beter en ik zie de man met zijn hoofd schudden, zwaar hijgend. Maar hij komt weer overeind, op handen en voeten, en het gevoel van paniek in mijn lichaam doet me naar adem happen. Hij staat wankel op en kijkt opzij. Zijn ogen zijn bruin en een en al ongeloof. Ik houd de stok nu vast als een honkbalknuppel, dreigend, maar hij recht zijn rug. De man is bijna twee koppen groter dan ik ben.

'Ga liggen!'

Katja's stem naast me is schril en hoog. Ik durf weg te kijken van hem en het eerste dat ik zie is het pistool. Het wordt met beide handen vastgehouden door Katja. Ze richt het glanzende metaal op het hoofd van de man. Die steekt meteen, als in een reflex, zijn handen omhoog.

'Ga liggen, zei ik! Nu!'

Hij gaat door zijn knieën, steekt een hand uit naar de grond en ligt weer, krampachtig op één schouder.

De zee klinkt belachelijk kalm in vergelijking met de drie jachtige ademhalingen. Ik kijk omhoog van de man, langs het pistool naar Katja's gezicht. Zij heeft haar blik strak op de man gericht. Ik frummel onhandig in mijn broekzak en trek mijn mobiel tevoorschijn. Zelfs mijn korte broek is doordrenkt van het zweet.

'We moeten de politie bellen, Kat.' Mijn stem is een hijgerig gefluister, nauwelijks verstaanbaar.

Katja reageert niet.

Ik maak aanstalten te gaan bellen, maar voel dan Katja's hand op mijn arm. 'Niet doen. Stop weg. Geen politie.'

Dan hoor ik voor het eerst de lage stem van de man. 'Toe maar. Bel de politie maar. Toe dan! Dan kunnen ze haar oppakken...'

'Hou je bek!' Katja's stem klinkt laag, alsof ze de man imiteert.

Ik kijk weer naar haar gezicht, maar Katja's ogen blijven strak op de man gericht. 'Kat, wat is er toch aan de hand?'

Ze slikt voor ze antwoord geeft. 'Het is... ingewikkeld.'

'Ze is een moordenaar! Graaf maar door, dan zul je het zien!' Terwijl hij het zegt, komt de man voorzichtig een klein stukje overeind.

Ik kijk verbijsterd van de man terug naar Katja. 'Kat? Wat is...?'

Voor het eerst ziet ze om, naar mij. Katja's ogen, waar ik ontelbare keren in heb gekeken en altijd alles in zag, zijn donker. Ze lijkt naar woorden te zoeken.

'Die zak is gek. Je moet me vertrouwen. Vertrouw me nu maar, oké?' Ze zegt het alsof we weer zestien zijn en ze mij overhaalt mee te rijden in de auto van een of andere jongen.

De man grinnikt vreugdeloos. 'Je weet niet waar je in terechtgekomen bent.'

'Katja? Vertel nou?' Nu klink ik weer zestien jaar oud. Toe nou, Kat, wat zei Paul over mij in de klas gisteren?

Maar ze zwijgt. En de man praat maar door.

'Ze is een moordenaar! Graaf maar door, dan vind je mijn zoon! Toe dan, graaf maar!'

De schep ligt vlak bij me. Het blauwe handvat raakt bijna mijn sandaal. Ik buk en pak het voorwerp op.

Als ik omhoog kijk, is het pistool op mij gericht.

'Leg die schep neer.'

Voor het eerst in al die jaren herken ik haar stem niet. Ze kijkt me aan, haar mondhoeken naar beneden, haar wilde zwarte haren aan haar wangen geplakt.

'Katja? Wat doe je?' Mijn stem trilt. Ik laat de schep vallen.

'Zoals ik al zei. Het is ingewikkeld.' Ze leunt iets naar achter en de maan beschijnt haar ogen. Ze ziet me niet, al kijkt ze naar me.

Dan hoor ik iets, een seconde maar, en de witte arm van de man komt langs. Zijn hand duwt Katja's pols met het pistool omlaag. Het vuurwapen ploft weer in het zand. De rare gil is van Katja als ze op de man springt, waardoor ze allebei vallen. Ik pak het pistool op en zie dan hoe mijn vriendin boven op de man zit. Die houdt zijn handen omhoog om zich te beschermen tegen haar klappen en klauwen.

Ik hoor mezelf gillen. 'Stop daarmee! Hou op!' Ik ben in twee stappen bij ze en leg mijn hand op Katja's rug. Ik voel het zweet en haar wilde bewegingen. Ze blijft maar doorslaan, terwijl ze kreunt bij iedere slag. De man is stil. Hij beschermt

110

zijn gezicht met zijn handen. Er lopen donkere draden over zijn witte armen. Bloed.

Dan raakt Katja's uithalende arm opeens die van mij en er volgt een knal. Het metaal in mijn hand is warm. Katja ligt op de man alsof ze hem wil omarmen, omsluiten. Beschermen, bijna. Pas als hij me aankijkt, realiseer ik me wat er is gebeurd. Hij maakt een uitademend, gorgelend geluid en duwt Katja van zich af.

De bloedrode vlek op haar rug wordt langzaam groter.

Ik geef het op, uit wanhoop of vermoeidheid, ik weet het niet meer. Bloed stelpen, mond-op-mondbeademing, het heeft geen enkel resultaat. Ademhaling en polsslag blijven weg. Ik wrijf de vochtige haren weg uit Katja's gezicht en ga naast haar zitten. Verslagen. Ze is dood. Ik zeg het stilletjes tegen mezelf. Ik deel het mezelf mee, zoals ik dat één keer eerder in mijn leven heb moeten doen aan de moeder van een verdronken peuter.

Ik ben één en al zweet en zand, en wrijf over mijn gezicht, maar de korrels willen maar niet weggaan, versmolten als ze lijken met mijn huid. Ik wrijf hard en ruw, voel pijn. Dan slaak ik een diepe zucht en voel tranen opkomen. Nog meer zout in mijn ogen.

Een kreet dicht bij me doet me opkijken. De man is wild aan het graven geslagen terwijl ik met Katja bezig was. De kuil is al best diep. Hij gooit de schep weg, hurkt in het gat en graaft verder met zijn handen. Hij mompelt en snikt.

Ik krijg het voor elkaar om op te staan en naar hem toe te lopen. Hij maakt iets vrij in het vochtige zand. Ik zie kleding, een groene stof. Hij stopt alsof hij schrikt en niets meer durft aan te raken. Zijn trillende handen blijven in de lucht hangen.

'O, mijn lieve jongen. Wat heeft ze met je gedaan?' Hij huilt, hortend en stotend.

Ik maak geen enkel geluid. Toch is hij zich plotseling van mij bewust, want hij kijkt om. Er valt een rechthoekige schaduw over zijn gezicht. Hij knikt naar Katja. 'Zij heeft haar straf gekregen.' Terwijl hij verder praat, staart hij naar de kuil. 'Niemand die me geloofde. Ik moest een pistool tegen haar hoofd zetten voor ze het vertelde.'

Mijn hoofd bonst. Ik sta als verlamd. 'Waarom heeft ze het gedaan?' Mijn stem klinkt hees, alsof ik in geen jaren heb gesproken.

Hij gaat moeizaam op de rand van het graf zitten. Schudt dan zijn hoofd. 'Ze hadden iets met elkaar in India. Arjan maakte het uit zodra ze weer in Nederland waren. Dat kon zij niet verkroppen. Ze kon hem niet loslaten. Toen begon het stalken.'

Ik ga in het zand zitten. Of beter gezegd: ik zak doodmoe in elkaar en luister naar die lage, trillende stem.

'Op een dag was hij verdwenen. Ik wist meteen dat zij erachter zat, maar de politie kon niets bewijzen. Ik ook niet.' Hij draait zich om.

Ik zie dat hij nog steeds huilt.

'Ik moest het weten. Ik kon niet verder leven in die onzekerheid. Niet weten waar hij was. Zij wist het, daar was ik zeker van.'

We zitten zwijgzaam bij elkaar.

'We moeten de politie bellen,' zeg ik.

Hij knikt terwijl hij in het graf neerknielt. Hij gaat door met het wegvegen van zand. Zachtjes. Teder.

Ik blijf zitten in die verdomde hitte. Hij komt weer overeind. Met zijn rug naar mij toe praat hij tegen me. 'Wat moeten we zeggen?' Als hij zich omdraait, zie ik vriendelijke ogen, kapot van verdriet. Al heel lang.

'We kunnen…' Ik twijfel even over wat ik ga zeggen, maar zeg het toch. 'We kunnen anoniem de politie bellen?'

De man kijkt naar wat er over is van zijn zoon. Hij knikt traag, pakt de schep en begint het graf weer dicht te maken. Iedere schep zand legt hij voorzichtig op zijn zoon.

'"We" doen helemaal niets. Jij blijft hier buiten. Anders ga je straks de cel in. Jij hebt Katja doodgeschoten.'

Ik ril en vraag: 'En Katja? Wat doen we met haar?'

Hij stapt uit de kuil en kijkt zoekend om zich heen. 'We begraven haar verderop en dan bel ik morgen de anonieme kliklijn met een tip waar mijn zoon begraven ligt. Zo krijgt hij eindelijk de begrafenis waar hij recht op heeft.'

We kijken elkaar aan.

'Ik heb Arjan terug. De moordenares is gestraft, dankzij jou. Het is goed zo.' Hij knikt naar waar Katja ligt. En ik begrijp wat hij bedoelt.

Als de man neerknielt bij het graf van zijn zoon alsof hij wil bidden, pak ik de schep. Ik loop alvast omhoog, verder de duinen in.

Mijn handen duwen het fijne zand. Ik bedek haar arm. Ik schuif nog meer, nog sneller. Ik wil de schouder bedekken, haar hals. Alles moet weg, verdwijnen onder het zand. Bij haar gezicht twijfel ik. Maar de man is me voor. Hij laat in één keer haar kaaklijn en mond verdwijnen.

Ikzelf heb nog twee laatste handen zand nodig voor haar wilde, zwarte lokken.

Bob Mendes

De Tungstenconnectie
Een Sam Keizerverhaal

Het was al vijf weken snikheet en zelfs de weerman had de onweersbui niet zien aankomen. Ik stond in het midden van De Keyserlei toen het zonder enige overgang oude wijven begon te regenen. Er was geen ontkomen meer aan. Ik deed mijn schoenen uit en holde op mijn blote voeten en met mijn handtas boven mijn hoofd naar de overkant van de straat, maar desondanks was mijn haar kleddernat nog voor ik de ingang van het Hyllitt Hotel wist te bereiken. Henry Berneman wachtte me op in de lounge. Toen hij me zag binnenkomen, verscheen in zijn ogen die speciale blik die ik zo goed van hem ken. Ik wist wat erachter stak. De lichte zomerjurk die ik droeg kleefde aan mijn lichaam en onthulde meer van mijn boezem en mijn andere contouren dan het ervan bedekte. Hij klakte wellustig met de tong. 'Zo heb ik je het liefst, Sam Keizer, ' zei hij monkelend. 'Vochtig en vurig.'

Ik probeerde een vroom en tegelijk bestraffend gezicht te zetten, maar dat lukte niet zo goed. We hadden elkaar in geen maanden gezien en ik was zelf ook blij dat ik hem zag. 'Dat soort opmerking noemt men ongewenste intimiteiten op het werk, Harry. Daar staan sancties op.'

Hij glimlachte zelfzeker. 'Die neem ik er graag bij.'

Ik zocht steun met een hand tegen een zuil en trok met de andere hand mijn schoenen weer aan. 'Maak je maar geen illusies. Dit wordt een strikt zakelijke bijeenkomst.'

Hij trok zijn schouders naar achteren. '*Right*. Ik heb een tafeltje voor ons gereserveerd op de zesde verdieping, in Gran Duca. Kom maar mee.'

'Ga jij alvast vooruit. Ik kom zo.'

In het damestoilet maakte ik de balans op van de schade. Dat viel nogal mee. Ik draag tegenwoordig mijn haar kort en strak, zoals de zangeres Rihanna, maar dan wel koperkleurig, en buiten wat lipstick gebruik ik weinig maquillage. Terwijl ik aan de slag ging met de handhaardroger die daar ter beschikking ligt, dacht ik aan Harry en aan onze relatie: hij was mijn minnaar, enfin ex-minnaar, want sinds ik hem in het Royal Lancaster in Londen betrapt heb met een Japanse diplomate, zijn we niet meer met elkaar naar bed geweest – en hij was ook mijn baas. Henry Berneman, Harry dus, was European manager van Berneman & Pinkerton, een internationaal kantoor van juristen en criminologen dat zich had gespecialiseerd in onderzoeksdaden ten behoeve van grote instellingen of officiële instanties en van NAVO-leden, met de CIA als bijzonderste klant – en sinds ik in Antwerpen zelf als privédetective aan de slag ben gegaan, kreeg ik geregeld een opdracht toegeschoven van zijn kantoor. Dat was mooi meegenomen want B&P was nooit krenterig als het op betalen aankwam.

En omdat Harry in Londen woonde, gaf het ons de gelegenheid elkaar te ontmoeten. Hij mocht dan wel bijna een generatie ouder zijn dan ik, maar hij verveelde nooit.

Ik streek mijn jurk glad en verliet de toiletruimte. Harry zat onder een zonnescherm aan mijn favoriete tafeltje – de zon was intussen weer doorgebroken – op het dakterras van Gran Duca, vanwaar we een fantastisch uitzicht hadden op de De Keyserlei en het Centraal Station. Zodra ik ging zitten schonk hij een glaasje witte wijn voor me in. Ik hoefde niet naar het merk te vragen. Harry kende mijn smaak. Zelf dronk hij een whisky-soda, een daad die in een voornaam Italiaans restaurant als Gran Duca gelijk staat aan streaken in de Sint Pieters basiliek tijdens het paasoffer. We toostten en dronken.

Ik een heel klein slokje en Harry een flinke teug. Hij is een grote, sterke beer, die graag zijn mannelijkheid demonstreert.

'Hoe gaan de zaken?' vroeg hij. 'Heb je het erg druk?'

'Redelijk.'

'Tijd om er een onderzoek bij te nemen?'

'A.S.A.P.?'

Hij grijnsde. Bij B&P beweegt alles zich altijd ergens tussen hoogdringend en acuut.

'Oké. Zeg het maar.'

Hij pakte een map uit zijn aktetas en haalde er een vel papier uit dat hij voor mij neerlegde. Het was een op gewoon papier geprinte foto van een sportief ogende man van midden dertig met felle bruine ogen en millimeterkort haar. 'Ken je deze man?'

'Niet dat ik weet. Maar hij mag me altijd een avondje uit vragen.'

'Marc Stein. Zoon van een schatrijk Joods diamantair in Antwerpen, die ook voorzitter is van het Antwerp World Diamond Center. Ongehuwd. Een begeerd vrijgezel en vrouwenversierder, maar tevens sportief en avontuurlijk. Hij blinkt uit in meer dan een sport: zeilen, sky-surfen, diepzeeduiken. In Peking maakte hij deel uit van de Olympische schermploeg voor Israël.'

'Een begaafd rijkeluiszoontje, dus.'

'Vooral begaafd. Hij is vermist en we willen dat jij hem opspoort.'

'Sinds wanneer is hij vermist?'

'Twee dagen.'

'Twee dagen is niet erg lang voor een knappe vrijgezel.' Ik dacht aan onze eigen kennismaking in Londen. Nadat we de Last Night of the Proms in Royal Albert Hall hadden bijgewoond had Harry me meegenomen naar zijn suite in het Royal Lancaster Hotel. De hormonale obsessie die we elkaar toen hadden bezorgd, had aanzienlijk langer geduurd dan achtenveertig uur.

Ik vroeg: 'Is er aangifte gedaan bij de politie?'

'Nee. We willen niet dat het in de media komt. Daarom moet jij hem voor ons opsporen.'

'Gebruikelijk tarief?'

'Vanzelfsprekend.'

'Goed. Waar werd hij het laatst gezien?'

'In Antwerpen, toen hij op de Komedieplaats in een donkergrijze Audi stapte. Op zich is dat niet verontrustend, ware het niet dat de auto gesignaleerd staat als gestolen. Het voertuig werd gisterenochtend door een vroege wandelaar gevonden in de Wilgenduinen van De Zoom aan de Kalmhoutse Heide. Dat zou een grote stuifzandvlakte zijn waar de wind vrij spel heeft en die aansluit aan het Nederlandse militaire domein aan de andere kant van de grens. De auto had zich vastgereden in het zand. De portieren stonden open. De sleutel zat nog in het contact. Van de inzittenden was geen spoor.'

'Misschien waren ze op zoek naar zandloopkevers of graafwespen. Er zitten daar nog zeldzame insecten, naar het schijnt.'

Harry negeerde de ironie. 'Helemaal verontrustend waren de sporen in het zand. Er had duidelijk een achtervolging plaatsgehad. De achtervolger reed met een SUV of iets in die aard. De Audi maakte op dat terrein geen enkele kans.'

'Kan het niet gewoon een race van fuifnummers zijn geweest die eindigde in het zand?'

'*No way.*'

'Waarom niet?'

'Het stuur, de versnellingspook, het dashboard, de deurkrukken, alles waar een bestuurder of passagier normaal zijn vingerafdrukken op achterlaat was netjes schoongeveegd. Een beter bewijs dat er misdaad mee is gemoeid, kun je niet verschaffen.'

'Zo werkt het niet.'

'Hoe dan wel?'

'Als misdadigers hun sporen willen uitwissen vegen ze niet

het dashboard schoon, maar dan steken ze gewoon de auto in brand.'

Harry knikte goedkeurend. 'Daar heb ik niet aan gedacht.'

Ik dacht even na. 'Hoe weet je dat hij het laatst werd gezien terwijl hij in een auto stapte op de Komedieplaats ?'

'Omdat hij met een van onze medewerkers uit Londen een afspraak had in een café tegenover de Bourla Schouwburg. Het vliegtuig van onze man had vertraging en hij kwam meer dan een uur te laat op de afspraak. Stein was toen al vertrokken. De kelner van het café had hem in een Audi zien stappen.'

'Wat was het doel van die afspraak?'

Harry glimlachte verontschuldigend. Berneman & Pinkerton werkte met zijn agenten alleen op basis van *need to know*. Hij pakte de menukaart op. 'Zouden we niet eerst bestellen? Wat denk je van de filetti de soglia alla Milanese?'

'Doe maar.' Ik wachtte tot Harry de bestelling had doorgegeven aan de kelner. Toen hij weer wat belangstelling voor me toonde, probeerde ik het opnieuw.

'Je denkt dus dat Marc Stein ontvoerd werd?'

'Daar heeft het inderdaad alle schijn van.'

'Kan het zijn dat iemand het gesprek met jouw medewerker wilde verhinderen?'

'Best mogelijk.'

'Gesprek over wat?'

Harry keek afwerend. 'Ga er maar van uit dat ik dat niet weet en dat als ik het wel wist ik het niet zou mogen zeggen omdat het gevoelige informatie is.'

Ik zuchtte. Dat was zo leuk aan de opdrachten van Berneman & Pinkerton. Het was altijd als een blinde naar een ei slaan. Ik vroeg: 'Werd er losgeld gevraagd?'

'Aan wie? Hij is niet eens getrouwd.'

'Aan zijn vader dan? Die is immers schatrijk.'

Harry dronk zijn borrel leeg voor hij antwoordde. 'Kijk eens, kindje,' zei hij toen sussend. 'Dat is nu precies de reden waarom Berneman & Pinkerton jou inschakelt. Om dat allemaal voor ons uit te zoeken. Je bent jong, sportief, mooi en eveneens Joods. Het gedroomde profiel om je in de entourage van Marc Stein te kunnen vertonen zonder verdenking op je te laden.' Hij legde zijn grote hand op het mapje en schoof dat naar me toe. 'Hier vind je wat we hebben aan informatie over het politieonderzoek naar de gestolen auto. Als ik je verder nog met iets kan helpen, geef dan een gil.'

Het eten werd gebracht. We aten en dronken en wisselden de laatste nieuwtjes over wederzijdse kennissen, ik hoofdzakelijk over Abba, mijn oude vader, en Mazzel, mijn kater, hij over zijn dochter, die pas was gepromoveerd en in Zimbabwe aan het werk was gegaan voor Artsen Zonder Grenzen. We genoten van de Italiaanse keuken en van elkaars gezelschap.

Toen we gedaan hadden met eten kwam Harry met een origineel voorstel. 'Zullen we de koffie gebruiken op het terras van mijn kamer?' vroeg hij. 'Het uitzicht is daar ook formidabel.'

Ik kon me dat voorstellen. Desondanks wees ik zijn voorstel af. Zo gemakkelijk zou hij mij deze keer niet in zijn bed krijgen.

Gelukkig vroeg hij het me geen tweede keer.

Mijn eerste onderzoeksdaad was een bezoek aan de eigenaar van de gestolen auto. Dat was een bedrijf dat zich Tung Sten noemde en dat gevestigd was op de elfde verdieping van de Antwerp Tower, een 87 meter hoge toren tussen de Frankrijklei en de Van Ertbornstraat, volgens vele Antwerpenaars het lelijkste gebouw van de stad. Omdat dat slechts een paar honderd meter verwijderd was van mijn eigen detectivebureau aan de Vestingstraat, kuierde ik er diezelfde middag nog naartoe. Het bedrijf stelde niet veel voor: een drietal lokalen, die naar de geur te oordelen pas geverfd waren en de steriele atmosfeer hadden van een ziekenhuis. Ik werd te woord gestaan door een receptioniste in een mantelpak dat de snit had van een legeruniform. Ze had ogen van een opmerkelijk zeldzame emeraldgroene kleur, maar verwelkomde me met een blik of ik een deur-aan-deurverkoper was van schoonmaakproducten. Ik vroeg naar Roxana Sari, de directrice, die volgens het politierapport de gebruiker was van de firmawagen. Op haar gezicht verscheen een uitdrukking van onmiddellijke weigering en geen enkel compromis. 'Heeft u een afspraak?'

Als antwoord liet haar ik de geplastificeerde identificatiekaart zien van het ministerie van Binnenlandse Zaken, met mijn foto, het nummer van mijn vergunning als privédetective, en het wapen van het koninkrijk België als watermerk. Het hielp. Met tegenzin stond ze op en stapte de deur naast haar binnen, waar 'Directie' op stond. In tien tellen was ze weer terug en hield de deur voor me open.

De vrouw die achter het bureau zat, zag er heel anders uit. Ze was van een gerijpte schoonheid, die alleen de middelbare leeftijd kan brengen als de natuur haar genegen is en ze de eisen van de mode in overeenstemming weet te brengen met een wetenschappelijke huidverzorging. Een spoortje grijs legde een zilverachtig waas over haar haar, dat in zachte golven haar perzikkleurig gelaat omspoelde. Ze glimlachte en wees naar een bezoekersstoel. 'Van welk ministerie bent u ook alweer?' vroeg ze in het Engels met een oosters accent. Ze deed me aan iemand denken, maar ik kon niet thuisbrengen aan wie.

'Ik ben Sam Keizer, privédetective. Ik had een paar vragen over de diefstal van uw auto.'

'Hoezo? Bent u van de verzekering?'

'Nee, hoor. Ik doe onderzoek in verband met een verdwijning. U weet dat uw auto werd teruggevonden op de Kalmthoutse Heide?'

'Dat is het eerste wat ik ervan hoor. Maar het is te laat. Ik heb intussen een nieuwe gekocht.'

'Die zult u nodig hebben, want uw Audi blijft voorlopig bij de politie. Hij werd mogelijk gebruikt bij een ontvoering.'

'Ontvoering? Van wie?'

Ik legde de foto van Marc Stein op het bureau. 'Deze man.'

Ze wierp een vluchtige blik op de foto en haalde haar schouders op. 'Wat wilt u dat ik eraan doe?'

'Volgens het politierapport werd uw auto drie dagen geleden gestolen. Klopt dat?'

'Drie of vier. Mogelijk zelfs vijf.'

'Hoezo?'

Ze slaakte een vermoeide zucht, alsof ze al wel tien keer hetzelfde verhaal had verteld. 'De auto stond zoals altijd in de ondergrondse parkeergarage van de Tower, ingang Van Ertbornstraat op min één. Ik heb pas maandagmorgen vastgesteld dat hij weg was. Zelf was ik het hele weekend voor zaken in Berlijn.'

'Gebeurt het meer dat u uw auto in de parkeergarage van het kantoor laat na het werk?'

'Ik woon in een flatgebouw op de hoek van de Meir en de Sint-Katelijnevest. Dat is op loopafstand. Bovendien is de Meir voetgangersgebied.'

'Is het mogelijk dat de autosleutel in het contactslot was gebleven? In sommige private garages is dat een gewoonte.'

Ze pakte een sleutel uit een lade en gooide die op het bureau. 'Zo goed?'

Ik toonde haar mijn liefste glimlach. 'De reservesleutel hebt u ongetwijfeld ook nog.'

Een lichte blos begon zich vanuit haar nek over haar gezicht uit te breiden. 'Wat wilt u daarmee insinueren? Dat ik de verzekeringsmaatschappij probeer op te lichten? We zijn hier een serieus bedrijf, de Belgische tak van een multinationale handelsmaatschappij met een uitstekende reputatie. Alsof we zoiets nodig hebben.'

'Daar twijfel ik geen seconde aan. Het idee alleen al. Ik wil alleen de mogelijkheid uitsluiten dat iemand die toegang heeft tot uw kantoor de sleutels gejat zou hebben. Schilders, schoonmakers, huisbewaarders. Als we de autodief kunnen vatten, kan ons dat op weg helpen naar de ontvoerders.'

'O, op die manier.' Ze pakte de telefoon, drukte op een knop onder aan het toestel en zei: 'Leila? Kijk eens of je de reservesleutel van de Audi hebt. Kom je hem even brengen?' Ze luisterde naar het antwoord en legde met een verveeld gebaar de hoorn neer. 'Het spijt me. Leila heeft vanmorgen na het bezoek van de verzekeringsinspecteur de sleutel weggegooid. Is dat erg? Misschien kunnen we de vuilniscontainers laten leegmaken.'

'Geen denken aan. Het volstaat te weten dat mevrouw Leila de reservesleutel na de diefstal nog heeft gehad.' Ik stond op. 'U heeft me goed geholpen. Bedankt voor uw tijd.'

Ze glimlachte opgelucht haar blinkend witte tanden bloot. 'Geen probleem.'

We gaven elkaar een hand en ze bracht me naar de deur.

Ik was al buiten toen Leila me achterna kwam gelopen. 'U hebt iets vergeten,' zei ze terwijl ze me de foto van Stein overhandigde. Opnieuw was ik onder de indruk van de zeldzame kleur van haar ogen, maar ook van de speculatieve, haast vijandige blik waarmee ze me nakeek.

Toen ik al op de lift stond te wachten, wist ik opeens aan wie de directrice van Tung Sten me had doen denken. Aan koningin Soraya, de tweede vrouw van Reza Pahlavi, de laatste sjah van Iran. Dat verklaarde meteen haar schoonheid. Perzische vrouwen worden tot de mooiste ter wereld gerekend.

De liftdeur schoof open en een man met een donker gezicht en een zwarte diplomatenkoffer onder de arm geklemd kwam naar buiten stappen en bekeek me onverschillig, voordat hij koers zette naar de kantoren van Tung Sten. Ik stapte de lift in. Onderweg naar de begane grond bedacht ik dat Roxana en Leila gebruikelijke voornamen zijn in Iran.

De wereldvermaarde chocolatier Guylian opende zijn eerste flagshipcafé in de trendy buurt van de Bourla Schouwburg in hartje Antwerpen. Het is nu de *place to be*, een gezellig koffiehuis waar je kunt genieten van een krakend vers ontbijt, een lichte lunch en van Guylians unieke chocoladecreaties. Ik kom er geregeld. Dat hoeft niemand te verbazen want ik snoep graag, ik ben een geboren en getogen Antwerpenaar en voor Antwerpenaars is de Komedieplaats het centrum van 't Stad en 't Stad is het centrum van de wereld en al wat daarbuiten ligt, is parkeergelegenheid. Roberto, de kelner, was net begonnen toen ik binnenkwam. Aan zijn zijdelingse blik zag ik dat hij me herkende. Hij kwam onmiddellijk naar me toe en bracht me naar een tafeltje bij het raam. Ik ging zitten en bestelde een Trufflina Special. Dat is een house blend koffie met slagroom, afgewerkt met chocoladeschilfertjes en geserveerd met een assortiment overheerlijke truffels. De volgende vijftien minuten dacht ik niet aan mijn lijn, alleen aan genieten. Toen ik wat later de rekening vereffende, legde ik nog twintig euro extra op de tafel. 'Dat is voor de informatie over Marc Stein.'

'Welke informatie?' vroeg hij lichtjes verbaasd.

'Over hoe je verklaart dat je hem in een Audi hebt zien stappen en waarom je dat aan de politie hebt gesignaleerd.'

'Niet aan de politie,' weerlegde Roberto. 'Aan de meneer met wie hij had afgesproken en die niet, of beter gezegd, die te laat opdaagde. Meneer Marc Stein heeft meer dan drie kwartier op het terras op hem zitten te wachten en heeft zeker drie koffie gedronken. Op een bepaald moment stopte een auto bij de stoep en heeft de bestuurster hem aangesproken door het neergelaten raampje. Ze hebben een paar tellen met elkaar gepraat en toen is meneer Stein naast de passagier op de achterbank gaan zitten en is de auto weggereden.'

'Kun je die passagier beschrijven?'

'Nee. Het was donker achter in de auto. Ik heb er ook geen aandacht aan besteed.'

'En de bestuurster? Weet je hoe zij eruitziet?'

'Niet echt,' zei Roberto. 'Het enige wat ik me van haar is opgevallen zijn haar ogen.'

'Wat was daar zo speciaal aan?'

'De kleur. Heel lichtgroen. De ogen van een jachtluipaard.'

Joachim Stein, de vader van Marc, woonde in het Acaciahof, een kasteelvilla aan de Acacialaan in Wilrijk, palend aan het park Den Brandt. Hij was een kloeke zeventiger met krachtige gelaatstrekken, dik wit haar en zware, donkere wenkbrauwen. Ik had me voor de gelegenheid gekleed in een sportief mantelpakje, een keurige bloes en schoenen met niet al te hoge hakken. De blik waarmee hij me van top tot teen monsterde maakte me duidelijk dat zijn zoon de waardering van vrouwelijk schoon niet van vreemden had meegekregen. Hij ontving me in een bibliotheek vol met kostbare leren ruggen en met uitzicht op een aangelegde tuin met een vijver waar witte zwanen in zwommen. Ik vertelde hem wie ik was en toonde hem mijn identificatiekaart.

'Een privédetective?' vroeg hij fronsend. 'Is dat geen gevaarlijk beroep voor een vrouw?'

'Dat hangt af van met wie je van doen hebt,' lachte ik.

'Dat zal wel. Nou, hier loopt u geen gevaar. Waarmee kan ik u van dienst zijn?'

'Ik kwam eigenlijk voor uw zoon. Weet u soms waar ik hem kan vinden?'

'O, u zoekt Marc?' Zijn blik gleed automatisch naar mijn buikje alsof hij verwachtte dat hij ieder ogenblik grootvader kon worden. 'Er zijn toch geen persoonlijke problemen, hoop ik?'

Ik glimlachte geruststellend. 'Nee, hoor. Het is puur professioneel. Een van mijn klanten wil hem een voorstel doen voor een filmreportage over diepzeeduiken in de Rode Zee. Is dat niet een van de sporten waar uw zoon in uitblinkt?'

'Marc excelleert in alles wat hij doet.' Hij gebaarde als terloops naar een paar ingelijste foto's op een bijzettafeltje. De ene toonde een triomfantelijk lachende Marc naast een sherpa op de top van de Himalaya, de andere een druipende Marc met een zuurstoffles op zijn rug op de achtersteven van een boot. 'Op voorwaarde dat het veeleisend is en avontuurlijk.'

'Precies de man die mijn klant nodig heeft. Waar...?'

'Wacht even,' zei Stein, 'mag ik u eerst iets te drinken aanbieden? Koffie? Thee? Wijn? Een sherry?' Hij drukte op een knop en haast gelijktijdig kwam een aantrekkelijke, sproeterige vrouw van veertig binnen.

Hoewel ik liever een stevige pint bier drink, ging ik ervan uit dat dat niet het beeld was van de vrouwen in zijn leefwereld. 'Een sherry dan maar.'

Joachim Stein knikte naar de vrouw die geruisloos de kamer verliet. Hij wees naar een fauteuil. 'Gaat u zitten.'

Even later zaten we tegenover elkaar, ik met mijn sherry, hij met een ballonglas cognac. 'Vertelt u me nu maar gerust de ware reden waarom u Marc nodig heeft,' zei hij. 'Heeft het te maken met de liefde of met zijn werk?'

'Zijn werk. Denk ik.'

'Denk je? Hoezo?'

'Heeft u Marc nog gezien de laatste dagen? Of van hem gehoord?'

'Nee. Maar daar is niets mis mee. Dat gebeurt wel meer. Hij brengt meer tijd door in het buitenland dan thuis. Wat is er aan de hand?'

Ik besloot open kaart te spelen. 'We vrezen dat uw zoon werd ontvoerd.'

Hij verbleekte. 'Marc? Door wie?'

Ik vertelde hem wat ik wist over zijn verdwijning. Ik eindigde met de vraag of hem losgeld was gevraagd voor zijn vrijlating. Hij schudde het hoofd. 'Niemand heeft mij geld gevraagd.'

'Zou u betalen als men het u vroeg?'

'Dat is een moeilijke vraag.'

'Of ingaan op andere eisen?'

'Zoals?'

'Chantage. U bent voorzitter van de Hoge Raad voor Diamanten van het Antwerp World Diamond Centre. Misschien wil men u dwingen uw medewerking te verlenen aan een nieuwe kraak van de eeuw, zoals vijf jaar geleden toen

126

120 kluizen van het Diamond Center werden leeggeroofd.'
Joachim Stein kreeg een verbeten trek om zijn mond. 'Daar
zou ik nooit aan toegeven. Als je daarmee begint, komt er
nooit een eind aan.'
'U heeft ongetwijfeld gelijk. Had Marc bij uw weten met
iemand problemen? Had hij vijanden?'
Hij schudde het hoofd. 'Niet dat ik weet.'
'Mag ik u een delicate vraag stellen?'
'Ik luister.'
'Kreeg Marc een toelage of leeft hij van wat hij verdient
met zijn sporten?'
'Marc heeft voldoende eigen vermogen om van te leven.
Hij heeft ook een beroep dat behoorlijk opbrengt. De sport is
voor hem slechts een tijdverdrijf.'
'Welk beroep?'
'Hij is commodity trader in goederen en mineralen. Hij is
wel geboren in Antwerpen, maar heeft het grootste deel van
zijn jeugd doorgebracht bij zijn moeder in Haïfa. Hij is afgestudeerd aan het Israëlisch Instituut van Technologie en was
ooit in Israël project-directeur in het kader van de ontwikkeling van technologisch vooruitstrevende wapens. Hij is meer
dan de playboy waarvoor hij wordt afgeschilderd in sommige
kringen.'
Ik moest toegeven dat ik onder de indruk was. 'U zei net
dat hij veel in het buitenland vertoeft. Welk land?'
'Noord-Afrika. Israël. Landen in het Midden-Oosten. Vorige week was hij nog in Baku. Dat ligt in Azerbeidjan aan de
Kaspische Zee. Het zal wel weer iets met diepzeeduiken of
met het zoeken naar verzonken schatten te maken hebben
gehad. Als hij thuis is, woont hij in de portierswoning, die een
eigen toegang heeft zodat we elkaar niet voor de voeten
lopen.'
'Kunnen we die even zien? Wie weet vinden we er aanwijzingen over zijn afwezigheid.'
'Waarom niet.'

Het bezoek aan het vrijgezellenappartement van Marc Stein bracht geen schokkende onthullingen. We vonden geen lijk in de badkuip of bloedsporen op de muren, geen snippers van verscheurde brieven of andere hints. Papa Stein bekende dat hij zich niet echt ongerust maakte. Hij opteerde ervoor dat zijn zoon een paar dagen vakantie had genomen zonder hem te waarschuwen – hij leefde tenslotte zijn eigen leven – en dat hij ieder ogenblik weer zou komen opdagen. Ik was daar niet zo zeker van. Terwijl ik de nummers noteerde van de in het telefoongeheugen opgeslagen gesprekken, zag ik op het bureau een sigarettenaansteker liggen. Bij nader onderzoek bleek het een piepklein digitaal fototoestelletje te zijn zoals door spionnen wordt gebruikt. Het was zo klein dat het niet eens een eigen lcd-monitortje had, maar in een van de laden van het bureau vond ik de USB-kabel die erbij hoorde. Na een paar mislukte pogingen slaagde ik erin de foto's te bekijken via het scherm van de aanwezige pc. Ik kreeg voornamelijk mooie vrouwen te zien, geheel of gedeeltelijk ontkleed. De laatste twee foto's waren ongetwijfeld stiekem gemaakt. Op een ervan stond een vrouw met haar rug naar de camera te praten met de man met het donkere uiterlijk en de zwarte diplomatenkoffer die ik bij Tung Sten had zien binnengaan. Op de andere keek de vrouw om over haar schouder zodat ik haar kon herkennen.

Toch wel merkwaardig, die kleur van haar ogen.

Ik bracht per e-mail verslag uit over mijn beperkte vorderingen aan Harry en vroeg of hij de nummers wilde natrekken die ik in het geheugen van Marcs telefoontoestel had gevonden. Niet zoveel later kreeg ik al een antwoord met de namen die bij de telefoonnummers hoorden. Een van die namen deed onmiddellijk een belletje bij me rinkelen: Tung Sten.

Ik belde Harry op en vroeg of hij het bedrijf kon laten doorlichten. 'We zijn ermee bezig,' zei hij. 'Het kan nog even duren. Wat ik al wel weet, is dat het oorspronkelijk een Turks bedrijf was dat tijdens de Tweede Wereldoorlog in neutrale landen grondstoffen opkocht voor de Duitse wapenindustrie. Vooral wolfram in Portugal. Vandaar hun naam. Tungsten is Engels voor wolfram. Het komt van het Zweedse *tung sten* wat *heavy stone* of zware steen betekent. Na de Golfoorlog zijn ze naar Antwerpen verhuisd. Ze kopen zeldzame ertsen op in de landen van de Europese Unie en verkopen die aan landen buiten de Unie die zelf liever op de achtergrond blijven.'

'Zoals wolfram aan Iran?'

'Mogelijk. Waarom?'

'Omdat Marc Stein vorige week nog in Baku was. Dat ligt op een boogscheut van de Iraanse grens. En zodra hij thuiskomt, wordt hij ontvoerd met een auto die gestolen wordt van een bedrijf dat in zeldzame ertsen handelt en dat gerund wordt door twee vrouwen met een Perzisch uiterlijk.'

'Dat kan toeval zijn.'

'Het kan ook te maken hebben met de geruchten dat Iran aan een atoombom werkt. Misschien spioneert Stein wel voor Israël. Van papa Stein hoorde ik dat zijn zoon in Israël ooit directeur is geweest van een dienst waar nieuwe wapens ontwikkeld werden. Misschien weet jij daar meer over.'

'Misschien.'

'Kom op, Harry. Ik ben niet achterlijk. Dit is *need to know*.'

Hij zuchtte. 'Oké, Sam. Maar niet door de telefoon. Ik kom morgen naar Antwerpen. Dan praten we erover en zoeken het samen verder uit. Hou je intussen gedeisd en als je op stap gaat zorg dan dat je *traceable* bent.' Hij refereerde daarmee aan het speciale gps-programma op mijn iPod waarmee hij zo nodig mijn verblijfplaats kon opzoeken. We spraken af dat hij me zou bellen zodra hij op Antwerp Airport zou landen.

Ik maakte een wandeling met Mazzel in het stadspark en ging naar bed.

De volgende dag had ik om 3 uur 's middags nog niets van Harry gehoord. Ik probeerde hem te bellen, maar kreeg geen verbinding. Ik voelde er niets voor om de hele dag te blijven duimendraaien en besloot nog een beetje te gaan rondneuzen in de buurt van Tung Sten. Dat vergde een aangepaste outfit zoals een nauwsluitende, donkerblauwe jeans, een zwart leren jakje en als geheim wapen mijn korte laarsjes met verstevigde tippen en met hoge, naaldscherpe, met leer beklede titanium hakken. Een pruik van lang bruin haar en een zonnebril zorgden ervoor dat je twee keer zou moeten kijken, wilde je me herkennen.

Zonder een vastomlijnd plan slenterde ik over de De Keyserlei. Toen ik de straat overstak om het Antwerp Tower Gallery, het shopping center op de gelijkvloerse verdieping van het torengebouw binnen te gaan, werd ik de pas afgesneden door een blauwe Mazda CX-7, een kruising tussen een sportauto en een SUV. Achter het stuur zat Leila en naast haar zat de man met wie ik haar had gezien op de foto van Marc Stein en die ik zelf haast tegen het lijf was gelopen bij mijn bezoek aan Tung Sten. De Mazda draaide de Van Ertbornstraat in en verdween in de parkeergarage onder het gebouw.

Ik haastte me er achteraan en stapte mee naar binnen nog voor de slagboom zich automatisch sloot. De garage strekte zich uit over vier ondergrondse verdiepingen. De SUV was nergens meer te zien. Tegen de tijd dat ik hem op -3 had gevonden, waren Leila en haar vriend al uit het zicht verdwenen. Ik cirkelde om de auto heen en zag dat het raampje aan de passagierskant open stond en dat de contactsleutel nog in het slot stak. Ik had er zo mee naar buiten kunnen rijden. Ik stak mijn hand naar binnen en trok het handschoenkastje open. Dat was leeg, een paar oude landkaarten niet meegerekend.

Ik liep naar de achterkant van de auto. Het achterportier was eveneens open. De achterbank lag neergeklapt zodat de koffer ruim genoeg was om fietsen of andere grote voorwerpen te vervoeren. Voor het ogenblik lagen er alleen een paar reisdekens in, wat oude magazines en een zwart diplomatenkoffertje. Ik bukte me en trok het koffertje naar me toe. De twee stevige cijfersloten lieten zich jammer genoeg niet openen. Ik had eigenlijk niets anders verwacht en stond nog te overwegen hoe het nu verder moest, toen ik achter mij een snelle beweging hoorde. Instinctief dook ik in elkaar, maar niet snel genoeg om de dreun in mijn nek te ontwijken. De slag was zo fel dat ik met mijn voorhoofd tegen het koetswerk sloeg en versuft door mijn knieën zakte. Een paar grote vuisten drukten me neer tot ik op de grond zat met mijn rug tegen de achterbumper.

'Verdomde autodief,' zei de man met het donkere uiterlijk. Hij had dikke, zwarte wenkbrauwen en vlezige lippen en sprak Engels met hetzelfde accent als de directrice van Tung Sten. Ongetwijfeld een Iraniër. Leila stond naast hem. 'Geen autodief,' zei ze. 'Het is de privédetective die op zoek is naar Marc Stein.'

'Dat zal dan niet meer voor vandaag zijn,' gromde de Iraniër. Hij haalde uit en alles werd me zwart voor de ogen.

Toen ik weer wat bij mijn positieven kwam, lag ik op mijn zij onder de reisdekens in de koffer van de SUV, mijn polsen bijeengebonden met zwarte isolatietape. Voortgaande op het geluid en de bewegingen reed de auto met hoge snelheid over een autosnelweg. Op de voorbank voerden Leila en de Iraniër een gesprek in een mengelmoes van slecht Engels en van Farsi, de taal die in Iran gesproken wordt. Buiten de talen die iedere rechtgeaardeVlaming kent, spreek ik ook een mondjevol Hebreeuws, Arabisch en Farsi, zodat ik het gesprek min of meer kon volgen.

'Wat doen we met haar, Azizam?' hoorde ik Leila vragen. Azizam is een Perzische koosnaam, dus die twee op de voorbank speelden kennelijk andere spelletjes dan alleen handjeklap. Het antwoord van Azizam deed me de schrik om het hart slaan. 'Eerst eens stevig de duimschroeven aanleggen. Ik wil weten voor wie die westerse hoer werkt. Daarna stoppen we haar onder het zand. In die zandwoestijn waar Roxana woont vinden ze haar lijk nooit terug.'

De auto verliet de snelweg en hobbelde over een ongeplaveide weg. Ik rukte met mijn tanden aan mijn boeien. Onderwijl gluurde ik over de rand van de achterruit naar buiten. Ik zag purperen struiken en zandduinen. We bevonden ons vermoedelijk op de Kalmthoutse Heide, niet ver van de plek waar de gestolen Audi was gevonden. Ik begon te vermoeden dat die helemaal niet gestolen was geweest. Hij had zich vastgereden in het zand en de sporen van de 4x4 waren het gevolg van mislukte pogingen hem los te trekken. Beetje bij beetje slaagde ik erin met mijn tanden stukjes af te scheuren van de isolatieband om mijn polsen.

'Ik denk dat Roxana het niet goed zal vinden als je die detective om zeep helpt,' mopperde Leila. Haar stem kwam ternauwernood uit boven het lawaai dat de auto maakte op de slechte weg. 'Ze is nooit erg gesteld geweest op geweld.'

'Roxana is tegenwoordig alleen nog gesteld op stoeien met haar nieuwe vrijer,' gromde Azizam. 'Vanaf vandaag is ze baas af. Ik neem het over.'

De auto kwam tot stilstand voor de garage van een chalet tussen de bomen.

Mijn boeien waren op een paar vezels na stukgebeten, maar het was te laat om nog iets te ondernemen. Het achterportier werd opengegooid. Azizam zag dat ik me van mijn boeien had bevrijd. Hij porde me met de loop van een pistool onder mijn kin. 'Meekomen, slet.'

Ik draaide wat met mijn ogen alsof ik nog half buiten westen was. 'Kan niet,' stamelde ik. 'Pijn. Overal pijn.'

Hij stak de loop van zijn vuurwapen in mijn oor en draaide ermee rond alsof hij een gat in mijn hoofd boorde. Ik schokte omhoog van de pijn, stootte mijn hoofd tegen de rand van het dak, en tuimelde uit de auto op het grind van de weg. Leila maakte de poort van de garage voor hem open en Azizam pakte me in mijn kraag en sleurde me mee naar binnen. Hij liet los en ik zakte ineen als een slecht bereide plumpudding. Achter mij deed Leila de poort dicht.

Azizam schopte me in de nieren. 'Overeind, slet. We gaan je aan de tand voelen.'

Ik jammerde als een geslagen hond, en dat was dit keer niet alleen komedie. 'Kan niet.'

Hij rukte me overeind, draaide me om, sloeg zijn arm om mijn hals en drukte mijn luchtpijp dicht. Ik leunde wat naar voren in zijn arm, zag dat hij slechts lage molières droeg, en stampte met al de kracht waarover ik beschikte op de wreef van zijn voet. De titanium hakken van mijn laarsjes deden hun werk. Ik hoorde als het ware de beentjes in zijn voet breken.

Azizam loste zijn wurggreep, liet zijn pistool vallen, en danste rond op een been, zijn handen om zijn gekwetste voet, vloekend en tierend van de pijn. Leila stond er een paar tellen sprakeloos bij, maar toen maakte ze aanstalten om het gevallen pistool op te rapen. Dat had ze beter niet kunnen doen. Ik bracht mijn voet omhoog en ramde genadeloos de verstevigde tip van mijn laarsje onder haar kin. Met een stuiptrekkende beweging stortte ze neer, viel tegen het steunbeen van de hulpeloos in het rond huppelende Azizam aan, waardoor ze gezamenlijk tegen de vlakte sloegen.

Ik raapte het pistool op, verzekerde me ervan dat de veiligheidspal op safe stond en sloeg zo hard ik kon met de kolf van het wapen tegen Azizams slaap. Voor alle zekerheid gaf ik hem nog een flinke dreun na tegen de andere slaap. Ik voelde geen medelijden. Jezus bood ook de andere wang aan.

Nu was het mijn beurt om hen te boeien. Ik vond een paar stukken ijzerdraad waarmee ik hen de handen op de rug bond.

Met het pistool in de aanslag ging ik op zoek naar Marc Stein. Er was nu geen haar op mijn hoofd die eraan twijfelde dat hij hier ergens opgesloten zat.

Ik vond hem in de grote slaapkamer op de eerste verdieping. Naakt en in diepe slaap op zijn rug op het bed, met naast hem een al even naakte, slapende Roxana, ze lag op haar zij naar hem gewend, met haar arm liefdevol over zijn borst.

Ontroerend.

Terwijl ik me nog stond af te vragen of ik hem zou wekken met een klets tegen zijn billen of een plens water in zijn gezicht zou gooien, voelde ik mijn gsm trillen tegen mijn heup.

Ik keerde terug naar de overloop en raadpleegde het schermpje. Het was Harry.

'Om je te waarschuwen dat Marc Stein zich een uurtje geleden gemeld heeft,' zei hij. 'Ik weet waar hij is.'

'Ik ook,' zei ik.

'Je mag het onderzoek stopzetten. Stuur me je rekening maar... Wat zei je? Dat je hem hebt gevonden?'

'Hij ligt in bed in de kamer hiernaast, met naast hem de cheffin van Tung Sten. Allebei uitgeteld.'

'Uitgeteld? Van wat?' vroeg Harry geschrokken.

'Seks, Harry. Minnespel. Ken je dat niet?'

'Of ik dat ken. Maak vlug dat je daar wegkomt voor je hem ontmaskert.'

'Wie ontmaskert?'

'Marc, natuurlijk. Wie anders? Het is geen kwestie van ontvoering, maar van infiltratie. Weet je wat? Als je me nu direct verslag komt uitbrengen, krijg je van mij alle verdere details. Misschien zit er een volgende opdracht voor je in. Je vindt me in kamer 504 van het Hyllitt Hotel aan de De Keyserlei.'

'Daar trap ik niet in, Harry.'

Maar toen vroeg Harry het me een tweede keer en je kunt iemand toch niet blijven afwimpelen.

Of wel?

Patricia van Mierlo

Tulpen uit Amsterdam

Het park was verlaten en de lucht hard als een dollarstuk. Hier en daar lag nog sneeuw, maar in de toppen van de beuken schemerde het tere roodgroen van nieuw leven.

Patrick O'Hanlon maalde niet om lente, Quebec, of deze klus.

Hij was hier omdat het niet anders kon.

Twee dagen eerder was er een auto gestopt bij de kiosk op de hoek van 17th en 9 th Avenue, waar hij zijn cappuccino dronk. Een gast die te veel gangsterfilms had gezien stapte uit en siste dat iemand hem 'nu' moest spreken. De rechterhand lag losjes op de plek waar het opbolde onder het jack. O'Hanlon, die nooit met ijzer liep als hij het kon vermijden, rekende af. Niet veel later zat hij tegenover Fat Vico Dibiase.

De Man was vetter dan alle verhalen, en dubbel zo leep.

'Ooit in het mooie Quebec geweest, Paddyo?'

O'Hanlon negeerde de sneer aan het adres van zijn Ierse voorvaderen. Als het moet, zijn we diep in ons hart stuk voor stuk Italianen.

'Niet dat ik weet, meneer. Koud.'

De capo van de vijfde familie van New York schoof met het kussen dat zijn kwabbige knieën moest beschermen tegen het schuren van de rolstoel, die sowieso een paar maten te klein was voor een walrus, en deed iets wat leek op een lach.

Als De Man glimlacht: let op je rug.

'Ik heb een probleem. '

We hebben allemaal problemen. Patrick O'Hanlons beroep was het oplossen van problemen met derden. Een kuttenkop weigert te betalen, je vent legt het aan met het wijf van de baas, weer een ander ziet zijn handel kapot gaan: er zijn duizend redenen waarom iemand iemand anders wil lozen. Waar diplomatie en redelijkheid faalden, kwam hij in beeld. En ook niet.

De *hitman* werkt per definitie in de schaduw. O'Hanlon was te vinden op het net, waar hij zijn diensten aanbood onder verschillende noemers, van 'ongediertebestrijding' tot 'castingbureau', voor mensen die wisten waar te zoeken. Het hele proces – van het eerste contact tot en met de betaling – was teruggebracht tot een serie versleutelde codes. Wachtwoorden, nooit een gezicht. De huurmoordenaar hanteerde een uniek systeem, waarbij hij niet het beoogde doelwit, maar de opdrachtgever gijzelde: die moest op een door hem bepaalde plaats en tijd ergens verschijnen, om van afstand te worden gekeurd. De helft van het geld moest vooruitbetaald, waarmee niet hij, maar de ander zich incrimineerde. Voor de onvermijdelijke afdracht van pakketten had hij, van de City tot in het Midwesten, boxen en postbussen gehuurd. Niemand kende zijn schoenmaat of de kleur van zijn haar, het systeem werkte. Dat wilde zeggen, tot vandaag.

Vico Dibiase trok zijn worstvingers van elkaar, reikte naar de schaal met zoetigheden op het tafeltje naast hem, bedacht zich, zuchtte. De steen in zijn pinkring was minstens dertig karaat.

'Ik wil iemand van buiten. Gedoe met de Feds, Paddyo. Er is een wapen en het voorwerk is gedaan.'

De lijfwacht legde een Beretta neer.

Zoiets moest een keer komen. O'Hanlon was zich altijd bewust van het precaire evenwicht dat bestond tussen de verschillende families en clans die de dienst uitmaakten in de City, en in dezelfde vijver visten. Kruisten de lijnen, dan ging hij opzij.

Men moet het je blijven gunnen.

Nu eiste Fat Dibiase zijn deel op, en zo'n gewicht wil geen man op zijn nek. Tenzij je verlangt naar een kuil vol ongebluste kalk op een stortplaats, daar waar de Hudson vol olie stroomt.

'Levert het iets op?' Dit was bluf.

De capo koos een kersenbonbon uit het schaaltje, stak hem in zijn mond en kauwde: 'Genoeg, vriend.'

Er werd geen bedrag genoemd. O'Hanlon begon te zien waaraan Fat Vico zijn reputatie ontleende. Die tekst was voor tweeërlei uitleg vatbaar en alles schreeuwde: tot hier.

Een man moet weten wanneer te buigen, maar vooral hoe.

O'Hanlon pakte de Beretta op, testte de balans, klikte de laadcassette in en uit. De vuurmond wees geen moment naar de vadsige buik die in plooien afhing, ternauwernood inge- toomd door het zwoegende frame van de stoel, maar de zoet- sappige glimlach op Vico's gezicht bevroor. Het was een klei- ne overwinning.

'Wie is de persoon? '

Dibiase had schijnbaar alle interesse verloren en wuifde nonchalant naar de lijfwacht, peurde met een nagel in zijn kies. Moest kunnen: we zijn onder vrienden.

Nu was de moordenaar in Quebec, een ijzig park in een gat genaamd Longueuil. Die ochtend had hij een bloedplek ge- zien in zijn lakens. De voortekens waren slecht.

Vanaf de heuvel die het centrum van het park vormde en onder dekking van de manshoge zuil voor Asselin – een man die zijn sporen had verdiend met het aanleggen van een wa- terzuiveringssysteem voor Montreal en omgeving – had een schutter uitzicht naar drie kanten, zonder gezien te worden. Een kompasstreek ontbrak. De kleine kans dat iemand ko- mend van de noordkant hem op de rug in het zicht zou krij- gen, moest hij voor lief nemen. O'Hanlon draaide zich om en controleerde het veld achter zijn rug – helemaal leeg – en checkte zijn horloge. Twaalf uur. Het was begonnen.

In gedachten zag hij de prooi zijn kantoor uitkomen, de korte wandeling naar het park maken. Misschien zou hij onderweg een bekende groeten. Vijf over twaalf zal het doelwit bij de poort aan de oostkant arriveren en naar zijn vaste bank bij de vijver gaan om te lunchen.

Daar moest het gebeuren. De instructies waren simpel: een enkel schot door het hart met de Beretta. In de open mond van het lijk moet een prop bankbiljetten achterblijven.

Een maffiaboodschap. Dit zaakje stonk.

De hitman besloot dan en daar, kleumend achter het monument van Asselin, om na deze klus een tijd uit de City te verdwijnen. Ergens heen te gaan waar de zon schijnt, naar strand en zee. Naar Californië, waar een producer met een hitsig vrouwtje wachtte op zijn fiat, voordat Fat Vico ertussen kwam en alles verpestte. Hij had weer bloed opgegeven...

Misschien betekende het niets.

Toen verscheen de *hit* in zijn zichtveld. *Showtime.*

Zo te zien een ambtenaartje, notaschijter op zo'n grauw kantoor. Maar deze had iemand link gemaakt, zo pislink dat die persoon uitkwam bij moordmakelaar Dibiase, die er zijn vingers niet aan brandde. Wat had dit mannetje gedaan? Gegoochel met foute obligaties of zwart geld. De prop in de keel wees die kant op, maar voor wie is de boodschap bestemd?

O'Hanlon ontgrendelde zijn wapen: een Glock. Handzamer dan de Beretta, maar vooral een ijzer met een ijzersterk verhaal. Vers uit de doos en ongemarkeerd. Gekocht van zijn mannetje van de slijperij op Ozone voor precies zo'n onzekere klus als deze.

Beter om op zeker te gaan.

Het doelwit naderde, hij liep in rechte lijn met de vuurmond, een weg zoekend langs stukken van het wandelpad die ijsvrij waren. De killer merkte tot zijn verbazing dat de gast hem irriteerde. Onbenul. Je denkt toch dat iemand het ergens zal voelen, het felle oog van de jager, als een branden van de huid.

Deze had geen idee.

De man was aangekomen bij de bank naast de kleine vijver, sloeg met een zakdoek naar de zitting en nam plaats. Uit de aktetas kwam een papieren zak met bagels. Dit was het sein voor de eendenkolonie in de vijver om tot leven te komen: woerden trokken de kop uit de staartveren en snaterden luidkeels om vreten.

Nu.

O'Hanlon stapte achter de zuil vandaan. De man op de bank keek verbaasd op.

De Glock kuchte. Het lichaam op de bank schokte toen de kogel doel trof.

De moordenaar had het eerder gezien: die typische verstarring van de blik, alsof achter de ogen een lus met een ruk wordt aangehaald. Toen verslapten de spieren, het hoofd zonk op de borst, een kale plek tonend bij de kruin. De bagel rolde in het zand.

Het was voorbij.

Nu kwam het deel dat hem tegenstond, de prop. Hij stak het pistool, dat warm aanvoelde, achter zijn broekriem om zijn handen vrij te hebben. Rondom de bank met het lijk was het spitsuur geworden: gulzige eenden flopten aan land, pikten naar elkaar en zijn benen, vochten om een stuk van de bagel. De dode leek te slapen, een opa die een tukje doet.

O'Hanlon voelde het branden, op zijn rug.

Bij de zuil van Asselin stond een joch. Muts, rugzak, wanten. Dat plastic vierkant in zijn hand moest een lunchbox zijn.

De blinde hoek achter de heuvel.

Kinderen.

Ze komen op de eendjes af, altijd de eendjes. Helemaal gek van Donald Duck.

De jongen, hij kon niet ouder zijn dan zes, zeven jaar, stond hem kalmpjes op te nemen. Geen spoor van angst. Wat betekende dat hij de hit gemist had, het lijk op de bank.

De moeder kon niet ver weg zijn.

Alsof de gedachte aan haar de vrouw stem had gegeven, hoorde de moordenaar haar roepen.

'Olav!' En meer in een taal die hij niet verstond.

De klank bracht een herinnering terug: shag, gin en zweet. De Ouwe pokert in de keuken met zijn maten. Een van hen was die Noor. Patrick had de schoft gehaat sinds de dag dat de man hem om een boodschap stuurde, een *six pack* halen bij *the Arab*, die alleen limonade had.

'Olav?'

Ze was op de heuvel, elk moment verwachtte O'Hanlon haar te zien opduiken naast het kind dat zich niet bewogen had van de zuil met de bronzen beeltenis van ingenieur Asselin. Zijn hand ging naar de kolf van het wapen. Hij zou haar als eerste doden.

De jongen bij de zuil draaide zich om en was verdwenen.

Nog was de situatie precair. De moordenaar begon zich terug te trekken van de bank met de dode, achtcruit lopend, Glock in de aanslag. Hij bereikte de beschutting van het beukenbosje, verschool zich tussen de purpergroene stammen.

Het monument op de heuvel stond strak afgetekend tegen de ijskille lucht. Daar bewoog niets meer. De woerden, zat gevreten, dobberden doelloos en stom in het donkere wak op de vijver. De man op de bank was opzij gegleden, het hoofd hing in een rare knik over de leuning. Niemand kon denken dat hij sliep.

Maar niemand kwam kijken. Hij hoorde geen stemmen. Moeder en zoon moesten het park verlaten hebben zoals ze gekomen waren, via de noordelijke poort.

O'Hanlon wachtte een kwartier. Toen kon hij de Glock dumpen. En weg.

A.L.I.Z.E K.O.O.I.S.T.R.A.. Photo's, video art & performances.

Alize maakte opnames voor het thuisfront, want het leek nog steeds een droom, hoewel ze hier al een week rondliepen.

Voor het blog of een ander nog uit te werken project van schaamteloze zelfverheerlijking. Haar naam stond in koeienletters uitgemeten over de hele breedte van de gevel van de Uni in Montreal, Canada, mensen, de andere kant van de wereld! Goed, een voorstad, Longueuil. Telt ook.

Olav liep vanaf dag 1 als een trots haantje te paraderen en tegen iedereen te roepen: 'Dat is mijn mamma!' Men vond haar werk 'tijdloos', en dan bedoelden ze de serie over onthaasten: shots van slapende zwervers, een kat die zich koestert in de zon, de yogaklas in het Vondelpark.

De clips getiteld *Transformaties*, die harder en dus beter waren – auto crasht in op theekransje, baby Olav in *battle dress* in de wieg, ballenbak vol gebreide handgranaten – kregen gemengde reacties. Alize begreep wel waarom.

Beelden uit de donkere tijd, toen David het kwijtraakte. Baby Olav was gekomen, het meppen begon. Inderdaad, een slagwerker, met dit verschil dat de man thuis niet met *sticks* maar met zijn blote knokkels werkte. Onzekerheid, zeiden de therapeuten. 'Uw man staat niet meer in het centrum van de attentie.' Ze had hen geloofd en het echt geprobeerd.

Het was die smerige coke. Mee naar de afkickkliniek, eindeloos praten. Meegaan, praten. Foute vraag. Toen ze zichzelf terugvond in een hoek van de kamer, Olav koud en hongerig in de box, en niet wist hoe lang ze knock-out had gelegen, was het op.

Tot aan het huis van haar ouders en zelfs in Gent, waar ze onderdook bij een oude vriendin van de academie, bleef David haar achtervolgen. Dreigtelefonades. En opeens was het gestopt. Hij zou in Londen zitten, met een nieuwe vrouw. (Succes, meid!)

Dat was vier jaar geleden.

Alize haatte het gevoel van redeloze paniek dat haar nu nog kon overvallen, ze wilde ervanaf. De trigger kon alles zijn: de geur van aftershave, popmuziek, een ritme. Maar de nachtmerries werden minder en het kind was oké, die had er geen herinnering meer aan. Olav vroeg nooit naar zijn vader, voor hem bestond David niet. Houden zo.

Haar eigen geheime document van die tijd, een verzameling extreme close-ups van beurse plekken en wonden – ze kleuren van paars naar groen, geel en grauwzwart – lag te verstoffen in een la. Nooit meer naar gekeken. Op een dag, wist Alize, zou ze haar walging overwinnen en er een Werk van maken.

Olav kwam aanhuppelen, KAM in de hand. Die naam was een grap van hen tweeën. KAM & KO, van *Cam-corder*. Alize voelde zich naakt zonder camera en wist inmiddels dat ze de onhebbelijke gewoonte had om, als iets haar oog trof, alle decorum te vergeten. Om haar beste shot te krijgen kroop ze over straatkeien, klom op wankele muurtjes, zich in bochten wringend uit ieder ondenkbaar perspectief, waarbij ze de geeuwhonger van een school witte haaien aan de dag legde. Een keer belde een geschrokken passant de alarmlijn, denkend aan een epileptische aanval. Maar Olav vond het machtig, wilde dat ook. Ze kocht zo'n maf plastic kinderding met een grote, gele knop erop: KAM. Elke videocam die ze zelf gebruikte heette volgens dezelfde logica KO.

Kam & Ko gaan op wereldreis, maar aan alles komt een eind. Vanavond zouden ze vliegen, terug naar Amsterdam en het rommelig bestaan. En restaurant Panama, waar ze in de avonduren serveerde, want de kachel moet blijven branden en zo'n kind is duur.

Olav babbelde over cowboys en boeven in het park. Die overspannen fantasie heeft hij van mij, dacht Alize, die maar half luisterde. Ze was een moeder van niks. Close-ups maken van smeltend ijs en mossen en intussen knalt je kind in Quebec tegen een boom, of zoiets. Toen ze terugkwam uit haar trance en hem niet meer zag, had haar hart een paar slagen stilgestaan. Nu moest hij weer aan haar mouw trekken.

'Mam?'

'Ja, we gaan weg. Eerst even dag zeggen tegen de mensen.'

'Lach eens naar Kammie.'

Hij knipte af. Kind naar haar hart. Een golf van tederheid overspoelde haar. Alize hurkte neer om hem te knuffelen, haalde haar handen door zijn haar.

Olav rook naar wind, en zuurtjes.

Er was een mechanisch zoemen toen het bewegende deel van de scanner in positie schoof om weer een ander stuk van zijn fysiek in kaart te brengen. Binnen in de cabine was het koel, maar Patrick O'Hanlon voelde hoe het zweet zich verzamelde in het kuiltje in zijn nek en het papieren schort doorweekte. Zijn hoofd zat vastgesnoerd met een riem.

Claustrofobie.

Sinds hij een kind was, opgesloten in de gangkast door De Ouwe na de zoveelste aframmeling, had hij zich niet zo machteloos gevoeld. Daarmee kwam de haat terug, misselijkmakende woede tegen de man die Kleine Broer van de trap had gewerkt en ermee wegkwam omdat de vrouw die zich hun moeder noemde de schoft had gesteund in zijn leugenverhaal. De jongen besefte dat hij de volgende was. Niemand wilde de waarheid horen en hem daar weghalen: niet de meester, niet de buren, niet de pastoor.

Schoolvriendjes had hij niet.

Patrick had gewacht tot hij veertien werd. Op de nacht van zijn verjaardag liep De Ouwe tegen een loden pijp aan toen hij ladderzat uit zijn stamkroeg kwam gewaggeld: de dader werd nooit gevonden. Zijn zoon herinnerde zich de ontlading, een bijna fysieke vreugde bij elke doffe slag die hij liet neerkomen op de schedel van de man die hij haatte, zoals de bat de bal kan raken en je weet: dit wordt een homerun. Dat was de eerste keer geweest, sindsdien had hij niets meer gevoeld. Het was werk, een manier om geld te verdienen.

Klik, klik, klik.

Zijn hand rustte naast de stopknop. Het scannen kon op elk moment onderbroken worden, had de arts hem verzekerd. Nee Pat, ze laten je niet rotten. Deze kliniek was duur genoeg, medisch de beste, erg privé. Zijn naam hier was *Santa Claus* en niemand zei *ho-ho-ho*.

De huurmoordenaar sloot de ogen, reguleerde zijn adem. Goed beschouwd viel er weinig te klagen. Frisco swingt, de zon schijnt er iedere godganse dag van het jaar. Hij had de klus voor de filmproducer gedaan, de man kon een zekere fantasie niet ontzegd worden.

Klik. Klik. Klik.

De opdrachtgever had erop gestaan dat zijn vrouw – een sterretje dat zo dom was om het aan te leggen met een gehate scenarist – zou verdwijnen op de manier die de onwelgevallige minnaar zelf had beschreven in zijn nog te verfilmen script. Haar auto moest leeg in de duinen tussen Carmel en Obispo staan, sleutels in de ontsteking, deur halfopen, lichten aan. Alsof een reuzenhand uit de nachthemel was gekomen en mevrouw had opgetild naar het moederschip, of de zilveren zomermaan.

De huurmoordenaar zag de poëtische gerechtigheid van die setting en had het betreurd dat hij niet kon blijven rondhangen om te zien hoe die schrijfgast zich hieruit ging lullen.

Klik. Klik. Klik.

Zo leep het plan van manlief was, de praktijk bleek doodsimpel: hij kende de route die mevrouw nam als ze terugkwam van haar lover, het was vooral een kwestie van wachten. De hitman had een huurauto dwars over de duinweg geparkeerd, als na een slip. Bodybag lag klaar in de achterbak. Hoofd op het stuur, beetje nepbloed, hopen dat ze komt kijken met de EHBO-kit.

Wat ze inderdaad had gedaan.

Met een laatste elektronische *whoosj* hield de scanner ermee op. De lade schoof uit, hij zag daglicht. De arts-assistente leek die ochtend weggelopen uit het bunnyparadijs van Hugh Hefner. Ze overhandigde hem een kaartje. Haar nagels glansden van gezondheid, tot hij zag dat er een soort lak op zat, zo lichtroze dat het bijna doorzichtig leek.

'Dit nummer is strikt persoonlijk, *mister* Claus. U kunt vanaf overmorgen bellen.'

O'Hanlon kon weer ademen.

Die avond vond hij het bericht op zijn nieuwe blog. Het was een juichende oproep van een reisagentschap om de ongerepte natuur en het stedenschoon van Canada te ontdekken, *spam* van dertien in een dozijn. Alleen, zijn naam stond erboven.

Patrick O'Hanlon. Niet een van de aliassen die hij gebruikte.

Een interactieve marker knipperde om aandacht. Hij klikte door en kwam in een programma van Google Earth terecht, vloog over de draaiende globe naar het noorden. Groene vlakken fragmenteerden, nummers verschenen naast wegen. Toen was hij terug in het park in Longueuil waar hij nooit was geweest, niet had moeten zijn. Een icoon in de vorm van een cameraatje gaf aan dat anderen hier hadden getreden en die ervaring best wilden delen.

Met datum en toenaam.

Kam & Ko Kooistra, Amsterdam. An artist impression of Quacks.

O'Hanlon, op zijn hotelkamer, verkilde. Dacht aan de jongen bij de zuil..

…dat plastic speeltje…

Hij activeerde het programma.

En zag korstmossen exploderen, roze sneeuw. Dan kwaakgeluiden, op een beat. De foto's die gebruikt waren voor dit deel van de clip waren geschoten vanaf de zuil van Asselin en zo gemixt dat het – althans voor onwetende idioten – zelfs grappig te noemen was.

Flipfloppende, hardgeel ingekleurde eenden waggelen richting bagel. Terug.

Een opa dut op een bank. Terug. Flipfloppende eenden.

Zwart jack loopt in beeld. Terug.

Floppende eenden. De man met het jack kijkt in de lens.

Ze hadden zijn gezicht ingekleurd, helblauw. Maar zelfs De

Ouwe zou hem herkend hebben. De moordenaar voelde zich smerig, bekeken.

Toen zoemde de binnentelefoon op het nachtkastje naast het bed.

'Paddyo, zit je te kijken?'

De zwoegende adem van Fat Vico Dibiase deed vermoeden dat de capo zwaar getafeld had, misschien een storing op de lijn. New York ligt niet naast de deur.

'Ja, meneer.'

'Dan zie je mijn probleem. '

O'Hanlon meende zich te moeten verdedigen, hoewel hij wist dat het nutteloos was. 'Flauwekulfilmpje van een stel idioten, wie legt het...'

Fat Vico sneed hem af. Hij kwam nu duidelijk door, alsof De Man naast hem in de hotelkamer zat. 'Doe het voor iemand gaat praten.'

De lijn ging dood. Achter de ramen gingen neonreclames aan en uit op de koortsige beat van de gokstad. Aan, uit. Aan, uit.

Uit.

Het leek of Canada nooit gebeurd was, zo snel was alles teruggegleden in het stroombed van dagelijkse beslommeringen. Er was het etentje met Pepe, mentor van de academie die altijd in haar potentieel was blijven geloven en de uitwisselingstentoonstelling met Montreal had geregeld, ze keken clips met Rosa en de ouders, maar dan, familie: die hebben de plicht om trots te zijn. Het filmpje *Quacks* op YouTube was drie keer bekeken.

Terug in de tredmolen. 's Morgens Olav naar school brengen en werken in het 'atelier', ofwel de tafel in de hoek van de woonkamer. Middagen zijn voor het kind. Alize maakte er een zaak van om elke avond samen te eten: het was erg genoeg dat ze hem alleen in de weekends mocht instoppen. Om zes uur kwam Rosa en vertrok ze naar haar dienst. De collega's in grand restaurant Panama zaten niet te wachten op kunstverhalen uit Quebec, die willen dat je je tafels loopt. Alize begreep uit de lauwe reacties dat sommige halfproducten niet eens gemerkt hadden dat ze ertussenuit was geweest. Die kwamen er nog wel achter, de dag dat haar naam op het Stedelijk stond, met die van Pipilotti Rist.

Maar Canada deed iets anders. Ze zag nu in dat het laf was geweest om het spook in de kast tot in het oneindige te negeren, en zeker Pepe verdiende beter. Alize drentelde voor de open la, de map met foto's in haar hand. De truc was om het wondenpanopticum zo te bekijken als was het een ander overkomen, iemand die ze niet kende. Afstand te scheppen.

Dat leek het te doen. Maar toen ze de shots zat te scannen, iets dat noodzakelijk was voor verdere bewerking op de computer, en lijn na lijn op het scherm zag verschijnen – een zwarte vlek op een borstpartij – kwam de misselijkheid opzetten.

Be van Calvin Klein.

Davids lotion, heel de badkamer rook ernaar. Een vrouw had voor de spiegel gestaan, om te vangen in beeld wat een man had gedaan. Altijd met de deur op slot, want David wist waar het schrijnde. Zijn ex hield ermee op voor die dag.

Humor was niet de manier om dit thema te tackelen. Alize voerde het contrast op tot de kwetsuren als kwallen fluorceerden, mixte met cartoons en klop. Maar Ben die Jerry onder een wals plet, zei dat iets wezenlijks over haar? De nieuwe invalshoek heette: *Een projectie van Pijn*. We zien Alize's naakte lijf anno nu. Klikken, en een wond verschijnt, met een quote hoe het zo is gekomen.

Pathetisch.

Bij Panama zag de kunstenares het licht. Ze veegde tafels schoon voor wachtende gasten, en de puzzel viel op zijn plaats. Vreemd hoe die dingen soms werken.

Thuis wachtte haar zus met een domperbericht.

'Niet schrikken, maar we denken dat David in het land is. '

'Wie is we?'

'Mamma belde.' Rosa's uitdrukking was een unieke mengeling van bezorgdheid en scepticisme. 'Hij hing rond in het dorp, of anders een typ dat erop leek.'

Alize bleef koel. Moest ze in een hoek kruipen op grond van vage berichten die in feite nergens op stoelden? Ze had net een vorm gevonden om zich van de man te bevrijden.

'Hou op, die vrouw is kippig. En nog iets, David weet niet waar wij wonen en heeft geen manier om er ooit achter te komen. Slaap lekker, lieverd.'

Rosa vertrok, haar zus kroop achter de pc. De *Projectie van Pijn* was op zich een idee, maar het moest omgekeerd. Donker naar licht, toen naar nu. Elke muisklik haalt een wond weg. Amen.

Een van de zaken die Patrick O'Hanlon tot een succesvolle hitman maakten, was het feit dat niets aan zijn verschijning opviel: je zag, en keek langs hem heen. Een man van gemiddelde lengte, conventioneel gekleed, met een zachte manier van spreken. Zoals er veel komen en weer passeren.

Hij liep op de Bloemenmarkt, een van vele toeristen, met de genietende drentelpas die hoort bij een zonnige lentedag, een nieuwe stad. Klokken beierden hun deun, tulpen bloeiden in alle schakeringen, een fietser reed zigzaggend door de mensenmassa. Een paar meter voor hem kocht een vrouw gele tulpen bij een kraam. De jongen likte aan een ijsje.

Alize Kooistra en haar zoon, Kam & Ko.

Die nacht moest het gebeuren, in haar huis, als de zus vertrokken was. Drie sloten, twee schoten. Snel en pijnloos, in hun diepste slaap. Er was geen manier om hen te sparen.

Fat Vico wilde hun bloed.

De fietser maakte een zwieper, rakelings lang zijn benen scherend. O'Hanlon deed kalm een pas opzij.

Alize en Olav aten pannenkoeken met appel en stroop, yoghurt toe.

Olav praatte honderduit over de geitjes die hij geaaid had op de kinderboerderij.

Rosa liet hem langer opblijven dan was afgesproken.

In een goedkoop hotel aan de rondweg belt een moordenaar een internationaal nummer. De tv staat op CNN. Het wapen is een Smith & Wesson, met demper.

Iemand wil bloed zien.

Ze is alleen in het oude huis. David morrelt aan het raam en ze kan niet bewegen. Strakke lakens snoeren haar in. Hij is binnen, staat bij haar bed. Maar dit is niet David. Dit fantoom heeft geen gezicht, een schaduw tegen dieper zwart. Dit moet de Dood zijn.

Met een schok was Alize terug in haar flat. Tikken van de radiator, gorgelend water. Achter het verlichte display van de wekker vulden de omtrekken van de slaapkamer zich in, zoals een fotobeeld opkomt in het spoelbad. Kwart voor twee.

Haar tong voelde korrelig, uitgedroogd. Ze reikte naar het glas water dat voor zulke gevallen op de tekenkist naast haar bed klaarstond, stopte abrupt in haar beweging. Er was iets helemaal mis. In de lucht zweefde de kruidige geur van Calvin Klein.

Alles verstrakte.

Hij was hier in de flat, David was hier. Ze durfde er niet aan te denken wat hij Olav kon aandoen en alleen die gedachte gaf haar de moed om op te staan en te zoeken naar iets wat kon dienen als wapen. Haar hand vond het ruwe oppervlak van een stuk lava, meegepikt van een berghelling op Kreta vanwege de mooie structuur.

Ze was op weg naar de tussendeur, bloed bonkend in haar oren bij elke stap. De geur van *Be* werd sterker. Ze wachtte, haar vrije hand op het koele metaal van de klink. Meende hem aan de andere kant van de deur te horen ademen.

Puimsteen is licht en ze kreeg maar één kans.

De radiator in de slaapkamer zette een nieuwe serie tikken

in, het klonk als hagel op stenen. Meteen kwam de aanval. De deur werd van buitenaf opengedrukt met zo'n kracht dat het blad tegen haar voorhoofd klapte, ze wankelde. Voor Alize zich kon herstellen, viel het volle gewicht van een man op haar.

Ze worstelden in stilte. Davids gezicht was een hijgend masker van haat. Hij was sterk, kreeg haar eronder, duwde zijn knieschijven in haar flank. Vuistslagen. Ze proefde de bliksmaak van bloed in haar mond. Hij dwong haar armen van elkaar, zat op haar polsen.

Alize wist wat ging komen: hij had er vaak genoeg mee gedreigd.

David lachte, zette zijn duimen op het punt waar de nek overgaat in de romp en begon te drukken. Stalen vingers klauwden aan haar keel. Het werd snel donker.

'Weg! Ga weg jij! Ga nou weg! '

Olavs stem, schel van angst, bracht de moeder terug van de rand van bewusteloosheid. Ze moest vechten, voor hem. Olav. Het gewicht op haar armen en borst verplaatste toen David zich omdraaide naar het kind dat achter hem stond, aan zijn haren trok.

Opeens was hij weg. Ze kreeg lucht.

Gestommel. Het misselijkmakend geluid van klappen.

'Hoerenjong!'

Ze lag daar, snakkend als een vis naar adem. Kon niets doen.

Patrick was weer in de Bronx, de schimmelstank van het trappenhuis met de dozen, de Ouwe die inramt op Kleine Broer. Net zo zat dat joch in een hoek weggedoken, armen boven het hoofd om de volgende slag af te weren, net zo. Schoft haalt uit als een bokser. De moeder lag voor lijk op de grond.

De hitman deed wat hij moest doen. Doden.

Drie schoten.

Olav noemde hem De Engel, voor Alize was hij het Zwarte Spookbeeld uit haar droom. Dat er die gruwelnacht nog iemand in haar huis had rondgelopen, een gezichtsloos fantoom met een pistool dat leek te zijn opgelost in lucht, het idee joeg haar redeloze angst aan. David werd gedood met drie kogels uit een Smith & Wesson.

Maar het kind was oké. Niet bang, eerder trots.

Want: 'Engelen doen niks, mam, die helpen.'

Misschien had Olav gelijk, wat is wijs? Wie de waarheid niet kan kennen, maakt een verhaal dat het vacuüm vult. Er zijn goede verhalen, en slechte.

Aanklikken, en de wond verschijnt.

Aanklikken, en de wond verdwijnt.

Alize Kooistra wist wel wat ze liever zag. Het is een manier van geloven.

Patrick O'Hanlon geloofde in niets. Ondanks het gewauwel van de priesters die zijn jeugd vergalden met horrorverhalen over hel en verdoemenis, wist hij dat De Grote Afrekening nooit komt. Als je stopt met ademen, is het af.

Het was bijna af, wist hij sinds Amsterdam.

De kanker zat overal in zijn lijf, de meest agressieve vorm. Ze gaven hem drie tot zes maanden, een jaar met chemotherapie, maar die ging hij niet nemen. Wijven en drank. Misschien naar de City, om daar een paar dingen recht te zetten nu het nog kon.

De moordenaar zag Fat Vico Dibiase.

Zo'n hoofd spat uiteen als een watermeloen.

Eva Noorlander

De brug der geesten

15 jaar geleden

Het was een warme zomernacht en het feest was compleet uit de hand gelopen. De meeste feestgangers hingen in de kamer of lagen dronken bij het zwembad. Suzan had het helemaal gehad en liep het enorme huis uit. Ze pakte haar fiets, die op het grasveld voor de ingang lag, en knoopte haar lange blonde haren in een staart.

'Wie fietst er nou in de Hamptons?' Bobby leunde nonchalant tegen de deurstijl.

'Bobby, laat me met rust. Je zit de hele avond al achter me aan.' Ze klonk quasi-venijnig, want haar glimlach zei hele andere dingen.

'In de Hamptons gaan ze al met de auto, als ze de krant uit de voortuin moeten halen, dat weet je toch? Zal ik je niet even brengen?' Hij glimlachte. O, die lach van hem... ze smolt weer, maar ze moest naar huis. Shit, die stomme moeder ook. Die stond vast al op haar te wachten. Kon ze niet wat langer blijven? Nou, ze wist al precies hoe haar moeder zou reageren, die overbezorgde moederkloek. 'Nee, ik moet weg en nee, ik ga niet met de auto. Ik fiets liever.'

'*Whatever*... Je kan nu echt niet weggaan. Kom op, we beginnen pas.'

'Ik moet naar huis. Je weet hoe mijn moeder is.'

Bobby deed een paar stappen in haar richting. Zijn spieren

spanden zich onder zijn strakke T-shirt. Als een bakvis keek Suzan naar de grond.

'Ik ken je moeder niet. Maar ik wil jou wel leren kennen.'

Bobby had een fles in zijn hand, die hij vrolijk voor Suzan heen en weer schudde. 'Neem nog wat...' Ze glimlachte en keek weg. Een spel van afstoten en aantrekken begon, maar uiteindelijk nam Bobby een paar slokken en Suzan niet.

'Ik moet gaan, oké? Ik zie je snel weer eens? Op een volgend feest of zo?'

'Wie weet...' zei Bobby. Hij speelde *hard to get*, dat wist Suzan ook wel. Ze stapte op haar fiets en ging naar huis, een ritje van een half uur langs de duinen van de Hamptons.

'Jezus, wie fietst er nou in de Hamptons...' schamperde Bobby weer voordat hij naar binnen ging. Maar halverwege bedacht hij zich kennelijk, want hij draaide zich om en liep naar zijn auto, die even verderop stond. Stomme bitch, die liever naar haar moeder fietst dan een beetje lol met hem maakt, dacht hij. Hij startte de auto en reed Suzan met piepende banden achterna. Op een verlaten weg in de duinen haalde hij haar in. Hij reed haar voorbij, liet honderd meter verderop zijn auto staan, lichten aan en deuren open, en rende Suzan tegemoet.

VANDAAG

De Dacus Lake Road is een verlaten weg. Iemand die er niets te zoeken heeft, zal er niet snel komen. Ze loopt hier dan ook al een halfuur zonder dat ze iemand tegen is gekomen of zelfs maar iets heeft gehoord. Het lijkt onvoorstelbaar want hier vlakbij, gescheiden door zo'n tweehonderd meter onvoorspelbaar water, leeft en ademt een grote stad. Maar de wilde rivier houdt alles tegen en oefent tegelijkertijd een magische aantrekkingskracht uit.

Ze kan haar ogen amper openhouden. De nacht is klam en donker, zwart zelfs. Een ondoordringbare midzomernacht in Arkansas. Af en toe voelt ze een vlaag warme, vochtige wind langs haar gezicht, met daarin een waas van rivierwater, die haar ondanks de benauwdheid van de nacht verkilt. Ze knijpt haar oogleden dicht om de tranen tegen te houden. Dat ze daardoor niets ziet, hindert haar niet, ze weet waar ze naartoe moet.

Een zacht geluid komt langzaam op, het lijkt alsof ze het eerder voelt dan hoort. Een onheilspellende bastoon, die geleidelijk alles in de omgeving domineert. Ze haalt diep adem en loopt door.

Vannacht is het moment waar ze jaren op heeft gewacht. Of misschien niet bewust op heeft gewacht, misschien was ze hier al jaren bang voor. Dat is een betere omschrijving. Een doodswens die ze niet kan negeren, gevoed door immens verdriet.

Ze voelt dat ze het asfalt verlaat en over een zandpad verder loopt. De weg voert langzaam omhoog, en haar voetstappen worden kleiner en moeizamer. Een dichte nevel wordt plotseling opgetild door een windvlaag, waardoor de massieve ijzeren peilers van de brug voor haar opdoemen als een enorme toegangspoort. Ze doet nog twee stappen en dan hoort ze het ineens, vanuit het niets. Dreigend gegrom verandert in een angstaanjagend gebulder, alsof een wild paard plotseling wordt losgelaten. De Mississippi raast hard onder de brug door, bijna tweehonderd meter breed...

Aan weerszijden van de spoorbrug hangen de wankele restanten van een rijbaan die beide oevers van de rivier met elkaar verbond. Vannacht zal de simpele houten lat die de rijbaan afsluit haar niet tegenhouden. Alsof de weergoden met haar meevoelen, schuiven de wolken opzij en wordt de brug spookachtig verlicht. Langzaam zet ze de eerste stap naar voren, de oude rijbaan op. Ze kijkt even naar rechts, naar de twee nieuwe bruggen waarop af en toe een auto voorbij raast. Ze wankelt even, maar wil verder. Nog steeds langzaam, maar gaandeweg wordt ze zelfverzekerder en klimt ze omhoog. De afstand tussen haar en de grond wordt met iedere stap groter.

Tien, twintig, dertig meter hoog. Nu moet ze haar voeten heel zorgvuldig plaatsen. Even aarzelt ze, als de snel stromende rivier onder haar verschijnt. Wie hier valt, is bijna kansloos, dat weet ze, maar toch wil ze verder. Ze stapt van paal naar paal, probeert angstvallig haar evenwicht te bewaren. Ze moet nog even volhouden. Verder de brug op, de dood tegemoet.

'Milton?'
  'Hm?'
  'Waar zit je?'
  'Niet in de buurt.'
  'Hoezo, niet in de buurt? Je weet niet eens waar ik je naartoe wil hebben.'
  'Stuur maar iemand anders.'
  'Zeik niet zo, ik kan niemand anders sturen. Er staat iemand op de brug.'
  Milton geeft geen antwoord.
  'Milton?'
  'Is dit niet iets voor de politie van Memphis?'
  'Nee, ze is vanuit Arkansas de brug op gelopen, dus is het voor ons.'
  'Heb je geen andere auto die dichter in de buurt is?'
  'Milton, jij bent de onderhandelaar van de politie, dus jij moet ernaartoe.'
  'Op welke rijbaan loopt ze?'
  'Ze staat op de Harahanbrug.'
  'Fuck. Ook dat nog.'
  Milton klemt de microfoon terug op het dashboard. Hij doet de zwaailichten niet aan, maar rijdt heel rustig via binnenweggetjes naar de oprit van de brug. Met een beetje mazzel is ze al gesprongen voordat ik er ben, denkt hij. De bruggen over de Mississippi zijn populair bij zelfmoordenaars. Het enige voordeel daarvan is dat ze maar zelden worden teruggevonden, wat een hoop naar en smerig werk scheelt.

Milton heeft een hekel aan waterlijken, vooral als ze een paar dagen of zelfs weken oud zijn. Vroeger zwommen hier zelfs alligators, dat maakte het allemaal nog makkelijker. Dan wist je zeker dat je niks terugvond.

Hij parkeert zijn surveillancewagen, meldt aan Kathleen op het bureau dat hij ter plaatse is en zet de overdaad aan zwaailichten van zijn auto aan. Mocht iemand willen springen, dan zou dat nu wel gebeuren. Zo niet, dan wil diegene waarschijnlijk gered worden. Die krijgt hij wel van de brug af, redeneert Milton.

Hij hijst zichzelf uit de wagen, trekt met moeite zijn broek op en gaat op de motorkap zitten. Onderhandelen is leuk bij bankovervallen en gijzelingen. Niet nu, midden in de nacht, als iemand dreigt te springen.

Hij tuurt over de Harahanbrug. 's Nachts rijden er geen treinen, dus hij kan veilig over de spoorbrug lopen. Nou ja, veilig... er mist wel eens een plank, hier en daar. En verdomd als hij voor een of andere idioot het risico gaat lopen naar beneden te kletteren.

Zag hij daar iets?

'Fuck...' mompelt hij binnensmonds. Het heeft geen zin om te schreeuwen, zelfs niet om de megafoon te pakken en via de dakspeaker te roepen dat ze terug moet komen. Het geluid van de bulderende Mississippi, die ieder moment buiten haar oevers kan treden, overstemt elk geluid over deze afstand. Hij wacht nog heel even af of ze springt, maar dat stomme wijf blijft bewegingloos op de rand van de brug staan. Hij kreunt en pakt de mobilofoon.

'Ze staat inderdaad op de brug,' zegt hij tegen de centraliste.

'Tja... aan welke kant? Die van Tennessee of de onze?' De grens tussen de twee staten, en dus de jurisdictie, loopt precies in het midden van de Mississippi, en dus ook midden over de brug. Als dat mens vijftig meter doorloopt, kan hij de zaak overdragen aan de politie van Memphis. Hij kijkt nog eens goed, maar ze blijft stilstaan.

157

'De onze,' moet hij toegeven.

'Dan moet je toch wat doen...' zegt ze. 'Wees eens een held.' Het klinkt cynisch.

Zwijgend hangt hij de mobilofoon weer terug en hij schudt zijn hoofd. Hij steekt langzaam en zonder erbij na te denken twee vingers in zijn mond en wrijft met wat spuug zijn badge op, zodat die glimt op zijn borst. Vol overgave en frustratie spuugt hij het restant op de grond en klimt met moeite langs het talud omhoog de spoorbaan op, om al vloekend tussen de rails door de brug op te lopen.

Ze ziet hem dichterbij komen en schuifelt, centimeter voor centimeter, dichter naar de rand van de brug toe. Een groot deel van de reling is weggehaald, net als de dekplaten van de rijbaan, om de brug onbegaanbaar te maken. Ze kijkt naar beneden, waar ruim dertig meter lager het water zwart onder haar door buldert. De Mississippi heeft weer een van haar buien, denkt ze, als ze het water tegen de pijlers ziet kolken. Veel te veel water in een te kleine rivier. Het voelt als haar hoofd. Te veel emoties die ze niet kwijt kan.

'Hé...' hoort ze. Op een meter of tien afstand ziet ze de agent staan. Haar blik richt zich weer op de diepte.

'Misschien een stomme vraag, maar wat ben je aan het doen?' vraagt hij.

Wat ziet hij eruit. Het zou haar niet verwonderen als hij ergens in een oude caravan op een trailerpark woont, met een paar roestige auto's voor de deur en lege bourbonflessen tot aan het dak opgestapeld. Hij is een jaar of 45, maar oogt veel ouder. Onverzorgd. Ontleent zijn macht aan zijn uniform. Precies wat ze verwacht had. Het is dat het nacht is, anders had hij vast zijn spiegelende zonnebril opgehouden.

Hij kijkt haar aan, maar komt niet dichterbij en wacht haar reactie af.

'Ga je springen?' vraagt hij.

Ze haalt haar schouders op.

'Het ziet er namelijk niet naar uit dat je op de trein staat te wachten...'

Hij heeft gekozen voor de informele aanpak, denkt ze. Bevelen dat ze weg moet gaan bij de reling heeft nu geen enkele zin, dat heeft hij ook wel door.

Ze blijft stoïcijns zwijgen. Hij doet twee stappen naar het midden van de brug en leunt tegen een van de pijlers. Heel even kijkt ze om.

'Ik ben er nog,' zegt hij, bijna geruststellend. 'Mijn naam is sergeant Milton, trouwens. Ik ben de onderhandelaar. Hoe heet je?'

'Ik wil niet dat je dichterbij komt,' zegt ze.

'Anders spring je?'

Ze knikt.

'Hè?' roept hij

'Ja, anders spring ik,' zegt ze.

'Ja, daar was ik al bang voor.'

Er valt weer een stilte. Zij staat met haar tenen over de rand van de brug, hij leunt tegen de pijler. Quasi-nonchalant, bijna ongeïnteresseerd, denkt ze. Zou het hem iets kunnen schelen als ze nu springt? Wacht hij daar juist op?

'Waarom wil je eigenlijk springen?'

'Om zoveel dingen,' zei ze.

'Ik versta je niet zo goed,' zegt hij. 'Ik kom iets dichterbij. Niet te dichtbij, maar wel genoeg om je beter te kunnen verstaan, oké?' Hij doet een paar passen naar voren. Ze lijkt er niet van te schrikken. Als hij een paar meter achter haar is, hurkt hij en staart naar het water.

'Weet je dat hier veel mensen vanaf zijn gesprongen?' vraagt hij haar.

Ze knikt.

'De brug der geesten, noemen ze hem ook wel.' Hij knikt met zijn hoofd in de richting van Memphis. 'Daar verderop, een kilometer of vier naar het noorden, is ooit een radarboot gezonken. De Sultana. Negentienhonderd doden. Meer dan

159

op de Titanic, en toch kent niemand dit verhaal. Het was gewoon een ontplofte stoomboot op de Mississippi. Maar wel negentienhonderd doden.'

'Waarom vertel je me dit?'

'Veel doden zijn niet teruggevonden. Net als de mensen die hier vanaf springen. Negen van de tien vinden we nooit meer. Ze worden meegesleurd, de oceaan in. Of onderweg opgegeten door de alligators. Het is geen zachte dood.' Hij schudt zijn hoofd.

'En waarom de brug der geesten?'

'Het spookt op deze brug. Er verschijnen rare dingen op foto's die mensen hier maken. De zielen van de doden die nooit begraven zijn, die hier rond blijven hangen.'

Ze kijkt naar beneden. 'Het water is zo hard als beton als je erop terechtkomt. Je breekt alles. Als je geluk hebt meteen je nek, dan is het in een klap over. Maar stel je voor dat je onderweg bedenkt dat dit niet is wat je wilt, en je breekt je armen en je benen als je het water raakt. Dan kun je jezelf niet meer redden. Je houdt misschien nog even je hoofd boven water, maar de pijn is verschrikkelijk. Uiteindelijk trekt de stroming je onder water, terwijl je eigenlijk wilt blijven leven. De Mississippi heeft geen medelijden.'

Ze haalt diep adem.

'Waarom wil je nou springen? Dat verstond ik net niet,' vraagt hij.

'Om dingen die nooit meer terugkomen.'

'Kan ik daar iets aan veranderen? Kan ik je helpen?' vraagt hij.

'Nee, het is over. Voorbij. Dat kan niemand meer terugbrengen.'

Hij knikt alsof hij het begrijpt.

'Waar gaat het om? Wat kan niemand terugbrengen?' Langzaam komt hij omhoog en stapt iets dichterbij. Hij denkt haar vertrouwen gewonnen te hebben.

'Mijn dochter.'

Wat is er met haar gebeurd?'

'Ze is vermoord.'

'Dat is... triest. Verschrikkelijk.'

Ze knikt.

'Hebben ze de dader wel gepakt?' wil hij weten.

'Ze zeggen dat het een ongeluk was. Maar ik weet wel beter.'

'Springen brengt je dochter niet terug.'

'Misschien niet, maar het verdriet is dan wel weg.'

'Het leven gaat door. Dat klinkt misschien stom, als ik dat nu zeg, maar je kan ermee leren leven. Het went, op een of andere manier. Dat lijkt harder dan ik het bedoel, maar...'

'Weet je hoeveel pijn het doet?' onderbreekt ze hem. Ze wankelt, doet een miniem stapje achteruit. Milton komt overeind.

'Er zijn mensen die je kunnen helpen, met wie je kan praten. Dit is geen oplossing.'

'Weet je wel hoeveel pijn het doet?' herhaalt ze.

Milton komt voorzichtig een stap dichterbij. Nog even en hij kan haar grijpen. Het loopt niet zoals hij had verwacht. Misschien kan hij haar toch redden. Stel je voor, hij, een held op de Harahanbrug.

Hij staat naast haar, zomaar. Zonder dat ze er iets tegen doet. Zonder dat ze springt, maar ook zonder dat ze achteruit stapt, de veilige brug op.

'Zo'n pijn, dat iemand je kind kan vermoorden en ermee wegkomen.'

'Ik kan het me voorstellen...'

'Nee, dat kan je niet. Maar misschien heb je gelijk. Misschien is dit...' Ze haalt haar schouders op en kijkt hem aan, met betraande ogen. Ze steekt haar hand uit en uit automatisme pakt hij hem vast. Een vuist als een bankschroef omklemt zijn vingers. Dan voelt hij ineens dat hij met zijn rechterbeen tegen een richel aan staat. Ze draait zijn hand om, zodat hij een stap naar voren moet doen wil hij hem niet bre-

161

ken, maar zijn voet blijft steken achter de richel. Zo verliest Milton zijn evenwicht, en is het enige dat hem nog op de brug houdt de hand van de vrouw, die nu over een onnatuurlijke kracht lijkt te beschikken. Zijn spieren verkrampen, zijn ogen staan wijd open van angst.

'Weet je nog, vijftien jaar geleden, Bobby Milton? Jij met je dronken kop achter het stuur, achter een leuk meisje aan, dat voor je uit fietste in de duinen? Jij, die haar in je auto mee-lokte, en toen ze niet wilde wat jij van haar wilde... en ze weg-rende... ben je haar achterna gerend, de duinen in, waar je haar...' Haar adem stokt. 'En iedereen geloofde je, toen je zei dat je haar zo gevonden had. Met je vader die politiechef was, en het hele onderzoek onder tafel veegde.'

'O god, niet doen, het spijt me zo...' stamelt hij. Hij kan geen kant op, zijn evenwicht is hij volledig kwijt. Ze trekt hem een paar centimeter naar zich toe, waardoor hij denkt dat hij een kans heeft om weer op de brug te komen.

'En nu heb ik je gevonden. Dat je duizenden kilometers verderop en jaren later zelf bij de politie bent gaan werken, zal je nu niet redden, Bobby.' En net als hij haar hand wil pak-ken om zich terug te trekken, laat ze zijn hand los.

Hij doet een onbeholpen poging om iets te grijpen, maar zijn handen klauwen doelloos als dolle wieken door de lucht. Er is niets om te pakken. Langzaam kantelt zijn lichaam.

'Ik hoop dat je alles breekt, behalve je nek,' zegt ze, terwijl hij met een waanzinnige schreeuw naar beneden valt. De klap waarmee hij het water raakt hoort ze niet. Heel even blijft ze wachten, dan wandelt ze voorzichtig de brug af, waar de po-litieauto nog steeds staat.

'Milton? Kom eens uit? Is dat stomme wijf nou nog niet van die brug af?' klinkt uit de speaker in het dashboard.

Eindelijk, na al die jaren, voelt ze zich opgelucht. Haar dochter krijgt ze er niet mee terug, daar had Milton gelijk in, maar een deel van haar verdriet is wel weg. En een deel van haar pijn. Morgen zal ze naar het graf van haar dochter gaan en haar alles vertellen. Hoe lang ze gewacht heeft, en hoe zorgvuldig ze wraak heeft genomen op haar moordenaar.

Ze wacht tot haar hartslag iets rustiger is. In de verte ziet ze zwaailichten van een politieauto, die poolshoogte komt nemen. Ze vinden de auto van Bobby Milton, maar geen vrouw, en geen Bobby Milton. Ze zullen denken dat die samen in de rivier gestort zijn, tijdens een heldhaftige maar mislukte poging van de dappere sergeant om een wanhopige vrouw te redden. En de lichamen zullen nooit gevonden worden, want de Mississippi is meedogenloos.

Ze stapt in haar auto en rijdt zonder haar lichten aan te doen weg. Ver weg.

Saskia Noort

Het afscheid

Vandaag is de dag. De dag van het afscheid. De laatste dag die
ik in dit miezerige land zal doorbrengen. Dit zijn de eerste
woorden die door mijn hoofd schieten bij het afgaan van de
wekker om half acht en ze geven me onmiddellijk energie. Ik
schiet in mijn joggingpak, bind mijn chaotische haardos boven
op mijn hoofd vast met een elastiekje, prop mijn slaperige voeten in mijn sneakers, doe een plas, poets mijn tanden en rij
naar de duinen, waar ik mijn auto laat staan. Ik ren de vochtige
kou in, door de nevel die nog boven de duinen hangt. Ik ren
langs de konijnen, die me lodderig aanstaren, de duinen door,
het strand op, ik adem, ik snuif de zilte, natte geur van de zee
op, de laatste ochtend dat ik dit zal ruiken. Mijn lichaam begint aangenaam te gloeien als mijn ademhaling steeds regel-
matiger wordt en de onrust in mijn hoofd wegebt. Vanaf morgen zal ik goed kunnen slapen. Vanaf morgen hoef ik geen
gedachte meer te wijden aan het verleden. Vanaf morgen heb
ik geen twijfels en geen angsten meer. Vanaf morgen ben ik
vrij. Mijn spullen staan ingepakt in de hal. Niemand in dit land
zal mij missen en ik zal niemand en zeker niet dit land, missen.

Heel zachtjes begint het gonzen van haar naam in mijn
hoofd. Ik ga harder rennen. Ik wil het niet horen. Het doet
pijn. Ik probeer me te concentreren op de cadans van mijn
gehijg. Twee keer inademen door mijn neus, twee keer uitbla-
zen door mijn mond. Ik richt mijn gedachten op mijn bovenbenen, mijn kuitspieren, op het neerkomen van mijn voeten

op het zachte zand. Ik weet de gedachte aan haar naam, aan haar zelfingenomen, hekserige kop eruit te rennen. Voor de laatste keer. Want ik ga het oplossen, vandaag nog, voor iedereen. En wanneer ik straks weg ben, verdwenen naar de andere kant van de wereld, zullen ze eindelijk met dankbaarheid en respect aan me denken.

Thuis begin ik meteen met de voorbereidingen. Ik heb haast. Ik wil deze dag zo snel mogelijk achter me laten. Niet dralen, niet denken, niet tobben. Ik sla het douchen over, vul de percolator met water en espressokoffie en zet deze op het vuur. Daarna haal ik een prachtige schenkel met been uit de vriezer en gooi deze in een grote pan water, die ik eveneens op het gasfornuis zet. Dan loop ik met de keukenschaar in de hand naar buiten, naar het kleine, zonnigste hoekje in mijn tuin, waar ik mijn kruiden kweek. Ik knip rozemarijn, tijm, wat blaadjes salie, een takje laurier en een flinke bos peterselie. Even duw ik het bedauwde, groene spul tegen mijn neus. Ik ruik de geuren die mij ooit intens gelukkig maakten, het parfum van de rozemarijn boven alles uit en ik herinner me weer glashelder de eerste keer dat ze hier was, de hypocriete trut. Hoe ik haar wees op het zalige aroma van deze verse kruiden. Hoe ze zich uitputte in superlatieven. Alles wat ik deed, alles wat ik bezat, alles wat ik was, was top, super, geweldig en inspirerend. Zeer talentvol, noemde ze me. Ik bezat een natuurlijk charisma. Ik had alles in huis om een ster te worden. Haar ster. De tijd was rijp voor een keukendiva en ik was daarvoor de aangewezen persoon. Zou ik het aankunnen, de druk van een dagelijkse kookshow rondom mijn personality? Realiseerde ik me wel voldoende wat de gevolgen hiervan zouden zijn? Bekende Nederlander worden, veel geld verdienen, de merchandising eromheen?

Natuurlijk kon ik het aan. Mijn god, dit was waar ik al van kinds af aan van droomde. Rijk worden met wat ik het liefste deed: koken.

'Je bent gezegend met een mooie kop, een goed lijf, humor en seks. Meid, je bent perfect,' zei ze me, stralend van oor tot oor, terwijl ze haar glas prosecco in mijn richting hief.

De koffie pruttelt. Ik schenk haar in een mok, houd deze troostend onder mijn neus en snuif haar kruidige, bittere geur op. Dan neem ik een slok en huiver. Een sterke bak. Zoals het hoort. De kruiden bind ik bij elkaar met een stukje garen en hang ik in de pan met water die nog op het vuur staat en waarop het lichtbruine schuim van de schenkel staat. Mijn keuken begint al te ruiken naar soep. Ik pak het mandje zelf-geplukte paddenstoelen uit de kelderkast, veeg ze een voor een schoon met een borsteltje, en leg ze op het hakblok. Dan neem ik het grote mes uit het blok en hak met kracht de paddenstoelen in kleine stukjes. Ik weet dat dit haar favoriete re-cept is. Risotto ai Funghi. Ik snijd de ui en de stelen bleekselderij in blokjes, doe een blokje roomboter in een grote, zware braadpan, zet deze op halfhoog vuur en als de boter sist, gooi ik de ui en de bleekselderij erbij. Op de pit ernaast bak ik de paddenstoelen in een scheut olijfolie. Voor de laatste keer zal ik haar bewijzen hoe goed ik ben. Al ben ik dan te oud, en volg ik de nieuwste trends niet meer zo goed. Koken en eten, wat hebben zij met trends te maken? Hoe is het toch moge-lijk dat ik met al mijn ervaring zomaar bij het oud vuil word gegooid? Vanwege een paar rimpels en mijn voorkeur voor de klassieke keuken? En waarom moesten ze me op zo'n verne-derende wijze eruit werken? In plaats van me te bedanken voor al die jaren trouwe dienst, zulke weerzinwekkende ge-ruchten over me verspreiden? Gunden ze me niet eens de kans mijn waardigheid te behouden?

Ik gooi twee bekers arboriorijst bij de glazig geworden ui en bleekselderij en begin driftig te roeren tot alle rijstkorrels glanzen van het vet. Ik draai het vuur uit onder de inmiddels gebakken paddenstoelen en gooi een scheut Noilly Prat bij de rijst. Het begint heerlijk te ruiken en om mijn opkomende woede enigszins te temperen zet ik de fles Nouilly Prat aan mijn mond en neem een slok. Een kleintje maar. Omdat ik anders zo tril en heetgebakerd ben. En dat kunnen we niet hebben. Niet vandaag.

Als de bel gaat, staat alles klaar. De paddenstoelen gaan pas vlak voor het uitserveren over de risotto. Om ze zo vers en stevig mogelijk te houden. Ik heb mijn haren weelderig opgestoken, en mijn wijnrode jurk aangetrokken. Me voorgenomen zo ontspannen, zo vrolijk mogelijk te zijn. Ik ben uit op vergeving. Ik wil het hele verhaal achter me laten, voor ik naar Thailand ga. Ik glimlach en trek de deur open. Daar staat ze, in een wonderlijk, auberginekleurig, asymmetrisch gewaad, haar vuurrode krullen lijken in brand te staan. Ze spreidt haar armen. Ze is ongelooflijk. Na alles wat ze me heeft aangedaan, omhelst ze me alsof ik haar verloren gewaande zus ben.

'Meid, wat ben je weer prachtig. En wat vind ik het tof en dapper van je, om wat er allemaal is gebeurd tussen ons zo af te sluiten. Oprecht.' Ze pakt mijn hoofd tussen haar handen en zoent me op mijn voorhoofd. Mijn buik wordt pijnlijk hard.

'Het heeft geen zin om te zien in wrok. Daarvoor is het leven te kort,' zeg ik zacht en ik hoop dat het klinkt alsof ik het meen. Ze stampt met haar grote, zwarte laarzen als een nazi-gestapo achter me aan de kamer in.

'Eerst even dit,' zegt ze streng, en ze houdt haar aubergine gelakte nagel tegen haar puntige neus. Vanachter haar rug haalt ze een fles Dom Perignon tevoorschijn. 'Wat er is gebeurd, verdient geen schoonheidsprijs. Het was ook niet persoonlijk bedoeld. Als producent moet ik me bezighouden met kijkcijfers, kijkcijfers en nog eens kijkcijfers, en daarnaast met de sponsoring. Er is nu eenmaal een roep om verjonging, daar kan ik niet omheen, hoe dol ik ook op je ben. En die roddelcampagne die op gang kwam tijdens dat proces over je contract, ik zeg je nogmaals: dat kwam niet bij mij vandaan. Ik ken je. Ik weet dat je een vrouw met stijl bent. Dat je nooit aan een stagiair zou zitten. Die knaap rook gewoon roem en het maakt ze tegenwoordig niet meer uit hoe ze in de *picture* komen, als het maar gebeurt.'

'Hij heeft nu wel mijn programma overgenomen. Met z'n brommertje en zijn puistenkop. Alsof kids van zijn leeftijd geïnteresseerd zijn in koken... Maar laten we het er niet meer over hebben. Laten we aan tafel gaan zitten en een glas wijn nemen. Laten we op de toekomst drinken.'

'Op jouw toekomst. In Thailand. En op onze verzoening.'

We klinken. Ik kijk diep in haar ijsblauwe, kille ogen. Ze giechelt. Ik zeg dat ik het eten ga opdienen en verdwijn de keuken in. Daar verdeel ik de risotto over twee borden en garneer het ene met de roergebakken paddenstoelen, en het andere met het paddenstoelenmengsel uit de ijskast.

Vierentwintig uur later, als ik in het vliegtuig zit op weg naar Bangkok, om van daaruit op zoek te gaan naar mezelf, naar de plek waar ik ooit gelukkig was, wordt Hetty door haar vriend Hugo de auto in gedragen. Haar rode krullen hangen futloos en slap langs haar gelige, bleke, bezwete gezicht. Ze kotst al ruim twaalf uur lang de darmen uit haar lijf en nu beginnen de wanen. Over nog eens twaalf uur zullen al haar lichaamsfuncties een voor een uitvallen, waarna ze in coma raakt. Het eten van een groene knolamaniet, ofwel groene knolzwam, is immers dodelijk.

Tomas Ross

Een natuurlijke dood

Hij is buiten! Hij beseft het nog steeds niet goed maar hij staat gewoon búiten! Met pal tegenover hem, op een meter of vijf, bomen en struiken in het plantsoentje waar hij al die tijd op uitkeek. Buiten! Lucht! Hij snuift hem op, de zilte lucht van de zee vermengd met de weeïge geur van benzine, fantastisch, zijn longen vol, bedwelmend. Achter zijn borstbeen voelt hij zijn hart als een mitrailleur tekeergaan. Adrenaline? Jezus, hij zal nou toch geen hartaanval krijgen? Hij grijnst bloednerveus bij de gedachte, stel je voor, net uit dat kolereziekenzaaltje en dan nu creperen. Het zal wel normaal zijn, de zenuwen, de spanning. Hij moet proberen rustig adem te halen, z'n kop erbij te houden. Straks zal-ie zijn pillen wel innemen, maar nu niet. Eerst moet-ie hier weg. Toch blijft hij roerloos tegen de muur staan terwijl hij naar de bomen kijkt, naar de knipperende lichtjes van een vliegtuig in het zwart van de hemel, naar de verlichte flatramen tegenover hem, waarachter wordt gedronken, tv gekeken, doodgegaan, geschreeuwd, geslapen, gecomputerd, gevochten, geneukt.

Neuken, denkt hij duizelig, hij heeft net zo lang niet geneukt als hij vast heeft gezeten, maar dat geldt voor een heleboel dingen en het is nu niet de tijd om achter zijn pik aan te lopen. Waar blijft die pokkenbus? Hij weet waar hij is, bij de straatweg achter de kliniek, hij heeft er per slot van rekening weken op uitgekeken. Hij kent de buurt ook, hij is hier lang geleden opgegroeid, een vissersbuurtje, zijn vader en oudere

171

broer weken weg met de logger. Allebei verdronken toen hij nog jong was. Loggers zijn er ook bijna niet meer, het enige wat hij soms tussen de tralies van de kliniek kon zien waren van die patserjachten. Het buurtje is al lang geleden afgebroken, zijn moeder woonde er nog toen ze hem pakten. Ze heeft hem maar één keer opgezocht. Ze bleef nog geen minuut. Zei dat hij nooit gedeugd had en dat ze hoopte dat hij daar dood zou gaan. Het kolerewijf is zelf dood, maar ze had nog bijna gelijk gekregen toen hij twee maanden geleden een hartinfarct kreeg. Eigenlijk pure mazzel als je 't goed bekijkt.

De nachtwind blaast door zijn linnen broek en het ziekenhuishemd. Hij huivert.

Waar blijft godverdomme die bus?

Hij wacht in de schaduw, durft geen stap te verzetten. Hij weet wel zeker dat er achter en boven hem camera's zijn die alles en iedereen dag en nacht registreren, wat dacht je. Het is wel anders dan die tering-Bijlmerbajes waar ze je de godganse dag en nacht in de gaten houden, want de meeste patiënten hier kunnen geen poot verzetten, maar toch. Godnogaantoe, wat is hij die ouwe klootzak op het zaaltje dankbaar! Schreeuwen, slaan, bijten, totaal door het lint. Schreeuwen dat ze hem wilden vermoorden. Hadden ze ook moeten doen, gewoon lucht in zijn hart spuiten met die injectienaald, de klootzak heeft een geldloper vermoord, een vent met een gezin. Je moet niemand zomaar overhoop schieten, vindt hij. De klootzak kreeg maar tien jaar dankzij een dure advocaat. Híj goddomme zes, terwijl het wijf bij wie hij inbrak zelf van de trap lazerde en haar nek brak. Maar goed, hij is de klootzak dankbaar. Wat een paniek!

Hij ziet de bus aankomen, zoals hij die van tweehoog al zo vaak aan heeft zien komen en weer weg zien rijden. En altijd gedacht: zat ik er maar in. Zat ik er godverdomme maar in! Zoals hij dat bij elke auto dacht. Maar hoe kom je buiten?

De bus remt wat af. De bus stopt hier altijd. De enigen die in- en uitstappen zijn broeders en verpleegsters. Achter de busraampjes kan hij twee verpleegsters al naar de uitgang zien lopen als de bus naar hem toe draait. Het licht uit de koplampen strijkt even langs hem, maar daar zit hij niet mee. De chauffeur zal hooguit denken dat hij een broeder is die buiten even een sigaretje rookt. Hád hij maar een sigaret, al in geen weken meer gerookt.

Uw hart.

Lazer op met je hart!

Hij bukt, de bus komt op nog geen tien centimeter van hem tot stilstand. Natuurlijk stapt hij er niet in, zo graag als hij het zou willen, hij heeft geen geld en hij kan het ook niet van die verpleegsters lenen, hij zal daar gek zijn, ze kennen hem, ze geven hem elke avond zijn pillen, thee, vruchtensap.

'Gaat u lekker slapen?'

'Kom effe bij me, dan lukt het wel.'

En dan giechelend en kontdraaiend weglopen.

Nog een mazzel dat hij zijn pillen bij zich had !

Hij ligt plat op de stoep, schuift op zijn borst onder de stinkende, walmende bus, klemt zijn tanden op elkaar als hij zijn tastende hand ergens aan verbrandt, al zou hij best kunnen schreeuwen met de stampende dieselmotor boven zich. Hij graait naar het achterwiel om zich vooruit te sleuren, hoort de chauffeur schakelen, en rolt het plantsoentje in op het moment dat hij de bus achter zich hoort optrekken. Wanneer hij hijgend tussen de struiken overeind komt ziet hij de twee verpleegsters de personeelsingang binnengaan. Hij grijnst de pijn aan de hand weg bij de herinnering aan de twee bewakers die daar tien minuten geleden naar binnen stormden, toen het alarm rinkelde omdat de klootzak de standaard van zijn infuus door het raam flikkerde.

Gebogen schuifelt hij achteruit tussen de struiken tot hij bij de straatweg is. Het stinkt er naar stront. Zijn hand brandt en hij zuigt erop. Hij dwingt zich niet te gaan rennen maar rustig de donkere straatweg naar de flats over te steken, al lijkt het hem sterk dat ze hem nu nog kunnen zien. En dan nog, een vent op slippers, in een linnen broek en een wit hemd, het is een zomeravond, gewoon een vent die het warm heeft en een ommetje maakt.

Maar aan de overkant begint hij te hollen, in de richting van de koplampen die verder weg als een langgerekte guirlande voorbij glijden. Onder de stank van benzine kan hij de zee ruiken. Daar wil hij heen, naar de duinen waar hij als kind speelde. Dat is de mazzel. Langgestraften worden per definitie nooit in hun eigen stad gevangengehouden, te link natuurlijk met familie en je maten in de buurt. Maar voor een hartonderzoek moet je hiernaartoe, want ze nemen geen risico's met een gewoon ziekenhuis sinds daar een paar jaar geleden twee gedetineerden doodleuk in een ambulance wegreden, met de sirene aan.

Hoe lang zal het duren voor ze erachter komen dat hij ervandoor is? Niet erg lang, hij wilde net gaan douchen toen de klootzak begon, en na tien minuten komen ze kijken, dat zal met die kolerezooi daar hooguit het dubbele zijn.

Hij holt tussen de flats door, ziet achter de ramen op de parterre televisieschermen, een vent aan een computer, een oud wijf dat de gordijnen dichttrekt, een lekker wijf in een kimono. Hij schrikt van een man die net met een hond de deur uit komt maar de andere kant op loopt. Dan staat hij hijgend stil tussen auto's op een parkeerplaats. Erachter tekenen de duintoppen zich haarscherp af tegen de nachthemel. De zee ruist als muziek. Een auto jatten? Hij zal daar gek zijn. Als het al zou lukken, is dat het eerste waar ze aan denken, meteen de wegen geblokkeerd, politiecontroles. Een boot zou beter zijn, een van die motorbootjes in de jachthaven, maar ook niet nu natuurlijk. Later, als het allang weer dag is, als het druk is op het strand zodat hij niet opvalt in zijn linnen broek en op z'n slippers. Hij luistert, alert op sirenes, op het ratelend rotorgeluid van een heli, maar hij hoort niets anders dan de zee en het vage geronk van auto's ver weg op de boulevard. Hij moet geld hebben, hij moet eten en drinken. Als hij de kans zou hebben, zou hij inbreken in een strandtent, een pilsje, beter nog: een bacootje. Hij moet er niet aan denken, maar ook dat zou verschrikkelijk stom zijn. Voor je het weet lopen ze daar met bloedhonden.

Hij holt alweer, klimt over het prikkeldraad, trekt de slippers uit en voelt dat het duinzand nog warm is. Natuurlijk komen ze hier ook, maar het lijkt hem stug dat ze weten van de schacht. Als die er godverdomme nog is! Als ze hem niet inmiddels dicht hebben gegooid, want dan is de enige kans om aan de voorkant de bunkers in te gaan. Je kunt er gif op innemen dat ze die pleurishonden daar als eerste naar binnen sturen. Vijf bunkers op rij, om de paar honderd meter een, ooit een stukje Atlantikwall, nu monumenten waar ze schoolkinderen in rondleiden. Hij rent tussen de duindoorns door, het lijkt vroeger wel. Wat een tijd was dat, denkt hij hijgend, met je Puch 's avonds naar het stille strand, een meid achterop, lekker tegen de zeewind zodat haar pettycoat opwapperde en je met één hand achter je tussen haar jarretelles kon voelen. Godskanonne, daar moet hij nou helemaal niet aan denken, maar hij doet het wel. Op de hoge strandstoelen die je met de opening tegen elkaar kon zetten, niemand die je zag, ongestoord vozen, en anders wel in de kleine bunker, al vond zo'n meid het eng maar dat was juist oké, dan kroop ze nog meer tegen je aan. Kom maar bij pappie. Vroeger kon hij met gemak door de schacht en hij hoopt dat hij het nog kan, een betonnen buis met van die ijzeren beugels erin als een trap, een meter of vier, vijf naar beneden. Dik is-ie in elk geval niet geworden van die troep die ze eten noemen.

Hij schrikt zich lam als er iets uit de struiken fladdert en herkent opgelucht een uil die wegzeilt in het donker. Ver weg op zee brandt een lichtje van een schip. Zat-ie er maar! Net als hij het silhouet van de eerste bunker ziet opdoemen, hoort hij het aanzwellend geratel. Het zweet gutst onder zijn oksels uit als hij naar de lage muur in het zand springt en zich plat in de schaduwen drukt. Als hij weer opkijkt, ziet hij de heli als een reuzensprinkhaan boven de flats cirkelen, een meterslange baan fel licht, draaiend als van de vuurtoren over de duinen links van hem, over het geasfalteerde pad, dan naar het strand toe dat melkwit oplicht, vervolgens over de schuimkoppen op zee. Hijgend klautert hij langs de ruwe muur omhoog en grijnst als hij de silhouetten van de twee dennenbomen herkent. Hij vloekt als zijn hemd blijft haken aan de struiken, rukt zich los, kijkt achterom, ziet de heli boven de pier vliegen, bukt zich en kruipt verder, een hand beschermend voor zijn gezicht, tussen de doornen, de dennengeur in zijn neusgaten, vloekt weer omdat hij moet pissen en voelt dan met zijn gewonde hand de brokkelige stenen van de schacht.

* * *

Hij wordt wakker van motorgeluid. Hij heeft geen idee hoe laat het is, of het nog nacht is of al dag, het is aardedonker beneden in de bunker. Hij ligt roerloos, al voelt hij zijn botten en al drukt het zwaar op zijn borstbeen. Hij weet zeker dat er een auto is, ergens boven hem, niet ver van de schacht. Een ouwe auto, denkt hij, want het geluid klinkt onregelmatig en zwaar, hij herkent het zo, hij denkt een Kever, hij heeft jaren aan die ouwe krengen gesleuteld. Geen politie dus, maar je weet het nooit. Wie dan wel? En waarom daar? En waarom stationair blijven draaien? Hij vermoedt dat de auto op het geasfalteerde weggetje achter de dennenbomen staat, want in het duin kom je geen meter verder. Hij kent dat weggetje nog wel, hij is er vaak met de Puch overheen gereden. Het kronkelt achter de bunkers langs evenwijdig aan het strand, een kilometer of tien door de duinen, tot aan een paar zomerhuisjes waar hij aansluit op een weg naar het volgende dorp. Onder het haperende geronk kan hij vaag de zee horen. Maar niet meer die verdomde heli, die nog zeker een uur pal hierboven heeft gecirkeld, dat weet hij wel. Hebben ze het opgegeven? Komen ze terug? Of gaan ze ervan uit dat hij allang ergens anders is, de kant van de stad uit?

Opeens slaat de motor af, de echo nog in zijn kop. Dan wordt het zo stil dat hij zijn snuivende ademhaling hoort. En zijn hartslag in zijn oren, godzijdank regelmatig. Meteen verstijft hij weer, want het lijkt wel alsof het gelach in de schacht klinkt, een hoog gegiechel. Een wijf!

'Jezus, Deb, laten we nou binnen blijven!' zegt een vent.

Hij hoort een portier dichtslaan.

'Johnny, doe niet zo schijterig!'

Ze is dronken, denkt hij. Ze hikt wat.

'Het is echt lekker hoor, in zee!' Ze giechelt weer. 'Ben je soms bang dat je hem niet overeind krijgt? Dan pijp ik je wel onder water!'

Jezus, denkt hij, pijpen onder water!

'Kom nou, Johnny! Doe nou niet zo lullig, man!'

Haar stem klinkt zwakker. Hij hoort weer een portier.

'En als er iemand is?'

'Doe niet zo idioot. Wie komt hier nou midden in de nacht?'

Dus het is nacht. Wie zijn dit? Een stelletje dat uit is geweest en een nummertje gaat maken?

Hij is al overeind gekomen en tast naar de ijzeren beugels in de schacht. Geil en dronken met je auto de duinen in. Of zijn het toch smerissen die slim willen doen? Bullshit, als ze weten dat hij hier zit, hoeven ze dat toch niet te doen, dan halen ze hem gewoon en dan zou hij die heli ook weer hebben moeten horen.

Hij klimt zo geruisloos mogelijk omhoog, de harslucht in zijn neusgaten, steekt zijn hoofd buiten de schacht en ziet als eerste dat de maan is verschenen, een bleke ballon in het zwart. Als het politie was, zou hij nu de lul zijn.

Hij hangt even stil en luistert gespannen. Ergens klinkt de hoge schreeuw van een roofvogel, misschien de uil wel. Hij huivert in de wind. Hij trekt zich verder omhoog, schuift over

177

de betonnen rand en kruipt naar de bomen toe. Ver beneden hem strekt het strand zich uit, grauwgrijs, maar smal, het is vloed geworden. Erachter schemert de zee en nu hij beter kan focussen ziet hij twee figuurtjes tussen de golven, een bos blond haar in het maanlicht, twee glanzende borsten die opeens verdwijnen achter een schuimkop.

Als hij achterom kijkt, ziet hij de contouren van de auto pal achter de dennen. Een kleine, bolle auto, een Kever. En als ze de sleutel in het contact hebben laten zitten? Weg? Hij grijnst nerveus, rilt in zijn hemd. Bang dat ze hem zullen horen, is hij niet. Pijpen onder water, wat hoor je dan nog? Hoe lang doen ze erover? Maakt ook niet uit. Ze moeten eerst terug, lopend, een politiebureau zoeken, in de nacht, aangifte doen, het hele verhaal waarom ze hier waren, autopapieren checken, en dan nog. Wie denkt er aan hem? Het slimste is naar die zomerhuisjes te rijden, zijn vingerafdrukken van de portieren en het stuur te vegen, die auto ergens te dumpen en daar te wachten. Zo'n zomerhuisje stelt geen moer voor qua sloten en allicht ligt ergens poen.

Hij loopt naar de auto, trekt het portier open, tast langs het stuur en grijnst weer als hij het contactsleuteltje voelt. Tuurlijk, geil en dronken, je pik achterna. Hij schuift de warme auto binnen, wil al starten als hij naast zich een schoudertas ziet liggen. Hij pakt hem en trekt hem open, ruikt de geur van een zoetig parfum, kiepert de inhoud op de stoel en lacht hardop als er tussen sleutels en make-up, een mobieltje en een damesportemonnee uitrollen. Er zit niet zoveel in, twee biljetten van tien euro, wat kleingeld en een pinpas waar hij niks mee kan, maar in elk geval is het genoeg om straks wat te eten en te drinken te kopen.

Kan dat? In de broek en het hemd en met zijn ongeschoren kop? Ze zullen zijn signalement wel door hebben gegeven, maar aan winkeliers die net hun winkel open hebben?

Hij start, maar doet de lichten natuurlijk nog niet aan, draait de auto weg van de dennen, rijdt langzaam in het donker tot hij een bocht neemt, doet dan de lichten aan, schakelt naar zijn twee en geeft gas. De VW trekt prima op, altijd goed. Maar hij maakt een grimas als hij naar de benzinemeter kijkt, want het witte pijltje staat trillend tegen de o aan. Godskolere, denkt hij opeens weer nerveus, hoe lang dan nog? Het eerste benzinestation zal wel ergens bij dat dorp zijn, maar of dat 's nachts open is? Kijken maar. Die zomerhuisjes moet hij kunnen halen, desnoods loopt hij het laatste stuk. Hij draait het raampje open en snuift de nachtlucht op. In de lichtbundels lichten de duindoorns gifgroen op, een konijn springt weg. Hij denkt aan het wijf dat nou die vent onder water ligt te pijpen, hij moet godverdomme opletten dat hij geen stijve krijgt... en dan dringt het tot hem door dat hij in alle opwinding toch nog vergeten is zijn pillen in te nemen. Ook niet erg, doet hij straks wel.

* * *

Ze weet niet wat ze moet doen. Ze trilt zó dat ze niet eens in staat is 112 in te toetsen. Moet ze dat doen? Wat dan? Vermist? Weggelopen? Hij is dood. De schoft is dood! Hoe heeft ze het gekund? Zo veel jaren aan gedacht, zo lang wanhopig aan gedacht, dag en nacht, maar nooit gedurfd. Meer dan twintig jaar door hem kapotgemaakt, afgesnauwd, geslagen, gekleineerd, murw gemaakt, zodat ze niet meer weet wie ze eigenlijk is. Een slavin, goed om zijn troep op te ruimen, zijn kennissen te onvangen, haar benen uit elkaar te doen, de stront uit zijn onderbroeken te wassen, zijn eten klaar te maken, de status op te houden van dat leuke, geslaagde echtpaar!

Ze beseft opeens dat ze huilt. Van de spanning, van de opluchting, van de angst. Hysterisch, met hoge uithalen, niet te stoppen. Het geeft niet, er is niemand die het kan horen. Ze is hier helemaal alleen in het huisje, niemand in de buurt. Pas morgen, als het weekend is.

179

Verdwaasd kijkt ze om zich heen. Ze heeft alle lichten aangedaan, ook dat maakt niet uit. Als een zombie loopt ze door
de kleine woonkamer, maar haar ogen registreren alles: de
bank waarop hij zijn roes uitsliep, de plavuizen waar het bloed
op gutste, de drempel waar ze hem overheen heeft gesleept
naar de keuken, de houten vloer, langs het aanrecht naar de
buitendeur, het trapje af, de leuning. Er is nergens een spoor
van bloed te zien. Geen wonder, ze heeft alles schoongemaakt
en afgenomen, tot tweemaal toe. Ze huivert in de nachtwind,
maar niet omdat ze het koud heeft en alleen maar een dun
nachthemd draagt. In het licht van de buitenlamp licht het
zand op. Stuifzand. Ze heeft het met een schop omgewoeld
tot ze er zeker van was dat er niets meer van bloed of het
sleepspoor zichtbaar was. Op zo'n vijftig meter van haar af
lichten de schuimkopjes van de golven op in het zwakke
maanlicht. Vloed, nog net. Ze huivert weer als ze de zaklan-
taarn aandoet en het schijnsel al lopend over het strand laat
spelen. Hier is het zand nat, nog geen paar uur geleden waad-
de ze erdoorheen naar de golfbreker die nu verder weg op-
doemt als de rug van een prehistorisch zeedier. Ergens daar
in het donker krijsen meeuwen en ze glimlacht door haar tranen heen. Ze haat dat geluid, dat schorre, gulzige geschreeuw
dat haar al vroeg wakker maakt, maar nu luistert ze er wél
naar en ze stelt zich voor hoe de vogels met hun gele haksna-
vels tekeer gaan. Tak! Tak! Tak!

Ze loopt terug en sluit de deur af.

Het hoofd is het belangrijkste. Hoe heeft ze het in godsnaam kunnen opbrengen? Hoe kwam ze op de gedachte? Dat
weet ze niet meer, ze weet alleen dat het wonderlijk makkelijk ging en dat ze geen seconde heeft geaarzeld.

Hij is dood! Het is ongelooflijk. Nooit meer die stem, nooit
meer die dronken schoft, die haar slaat en trapt, haar dwingt
hem te bevredigen, nooit meer bang om zijn voetstappen te
horen, zijn auto op het garagepad.

De auto hoeft ze niet schoon te maken, het is de zijne, het

is logisch dat zijn vingerafdrukken erin zitten, en de hare ook. Nadat ze het keukenmes in zijn borst had gestoten, het lange vlijmscherpe lemmet tot bijna aan haar hand tussen de ribben, heeft ze een tijdlang als verdoofd naast hem gezeten. Afgezien van het bloed leek het alsof hij gewoon doorsliep, dronken, zijn mond wat open, zijn ogen dicht. Pas toen drong tot haar door wat ze had gedaan, een golf van immense opluchting, geen spoortje schuldgevoel, niets, zoals ze al jaren niets meer voor hem heeft gevoeld behalve haat. Zelfs nog met dat magere lichaam naast haar, het lauwe bloed op haar hand. Het is niet eens zo moeilijk een hoofd van een romp te scheiden. Ze heeft het buiten gedaan. Zijn lijk het trapje afgesleept, het gekartelde vleesmes als een zaag op zijn adamsappel gelegd, niet gekeken, krampachtig gedacht hoe ze het dan verder moest doen, tot ze de meeuwen bij de vloedlijn hoorde krijsen.

Nadat ze het hoofd los had, heeft ze het in zijn bebloede shirt gewikkeld en is ermee de zee in gelopen tot aan de basaltblokken. Het shirt, zijn broek en slippers heeft ze in zijn koffer gepropt. Ze wilde er eerst nog stenen in stoppen en hem dan in zee gooien, maar herinnerde zich toen de jerrycan met benzine in de Opel omdat hij bang was hier zónder te staan. De eerste benzinepomp is pas kilometers verder in het dorp. Vijfentwintig liter benzine. Ze heeft de helft ervan gebruikt. De koffer brandde als een fakkel in het duin. Ze heeft de as en verkoolde resten begraven. Daarna is ze eerst teruggelopen naar de golfbreker, waar de meeuwen als witte schimmen schreeuwend om haar heen cirkelden. Ze heeft zichzelf gedwongen het licht op zijn hoofd te richten, kokhalzend omdat de ogen eruit waren gepikt en de neus en wangen waren opengescheurd.

Pas toen wist ze ook wat ze met zijn onthoofde, naakte lichaam moest doen. Eerst had ze ook dat willen verbranden, maar ze was er niet zeker van of dat gaat met benzine.

Ze zijn hier gisteren aangekomen, te laat omdat hij verkeerd reed, vloekend, razend haar de schuld gaf. Ze kennen het hier niet, ze komen uit Brabant waar hij na de VUT naartoe wilde, een doods stadje waar niets valt te beleven. Nooit eens weg, altijd gierig.

Ze is uitgestapt, net zo woedend. Ze glimlacht door haar tranen heen en schenkt zich weer in van zijn whisky. Ze schreeuwde nog dat hij dood kon vallen. Dat ze wel ging lopen. Ze had wel weg gewild, maar haar koffer lag in de auto. Natuurlijk verdwaalde ze, het begon al te schemeren toen ze eindelijk iemand zag. Daarom had ze de borden ook niet gezien. Een man op een fiets hield haar tegen bij het prikkeldraad. Hij zei dat ze daar niet mocht komen, het zijn waterleidingduinen, maar het is er gevaarlijk vanwege drijfzand.

'U had er zo in kunnen lopen, mevrouw, en dan had er geen haan meer naar u gekraaid. Het is er zeker een meter of vijf diep. Kijkt u maar.' En hij had een kei opgepakt en die in de drab gegooid. Binnen een paar seconden was de steen verdwenen.

De man is haar redding. Hij kan bevestigen dat ze alleen was. Dat ze de weg vroeg naar de zomerhuisjes.

'Bent u hier alleen?'

Wat had ze dan moeten zeggen? Dat ze haar man haatte en was weggelopen?

' Ja. Ik was wat gaan wandelen. Mijn man komt vanavond.'

'Gelukkig maar. Een vrouw alleen daar...'

Dat is ze nu, godzijdank! Niemand die hem meer kan vinden.

Wat doen ze als je aangifte van vermissing doet? Want hij heeft getankt bij die benzinepomp, ze zullen misschien niet meer weten hoe laat, ook niet dat zij in de auto zat, maar hij heeft daar afgerekend en een Brabants accent valt hier op. Ze zal zeggen dat hij dronken wegliep, zelfs zijn bril en zijn paspoort achterliet in zijn woede, maar dan nog gaan ze zoeken. *So what?* Ze kunnen niks vinden!

Vermist... Betalen ze dan de levensverzekering uit? Ze

heeft wel eens gehoord dat er een jaar gewacht moet worden voor iemand dood wordt verklaard. Maar heregod, een jaar! Als ze hem tenminste niet vinden!

Ze verstijft. Onder het geruis van zee en wind meent ze een auto te horen. Hoe kan dat? Wie? Iemand die hier komt logeren? Zo laat nog? Het is twee uur in de nacht!

Opeens golft de paniek in haar omhoog. Kan het politie zijn? Iemand die haar gezien heeft toen ze het lijk met de auto naar die duinen reed? Iemand die gezien heeft wat ze daar deed? Ze zit roerloos, haar hand verkrampt rond het glas, en hoort dan de motor afslaan.

$$* \overset{*}{} *$$

Hij vloekt maar blijft toch nog in de Kever zitten, het geluid van de reutelende motor op zijn trommelvliezen sterft langzaam weg. Godverdomme, net hier in de duinen geen benzine! Wat zal hij doen? Verder lopen? Kijken wat er bij die huisjes is? Het is aardedonker, als daar mensen zijn, slapen ze. Het liefst zou hij dat nu ook doen. Hij is kapot, zweet als een gek, z'n slapen bonken, z'n hart gaat als een heimachine tekeer. Hier in de Kever slapen? Inbreken? Hij zal daar gek zijn. Het mooiste zou zijn als daar een andere auto zou staan, maar ook dat zou stom zijn. Het beste is om zo ver mogelijk weg te zijn als het licht wordt. Misschien kan hij een fiets jatten.

In het schijnsel van de koplampen kan hij een duinpaadje van de weg zien lopen, er loopt prikkeldraad langs, erachter schemeren tussen de dennen de contouren van een huisje. Hij aarzelt even of hij de lampen zal doven maar laat ze toch aan, straks haalt hij zijn jatten nog open aan dat prikkeldraad. Hij stapt uit, laat het portier open om zo min mogelijk geluid te maken en loopt al naar het paadje toe als hij een vlammende pijn achter zijn borstbeen voelt zodat hij happend naar adem door zijn knieën zakt, een hand geklauwd naar zijn borst, niet eens meer weet dat hij voorover valt, geen pijn meer voelt als zijn wangen door het prikkeldraad worden opengereten.

* * *

'Mevrouw, wat vind ik dit erg!' zegt de jonge dorpsarts. 'Het enige is dat uw man niet geleden heeft, ik denk zelfs niet dat hij ook maar iets van dat afschuwelijke prikkeldraad heeft gevoeld, het moet binnen enkele seconden zijn afgelopen.'

Ze knikt maar wat, trilt van de zenuwen, maar wat is er normaler als je je man buiten dood hebt gevonden?

'Het is nog een wonder dat zijn bril heel is gebleven,' zegt de arts. 'Ik heb net contact gehad met uw huisarts, dokter Verhoeff, op diens vakantie-adres. Uw man dronk nogal veel, nietwaar, ondanks zijn zwakke hart.'

'Ja', zegt ze. ' Hij is er veel voor gewaarschuwd, maar ja...'

Hij knikt naar het pillendoosje. 'Nam hij zijn pillen wel regelmatig in?'

'Nou, niet altijd.'

' Tja. Toch veel te jong. Het spijt me dat ik toch enkele formaliteiten moet afhandelen. Eh... mag ik hier zitten?'

Ze knikt weer. Hij gaat zitten aan het tafeltje naast de bank waarop de man ligt. Hij was nog warm toen ze hem vond, hangend in het prikkeldraad, een magere man van een jaar of zestig, in een linnen broek en een soort hemd dat je in ziekenhuizen aankrijgt. Dat heeft ze hem uitgetrokken. Wie is hij? Een patiënt? Het pillendoosje zat in zijn boekzak.

Ze schrok zich lam toen ze hem in het schijnsel van de koplampen in het prikkeldraad zag hangen, zo erg dat ze zelf even buiten bewustzijn moet zijn geweest. Ze zag niets anders dan het gebogen lichaam, alsof het hoofd er niet was. Het portier van de auto stond open, het binnenlichtje brandde, net als de koplampen en achterlichten. Binnen rook het vaag naar een zoetig, goedkoop parfum. Op de stoel naast die van de bestuurder lag een damestasje tussen make-upspullen, een klein roze mobieltje, wat geld en een pinpas van de ABN/AMRO op de naam van J. Achterberg. Heette hij zo? Waarom lag dat tasje er dan? Ze glimlacht en denkt aan een boze vriendin die woedend de Kever uitstapte.

'Vindt u het erg als ik wel een glaasje drink?'

De arts schudt zijn hoofd en spreidt formulieren uit op het tafeltje.

'Natuurlijk niet. Heeft u mogelijk het paspoort van uw man?' Hij glimlacht verontschuldigend. 'Ik moet nu eenmaal de gegevens noteren, ziet u.'

'Natuurlijk.'

Ze haalt het paspoort uit het nachtkastje. Hij slaat het open, kijkt van de foto naar de man op de bank. 'Wel wat magerder geworden sinds de foto werd gemaakt. Verschrikkelijk hoe hij toegetakeld is! Gelukkig kunnen ze heel veel, zodat de nabe-staanden passend afscheid kunnen nemen.. Eens kijken… ge-boren in Veghel.. Gehuwd… Geen kinderen…'

Ze drinkt en kijkt hoe hij de gegevens uit de pas opschrijft. Ze vraagt zich af wanneer ze de Kever zullen vinden.

Geen benzine. Wilde de man hier om hulp vragen? Bellen? Maar dat had hij dan toch met dat mobieltje kunnen doen?

Ze heeft de benzine uit de jerrycan in de tank gegoten, de auto gestart en hem op de parkeerplaats achter het benzine-station neergezet, met alle spulletjes erin. Ze heeft het stuur en de deurkruk afgeveegd en is door de duinen teruggelopen. Het was nog nauwelijks licht maar nu wist ze de weg en ze zag ook de borden met 'Verboden Toegang – Gevaar voor drijfzand!'.

In het huisje hangt een lijstje met adressen voor noodge-vallen. Ze heeft gewacht tot het dag was voor ze het nummer van de arts belde, koortsachtig nadenkend wat er mis zou kunnen gaan. De dode man is ongeschoren, maar dat is geen punt natuurlijk. Haar man had gemeend buiten geluid te horen en is in zijn linnen pyjamabroek op zijn slippers gaan kijken. Hij bleef zo lang weg dat ze dodelijk ongerust achter hem aan is gegaan, bang dat hem wat was overkomen. De jonge arts concludeerde vrijwel direct een hartaanval.

Ze kijkt op omdat ze een auto hoort aankomen. De arts glimlacht weer meelevend. 'De begrafenisondernemer uit het dorp. Hij draagt er verder zorg voor dat uw man naar uw huis wordt gebracht en zal daar meteen contact opnemen met een collega om de crematie te regelen. Ik neem aan dat u hier zelf nu ook weg wilt? Denkt u dat u in staat bent zelf te rijden?'

Ze knikt. 'Ik denk het wel.'

Hij knikt. 'U houdt zich kranig, mevrouw!'

**

'Waar kan hij godverdomme zijn?' zegt de hoofdinspecteur tegen zijn collega. 'Een gat van een dorp. Hij laat alles in die VW liggen, pinpas, geld. Er zit benzine in! Waar is hij in jezusnaam gebleven? De lucht in?'

De collega lacht. 'Laten we even koffie gaan halen in dat benzinestation.'

**

Ze kijkt omhoog als ze voor aan de kleine stoet wegloopt bij het crematorium. Bruine rook kringelt uit de lange pijp van de schoorsteen de lucht in. Hoog erboven glinstert de zon op een vliegtuig. Ze glimlacht, wat niemand kan zien vanwege de zwarte voile.

Anderhalf miljoen levensverzekering, denkt ze. Waar zal ik eens heen gaan?

Charles den Tex

FlyBoy

Hij heeft een hekel aan de zomer. Aanstellerig seizoen. Hete dagen die te vroeg beginnen en veel te laat eindigen. Mannen in korte broeken, sandalen en groeiende zweetplekken in te schaarse kleding. Warme wind. Dat is het ergste, een wind die geen verkoeling brengt, maar de transpiratie van anderen.

'Niemand,' zegt FlyBoy. Ze staan een eindje van de weg, een meter of honderd door rul zand, op een plek waar mannen elkaar ontmoeten buiten het zicht van anderen. Hier draaien ze al bijna een kwartier om elkaar heen, FlyBoy en hij. FlyBoy leunt met zijn stevige lijf door het openstaande portier van de auto die verlaten aan het eind van het pad staat. Hij is te groot en te assertief, veel te aanwezig. 'Mooie wagen. Hou ik wel van,' zegt hij. 'Kleur ook helemaal goed. Blauw. Mijn lievelingskleur. Echt helemaal lievelings. Wist je dat?'

'Nee.'

FlyBoy reageert alsof hij het niet heeft gehoord. 'En wit leren stoelen. Zie je dat? Echt leer! Is-ie van jou?' vraagt hij.

'Nee,' zegt hij weer. Zijn eigen auto staat ergens anders. Een klein, oud, afgeragd tweedehands autootje. Geleend van de broer van zijn werkster. Daarmee rijdt hij midden in de nacht naar parken en gesloten benzinestations. Tussen de struiken is hij onbekend, achter in een onverlichte auto kan hij iedereen zijn. Wild, snel, hard, zacht, traag, onvoorspelbaar voor zichzelf en vrij. Een gewone man op zoek naar seks.

FlyBoy draait zich om en leunt met zijn rug tegen de auto.

'Hé, Makka, even nadenken. Als deze auto niet van jou is, van wie is-ie dan?' vraagt hij.

'Geen idee.'

'Heb je twee dates gemaakt? Tegelijk?' FlyBoy lacht gretig. 'Stout, jongen! Erg stout! Maar ik kan er wel wat mee.' Hij wrijft ostentatief over zijn kruis. 'En jij?'

Makka schudt zijn hoofd. 'Ik heb alleen met jou afgesproken,' zegt hij.

Ze kennen elkaar als FlyBoy en Makka. Namen vol suggestie, vol verlangen, en zonder enige geschiedenis. Namen die eigenlijk alleen op een beeldscherm op hun plaats zijn. Hier in de duinen klinken ze stom. Dat moet ook. Betekenisloze klanken waarmee ze elkaar kunnen aanspreken. Makka, het is niets. Elke keer kiest hij een nieuwe naam waarmee hij vanuit anonieme internetcafés contact zoekt. Vandaag is hij Makka. Alleen vandaag.

Hij staat naast zijn date en kijkt naar de auto. De lichten branden zelfs nog. FlyBoy is groot en mooi, maar zijn lijflucht blijft hangen in de warme lucht. Een zure, penetrante geur, die bijna onbelemmerd vanuit zijn korte mouwen de nacht in walmt.

'Kom eens hier,' zegt FlyBoy, hij wenkt en wijst. Hij wil de auto in. 'Hier, jongen, kijk dan!'

Makka schudt weer zijn hoofd. Deze hele date is een vergissing. Makka wil hem niet. Waarom is eigenlijk niet eens interessant. Het is een gevoel, een indruk, een reactie op zijn karakter. Op zijn lijflucht. Makka verlangt naar een lange, kletterende bui, opgejaagd door een koude wind. Regen. Veel regen. Hij draait zich om en loopt weg.

'Nou, daar gaat onze kans op een beetje privacy, want die lui van die auto zitten natuurlijk hier ergens in de duinen.' FlyBoy maakt een overdreven gebaar, alsof de kans van zijn leven hem wordt ontnomen. 'Kom ik daarvoor helemaal uit Castricum!' Hij sjokt door het zachte zand naar de andere kant van de auto. 'Hé, dit portier staat ook open.'

Makka wil het niet horen, steekt zijn handen in zijn zakken en kijkt terug naar het pad waarover ze zijn gekomen. De auto van FlyBoy is net zichtbaar onder de lantaarn. Was hij er maar in blijven zitten.

FlyBoy heeft zijn hoofd door het portier naar binnen gestoken en somt luidruchtig op wat hij daar ziet. Hij schreeuwt de dingen door de stille nacht. Alsof het grappen zijn. Goeie grappen. 'Sportschoenen, verkeerd merk. Sokken, blauw en geel. Hema. Tissues. Plastic tas van de Aldi. Van de Aldi, ja! Dat DOE je niet. Flesje bronwater. Spa, natuurlijk, geen fantasie. Duizend merken water en dan koop je Spa. Laat maar. Hé! De sleutels zitten nog in het contact.' Hij kruipt verder de auto in en zijn woorden worden onverstaanbaar.

Het is het ongegeneerde geloof in zichzelf waar Makka niet tegen kan, de opgelegde lol. FlyBoy denkt dat hij alles weet, maar wat hij zegt is overbodig.

Dat.

En dat is niet wat Makka zoekt. Hij, die rekent op de anderen. In het veld ziet hij alles, elke beweging, elke verandering. Hij ziet de verglijdende compositie van de teams over het veld, de patronen die de bal maakt; hij ziet de gaten die vallen en de vallen die dicht kunnen slaan. Voetbal is zijn leven, zijn hartslag; het is wat hij ziet en wat hij voelt. Op het veld kan hij alles wat hij wil. Zijn voeten doen wat zijn ogen zien. Hij dirigeert, met zijn armen en handen en met geschreeuwde woorden legt hij zijn wil op het veld. Zijn overwicht is niet bevochten, het kan elk moment wankelen. Een verkeerde beweging, een onvolledig zicht, een gat dat hij over het hoofd ziet. Hij rent kilometers om altijd daar te zijn waar het kan gebeuren. Onzichtbare afstanden. Altijd vooruit.

Makka loopt het laatste stukje van het duin op en kijkt naar de kleine branding in de verte. Dunne lichte strepen in het maanlicht. Vanaf de top van het duin heeft hij uitzicht over het verlaten strand. Nergens is iemand te zien. De leegte maakt de hitte nog enigszins draaglijk.

'Dat is toch niet normaal?' zegt FlyBoy. 'Wie laat er nou zijn auto zo open staan? Hier? Gewoon met de portieren open en alles aan. Nou?'

Het zijn vragen, goeie vragen, maar Makka heeft geen zin om antwoord te geven. FlyBoy is weer uit de auto gekomen en komt nu ook naar de top van het duin. Makka ruikt hem voordat hij hem ziet. Hij kan zijn teleurstelling nauwelijks verbergen.

Piloot zoekt sporter, had FlyBoy gezegd. Het klonk goed, maar alleen dat laatste klopt. Makka is voetballer, al doet hij zijn best dat nu te verbergen. Hij kent FlyBoy hooguit twintig minuten en meer heeft hij niet nodig. Alles wat FlyBoy zegt, is nu al voorspelbaar. Een echte piloot had misschien iets kunnen zijn, maar FlyBoy is een leugen. En zelfs dat had niet erg hoeven zijn, want tot op zekere hoogte is iedereen een leugen. Gedeeltelijk. Hijzelf ook. Hij zegt niet wie hij is, maar hij doet zich niet beter voor. Eerder andersom. Dan blijft de verrassing mogelijk.

Dat nekt FlyBoy, bij hem is verrassing uitgesloten. Hij kan niet leveren wat hij had beloofd, niet in de verste verte, maar dat houdt hem niet tegen. Erger. Het lijkt hem voort te stuwen.

'Ik weet wat jij zoekt, Makka, jongen.' FlyBoy leunt tegen hem aan. 'Jij zoekt mij, dat zoek jij.' FlyBoy kan zijn vingers niet van hem afhouden, zijn lichaamswarmte straalt in de windloze nacht. FlyBoy plukt en streelt, hij probeert Makka in beweging te krijgen met praatjes en geile suggesties. Het werkt averechts. Een paar uur geleden was dit precies wat Makka wilde, nu hoeft hij het niet meer.

Makka houdt niet van jongens die doen alsof. Ook op het veld kan hij daar niet tegen. Jongens die doen of ze gaan lopen, maar dan blijven hangen en het gat het gat laten. Makka is van het flitsende inzicht, de snede door het spel; hij klieft elftallen als houtblokken. Met één klap. Tussen zijn ogen en zijn voeten zit een directe verbinding, hij ziet openingen voordat ze er zijn. Daarom is hij zo snel. Altijd twee, drie passen verder dan de rest, alsof hij in een parallelle dimensie speelt.

Maar buiten het veld zoekt zijn lichaam bevrediging die in de kleedkamers niet bekend mag worden. Die gevaarlijk kan zijn. Hij wil niet eindigen als een speler die niet speelt. Hij wil niet worden buitengesloten. Hij speelt in de top. Daar hoort hij. Daar mag nooit bekend worden wie hij is. Wat hij is. Alleen achter gesloten deuren en geblindeerde ramen kan hij die ander zijn, alleen bij kunstlicht of in het donker, alleen met mannen en jongens die bekend zijn, viavia, alles gecontroleerd, gepland en geregeld, zonder enige ruimte voor het gewone of juist het onverwachte. Sporters zijn niet homo, voetballers zijn hetero en stervoetballers geven daarin het goede voorbeeld. Daarom rijdt hij in een geleende auto.

Onherkenbaar. Niet te traceren.

Hij draagt een gouden kettinkje met een kruisje. En een oorbel, een klein gouden ringetje. Het zijn tekenen, symbolen van gevoeligheid die door mannen worden geaccepteerd zolang ze met mate worden gedragen. Goud is goed. Een kruis is goed. Geloof is geen onderwerp. Eén oorbel is goed. Laat zien dat je zelfbewust bent, en mooi. Vooral dat laatste is belangrijk, want iedereen wil mooi zijn. Maar je moet het wel durven. Alles is een wedstrijd en je weet nooit precies welke wedstrijd er wordt gespeeld. Overal moet hij voorzichtig zijn.

Gelukkig houdt Makka van vrouwen en zij houden van hem, ook al weten zij allemaal onmiddellijk dat hij nooit de man zal zijn die zij zouden willen. Zijn vrienden zien dat niet, zij zien alleen de vrouwen, althans, dat zeggen ze zo vaak dat hun woorden in zijn hoofd steken en schuren. Vrouwen is een onderwerp. Seks is een onderwerp. Wie ze gehad hebben en wanneer en waar en altijd denken ze dat hij alle vrouwen al heeft gehad. Want hij is de man. DE man.

Hij ontkent het niet. Hij lacht alleen, anderen zien dat als een bevestiging, de schuldige lach, de lach van iemand die je niets meer hoeft te vertellen. Zo heeft hij een heel leven gebouwd zonder ooit iets te doen, behalve voetballen. De sport is zijn redding. Hoe dieper hij in zichzelf verborgen is, des te beter hij speelt. Hoe groter de verhalen die mensen over hem vertellen, des te minder hij hen tegenspreekt. Sterke verhalen, die iedereen wil geloven en die hij, na verloop van tijd, niet meer van zich af kan schudden. Ze hangen aan hem als kattenharen aan velours. De waarheid, zijn waarheid, is een slechte pass: te ver vooruit, onhaalbaar, te hard, over de zijlijn. Uit.

Terwijl andere mannen jaloers op hem zijn, wordt hij ouder. Elk jaar bindt hem strakker aan het beeld dat anderen van hem hebben. Elk jaar snijdt dieper in zijn ziel. Soms denkt hij dat hij uit elkaar zal vallen in twee mannen die elkaar goed kennen maar elkaar nooit zien. Iedere overwinning is ook een verlies, omdat hij iedere keer iets achterlaat. De mooiste jaren van zijn leven gaan voorbij in steeds groter succes waardoor zijn verlangens verder worden opgesloten.

Iedereen weet precies wie hij is. De staf weet wie hij is, de directie, de fans, de pers, de spelers, iedereen. Hun meerderheid beneemt hem de adem, benauwt hem. Hun meerderheid duldt ook geen tegenspraak. Zelfs niet van hem. Dat weet hij.

Hij is wie hij moet zijn.

Op het veld is het goed. Alles wat hij kan, komt daar bij elkaar. Het veld is zijn *docking station*, daar hoeft hij niets van zichzelf te verbergen, niets te ontkennen. Dat gebeurt pas wanneer hij het veld verlaat, de witte lijnen zijn de grens. Op weg naar de kleedkamers verandert zijn wereld. Buiten het veld leeft hij in een onwrikbare scheiding van zichzelf. Elke lach in het openbaar heeft een wrange smaak, elke lach in de slaapkamer mag nooit worden gehoord. Op den duur is dat niet vol te houden en daarom is hij op zoek gegaan naar een manier om de almaar opbouwende spanning in zijn lijf en zijn hoofd te breken. Zijn dates zijn altijd ver van zijn huis, ver van zijn woonplaats.

FlyBoy deprimeert hem. Acuut. Heel erg. Niet omdat hij lelijk is, want dat is hij niet. Makka heeft wel dikkere mannen gehad, en ouder en lelijker en kleiner. Dat is het niet. Uiteindelijk is een man een man, een jongen een vent en de lust maakt veel goed. Meestal. Deze keer niet. Het is die opgewekte, zomerse zinloosheid die hem tegenstaat. FlyBoy heeft een beklemmende vrolijkheid die hij niet vertrouwt. Die hij niet aankan. Hij wil niet lachen, zo vrolijk is het niet.

En dan die intense lijflucht

'Luister,' zegt hij. 'Sorry, maar…' Makka wil nu een einde maken aan deze ontmoeting. Kappen, draaien en weg. Hij heeft het al duizend keer gedaan. Op het veld gaat het bijna automatisch. Deze keer lukt het niet. Alles zit tegen, snelheid, richting, balans, zwaartepunt, tegenstander, zelfs het licht is verkeerd. Het moet een gedachteloze manoeuvre zijn, uitgevoerd op zicht, spierkracht en flexibiliteit. Op timing. Hij moet volledig in het spel zitten, en hier in de duinen is het spel er niet. Hier is hij ondergeschikt aan die andere dingen die zijn lichaam wil.

Hij hapert.

'Hou maar op,' zegt FlyBoy. 'Ik zie het al. Jij bent een romantisch type. Dat heb ik weer. Zo'n nacht, zo'n plek en ik tref er een die op een duin gaat staan staren.' FlyBoy lacht. 'Nou, even dan.' Hij slaat een zware arm om hem heen. 'Maar daarna doen we wat ik wil.' Hij heeft er zin in.

'Kijk.' Makka wijst naar de branding, nog net zichtbaar in het flauwe licht. Het is een halfslachtige poging om de aandacht af te leiden. FlyBoy trapt er niet in.

'Ja, nou is het wel genoeg geweest met je uitzicht,' zegt hij. Met een theatraal gebaar brengt hij zijn armen omhoog. 'We komen hier niet om naar het strand te kijken. Dan koop je maar een briefkaart.' FlyBoy slaat weer een arm om Makka's nek en klemt hem vast. Met een onverwachte beweging draait hij zijn arm naar beneden en opeens kan Makka geen kant meer op. Al zijn training en fitness helpen de voetballer niet,

FlyBoy is groter en zwaarder en sterker en zijn kracht wordt gedreven door een drang die balanceert op de rand van seks en geweld. FlyBoy sleurt hem mee naar de auto.

Soms wil hij alles achterlaten, de trainingen, de wedstrijden, het team, maar zijn voeten kunnen niet zonder de bal of het veld. Pas als hij speelt begint zijn hoofd echt te werken, dan ziet hij en doorziet hij. Begrijpt hij. Zijn lichaam ontsluit zijn intelligentie, zijn liefde, want dat is het. Die liefde had hij al vroeg ontdekt. Zodra hij een bal aanraakt met zijn voet, zodra zijn benen beginnen te bewegen, kan hij dingen die hij anders niet kan. De bal is zijn hart. Pure liefde.

En hij denkt dat hij het aankan. Hij denkt nog altijd dat hij elke situatie de baas is, dat hij degene is die stuurt en draait en anderen verleidt om de verkeerde kant op te gaan.

'Kom op, in die auto!' FlyBoy wil nu door.

'Die is niet van mij,' zegt Makka, alsof hij daarmee iets kan tegenhouden, alsof het eigendom van de auto een grens is waar ze niet overheen mogen, een soort buitenspelval.

Maar FlyBoy speelt niet meer. Hij is snel, veel sneller dan Makka had verwacht, zijn handen hebben een kracht en gedrevenheid die hem overrompelen. Met zijn arm om zijn nek draait hij Makka half voorover, dan grijpt hij hem van achteren bij zijn kraag en zijn kruis en smijt hem, hoofd vooruit, op de achterbank van de auto. Makka klapt tegen de deurstijl van het portier, het harde staal dreunt tegen zijn hoofd. Even, een paar seconden, is hij in de war, duizelig.

Meer heeft FlyBoy niet nodig. Hij zet een zware knie in Makka's rug en duwt hem hard tegen de zitting. Met beide handen grijpt hij Makka's rechterhand, draait hem naar achteren en omhoog. Makka verbijt de pijn die door zijn schouder trekt en probeert zich af te zetten, tegen het portier, tegen de bodem, tegen de rugleuning van de voorstoelen, maar elke poging strandt in FlyBoy's gewicht.

Makka voelt een stalen band om zijn arm. Twee droge klik-

ken zetten zijn verstand stil. Zijn rechterpols zit met handboeien vast aan het stalen hondenrek achter de rugleuning.
Paniek verlamt hem. Hij kan er niet tegen als hij wordt vastgehouden. Zijn hele natuur, zijn wezen, is gebaseerd op on-
grijpbaarheid. Niemand kan hem pakken of tegenhouden.
Op het veld danst en springt hij weg van zijn tegenstanders,
zijn beweeglijkheid is een vlucht, want hij is bang van de
armen en benen die hem willen stoppen. Zijn beweging is
zijn vrijheid.

'Goed hè,' zegt FlyBoy. 'Nou gaan we beginnen, lekker
ventje!' Onmiddellijk schuift hij zijn hand tussen Makka's
benen. 'Ja, goeie billen, harde billen!' Hij wrijft en knijpt en
trekt en begint al snel te hijgen. 'Even wat uitdoen.'

Makka schreeuwt niet, hij praat ook niet meer. Hij voelt.
Met zijn gezicht in de leren bekleding van de auto voelt hij
hoe het gewicht van FlyBoy beweegt en verschuift.

Achterin de grote 4x4 is voldoende ruimte voor alles wat
FlyBoy wil. Hij duwt zich omhoog en trekt zijn korte broek
en zijn onderbroek naar beneden. Op dat moment is Makka
even vrij van het gewicht dat hem op zijn plaats hield. Hij reageert onmiddellijk, instinctief. Hij wil niet op zijn buik liggen.
Hij zet zich af met zijn linkerhand en rolt onder zijn rechter-
arm door, zodat hij op zijn rug ligt en FlyBoy recht in zijn gezicht kijkt. FlyBoy lacht.

'Ook goed,' zegt hij. 'Beter.' Hij duwt een beginnende erectie naar voren. 'Kijk eens wat ik voor je heb? Hier kom je toch
voor?'

Ik ben hier niet, denkt Makka. De auto voelt hard en hoe-
kig, stijf, onwillig. De achterbank is te kort, zijn voeten hangen buiten de auto. Alles is fout. FlyBoy slaat hem een paar
keer met een vlakke hand in zijn gezicht. De pijn gloeit in zijn
wangen.

'Effe leuk meedoen, ja!' Hij slaat nog een paar keer.

Op het veld laat Makka niets voorbijgaan. Nooit. Maar op
het veld heeft hij zelf controle. Hier niet. Hier begint hij

zichzelf kwijt te raken, alsof hij buiten zijn lichaam terecht is gekomen. Hij schopt en duwt, maait met zijn ene vrije arm.

FlyBoy lacht hem uit. Hard en vet. Hij leunt achterover alsof hij Makka meer ruimte wil bieden, en haalt dan uit, slaat hem met zijn vuist midden op zijn voorhoofd.

Makka zakt in elkaar, meer door de schok dan door de klap. Zijn ademhaling vertraagt, zijn spieren ontspannen zich. Hij verstilt als een roofdier op zoek naar het moment om toe te slaan. Hij heeft maar één opening nodig, één kans. Zijn lichaam neemt over en onmiddellijk beginnen zijn hersens weer te werken. Alles in dienst van de aanval, de splijtende pass. Honderd procent.

Klaar.

FlyBoy kruipt iets naar achteren en begint de riem van Makka's broek los te maken. Makka trekt pijlsnel zijn knieën omhoog, vouwt zichzelf dubbel en legt zijn benen om Fly-Boy's nek.

'Nou komen we ergens,' zegt FlyBoy. 'Zie je wel dat je het lekker vindt.' Hij duwt zijn neus diep tussen Makka's benen. Zijn hete adem dringt door het spijkergoed. FlyBoy's vingers vinden de rits en trekken hem open. Hij perst zijn tong en lippen naar binnen. 'Kom maar,' zegt hij. 'Kom maar. Kom maar!'

Makka komt niet. Hij knijpt zijn dijen samen, zo hard als hij kan. Hij ziet het hoofd van FlyBoy langzaam rood aanlopen, hij ziet spastische trekken, machteloze armen en handen. Hij ziet de angst, die langzaam overgaat in besef. Hij laat even los, een fractie van een seconde. FlyBoy hapt naar lucht, één keer, zijn longen gillen om zuurstof. Dan maakt Makka een schaar-beweging. Zijn dijen gaan op en neer, in tegengestelde rich-ting. Twee keer, snel achter elkaar.

Op het veld is het mooier.

FlyBoy valt over Makka heen, zwaar en ongemakkelijk. Makka draait en schuift. Het is alsof hij nog niet weet wat er is gebeurd. Hij weet alleen dat de handboeien los moeten. Met zijn ene vrije hand trekt en zeult hij het onwillige lijf steeds verder over zich heen. Centimeter voor centimeter. Aan het dunne overhemd heeft hij nauwelijks houvast. In een van de zakken van FlyBoy's korte broek, die ergens om zijn knieën hangt, zit het sleuteltje. Makka werkt zijn benen onder het levenloze lichaam en probeert FlyBoy van onderen op te tillen, zodat hij hem makkelijker verder de auto in kan trekken. Zwetend en puffend werkt hij door, totdat FlyBoy bijna helemaal hem heen ligt, over zijn vastgeketende arm. Het staal snijdt in zijn pols.

Heel voorzichtig, op de tast, voelt hij langs het klamme lijf, de blote heupen, het witte vel dat hij niet eens kan zien, maar dat pijn doet aan zijn vingers. Het is de eerste herinnering aan wat hij heeft gedaan.

Hij ligt bij te komen van de inspanning, het sleuteltje in zijn hand, zijn gedachten zijn verdwenen. Om hem heen is het stil. Met zijn knieën duwt hij FlyBoy van zich af, het lichaam zakt langzaam tussen de achterbank en de rugleuning van de voorstoelen. Halverwege blijft het hangen. Met een trillende hand draait Makka de handboeien van het slot. Hij komt overeind en wrijft over zijn polsen. Terwijl de pijn wegtrekt, komen zijn gedachten weer op gang.

Ik ben hier niet, denkt hij, ik kan hier niet geweest zijn.

Hij is niet van plan hier kapot te gaan. Deze nacht in de duinen mag niet het einde worden van zijn leven. Daarvoor heeft hij te hard gewerkt, te veel gedaan. Te veel opzij gezet.

Hij trekt zijn T-shirt uit en begint alle plekken die hij heeft aangeraakt schoon te vegen. Hij wist zijn sporen. Een voor een. Daardoor voelt het alsof hij de situatie onder controle heeft, dat drijft hem voort. Hij denkt niet na over wat hij heeft gedaan, daar is geen ruimte voor. Het enige wat hij weet, is dat niemand hem hier heeft gezien en dat hij, als hij hier straks weg is, nooit met deze plek in verband kan worden gebracht. Makka bestaat al niet meer. Makka is verdwenen, op-gelost in virtuele bits en bytes.

Hij poetst.

Buiten de auto hoort hij stemmen. Zinnen die in de nacht uit elkaar vallen. Mensen. Mannen. Ze komen dichterbij, en opeens kan hij verstaan wat ze zeggen.

'Hij zal nou wel klaar zijn, denk je niet?'

Makka hoort het maar luistert niet. Hij aarzelt geen secon-de, duikt in elkaar en kruipt aan de andere kant de auto uit. Net op tijd weet hij zich in het donker te verbergen. Hij laat zich plat in het zand vallen achter een kleine verhoging. Zo stil mogelijk schuift hij door het zand, verder naar achteren, verder weg, zijn ogen strak op de auto gericht.

Twee mannen komen om de auto heen lopen. Ze lachen.

'Hé, FlyBoy!' roept een van hen. 'Staat het erop?'

Nog steeds dringen de woorden niet tot Makka door. Hij ziet alleen de mannen, als een beeld zonder betekenis. In hem, diep in zijn lijf, raast het ritme van zijn leven, de com-petitie, uit en thuis, de bus, de kleedkamers en hotels, inter-nationale wedstrijden, de club, het team, de trainingen, elke dag, de bal.

'Hé, FLYBOY!'

Geen antwoord.

De twee mannen kijken door het openstaande achterpor-tier en zien het lichaam. Heel even aarzelen ze. Dan steekt een van hen zijn hand naar binnen, pakt FlyBoy bij zijn schouder en schudt hem zachtjes.

'FlyBoy?'

Makka schuift verder weg. Dieper de nacht in. De mannen vloeken en stellen wanhopige vragen. Er is iets mis gegaan, hopeloos mis gegaan. In paniek kijken ze om zich heen, lopen heen en weer, schreeuwen tegen elkaar. Hun kreten vervlie-gen in de nacht.

'Hij moet hier ergens zijn!' gilt een van de mannen. 'Kijk jij daar, dan kijk ik hier!'

In het licht van de koplampen ziet Makka de mannen door het duinzand ploegen. Hij trekt zich verder terug. In het donker is hij niet te vinden. Zonder zich te verroeren, wacht hij.

Na een paar minuten zijn de mannen terug bij de auto. Er valt niets te zoeken, niets te vinden. Geschokt staan ze naast elkaar.

'We moeten hier weg,' zegt een van hen. 'Zo snel mogelijk.'

Ze duwen de dode FlyBoy helemaal de auto in, zijn voeten ook binnenboord, en doen de achterportieren dicht. Hijgend staan ze naast de auto.

'Misschien staat het erop?' vraagt de ene weer. 'Als het goed is, staat het erop! Als hij de recorder heeft aangezet, weten we alles. Alles. Dan weten we wat er gebeurd is, wie het gedaan heeft.'

Ze zwijgen. Een van de mannen loopt naar de achterkant van de auto, doet de klep open en kijkt naar binnen.

'Hij loopt nog steeds,' zegt hij. Hij zwijgt.

'Dus we hebben bewijs,' zeg de eerste.

'Dat ook, ja.' Hij zegt het aarzelend, die drie woordjes zijn het begin van iets heel anders.

'Wat dan nog meer?'

'Dan hebben we ook wat er gebeurd is.'

'Logisch.'

'En wat is er gebeurd?'

'Ja, wat is er gebeurd, wat is er gebeurd? Wat denk je dat er is gebeurd? Jezus, wat een vraag. FlyBoy ligt daar achter in de auto en jij vraagt wat er gebeurd is.'

'Nou?'

Weer is het even stil.

'Dat hebben we op tape.'

'Een *snuff*.'

Weer is het stil. De mannen kijken elkaar aan. Dan begint een van hen zijn hoofd te schudden, langzaam, of hij twijfelt.

'We hebben het hier wel over FlyBoy, ja!'

'Dat weet ik.'

Ze zwijgen.

'Maar FlyBoy is er niet meer.'

Hun ogen zoeken elkaar, de auto, de nacht, ongemakkelijk met hun eigen conclusie.

Nog even.

Dan beginnen ze te gillen, te brullen, te loeien. Ze schreeuwen de waanzin uit hun lijf, hun stemmen klinken meedogenloos. Tot ze zijn uitgeraasd.

'Wow, FlyBoy,' zegt de een.

'Wegwezen,' zegt de ander. 'Nu, nu, nu!'

Makka ligt in het zand, waar alles is wat het is en waar hij plotseling ziet wie hij is. Haarscherp. Een topsporter met een geheim dat tegen elke prijs bewaard moet blijven. Elke prijs.

Die prijs heeft hij nu betaald.

Ton Theunis

Overveen

Het zand maakte het lopen zwaar. In de brandende zon voelde de jongen hoe het zweet onder zijn oksels begon te prikken en hij stond even stil. Met zijn hand boven zijn ogen staarde hij over het water. De zee was mooi. Het witte schuim werd gestaag het strand opgedreven en hij liet zijn ogen over de meute mensen glijden, de kleine kinderen met hun emmertjes en schepjes, de op het oog onbezorgde ouders. Hij genoot van vandaag. Alles stond stil en er was niets en niemand die hem tot iets dwong. Toch wilde hij niet naar beneden, want het was er te druk en hij liep het risico zijn vader tegen het lijf te lopen, die hem ongetwijfeld zou commanderen bij de rest van het gezin te blijven. Nee, dan bleef hij liever op het duin. De jongen liet zijn hand zakken en draaide zich om. Met zware stappen sjokte hij door het zand.

Het pad bood geen uitdagingen. Daar hadden al duizenden mensen voor hem overheen gelopen, op weg naar beneden of op weg naar huis. Snel keek hij om zich heen. In de verre omtrek was niemand te zien. Gehaast ging hij op zijn buik liggen en schoof onder het prikkeldraad door. Even haakte het roestige ijzer zich vast in zijn shirt en veroorzaakte een scheurtje. De jongen vloekte. Ongetwijfeld zou zijn moeder hem straks weer op zo'n verschrikkelijke preek trakteren. De tirade over hoe hij met zijn dure merkkleding omging, kon hij inmiddels dromen. Voorzichtig maakte hij het prikkeldraad los en kroop verder tot hij veilig op kon staan.

Hij sloop naar de dichtstbijzijnde kuil en liet zich naar beneden rollen. Het fijne zand kwam tussen zijn kleren en vermengde zich met het zweet in zijn liezen. Zo goed en zo kwaad als het ging, veegde hij het weg. Zweet droop van zijn voorhoofd. Toen hij plotseling stemmen hoorde, dook hij nog dieper in de kuil en hield zijn adem in. Het geluid werd aangevuld door voetstappen die de al stuk getrapte schelpen lieten knerpen. De jongen durfde niet te kijken, maar het rumoer ging aan hem voorbij om uiteindelijk weg te sterven. Opgelucht kwam hij overeind en sloop verder de duinen in.

Het kostte hem een kwartier om over een grote bult zand te komen, waarachter een kleine vlakte zich uitstrekte. Hier en daar stak wat helmgras omhoog maar voor de rest was er niets anders dan fijn, wit zand, omgeven door heuvels die de vlakte voor nieuwsgierige ogen verborgen hielden. De jongen had het gevoel dat hij een geheim ontdekte, een plek had gevonden die niemand kende, waar al sinds mensenheugenis niemand meer was geweest.

Hij spreidde zijn armen en liet zich theatraal voorover in het zand vallen. Iets hards dat even daarvoor nog onder het zand verborgen had gelegen, priemde in zijn borst, dwars door zijn dure T-shirt heen, om een gemene snee over zijn ribben te veroorzaken. Hij schreeuwde het uit en keek verschrikt naar zijn borst. Zijn bloed werd door het textiel opgezogen en veroorzaakte een vlekje dat snel groter werd. Haastig trok hij zijn shirt omhoog. Zijn moeder zou hem nu zeker de mantel uitvegen, want gaatjes waren misschien nog te verbergen, maar dit niet.

Het was een lelijke wond, zag hij toen. Ze bleef bloeden en deed pijn. Hij moest zich een moment verbijten terwijl de tranen in zijn ogen sprongen. Langzaam werd de pijn minder en een tijdje zat hij in het zand, zijn hemd in zijn handen en zich afvragend hoe hij dit probleem ging oplossen. Toen viel zijn blik op het stuk metaal dat zijn ellende had veroorzaakt.

Het was een ijzeren pin, zag hij. Flinterdun maar ongenaakbaar stak het metaal zo'n tien centimeter boven het zand uit. Hier en daar was het ijzer rood gekleurd en hij huiverde bij de gedachte dat het zijn bloed was dat eraan kleefde. Toen hij eindelijk durfde te voelen, merkte hij dat zijn vingers oranje kleurden. Roest. Hij haalde opgelucht adem.

Wat zou het zijn? Hij smeet zijn shirt aan de kant en begon met zijn handen te graven. Het hete, dunne zand ging al snel over in donkere, vochtige aarde maar er kwam geen eind aan de metalen staak. De jongen ging op zijn knieën zitten en begon met beide handen dieper te graven. Hij hijgde van inspanning, terwijl zijn armen in het gat verdwenen om met elke hoeveelheid natte grond smeriger tevoorschijn te komen. Af en toe zat er een stukje zwarte rommel tussen, iets van stof; een soort zeil dat hij niet thuis kon brengen.

Opeens voelde hij het. Hij kon niet zien wat het was, maar nu hij op iets hards gestoten was, besloot hij grimmig om het naar boven te halen. Een moment dacht hij aan de verhalen over dingen die heel lang geleden op deze plek begraven waren, waar zijn vader het vorig jaar nog over had gehad toen die hem bestraffend had toegesproken na een eerdere strooptocht. Hij hield in. Mijnen, had zijn vader toen met veelbetekenende blik gezegd. Stel je voor dat het echt zo was en dat hij... Nee, besloot hij toen. Zo voelde het niet. En als het echt gevaarlijk was, zou hij stoppen. Dan zou hij zijn vader halen en hem meetronen hiernaartoe. Dan was hij een held.

Pas toen zijn handen het eerste bot boven brachten, drong het tot de jongen door wat hij gevonden had. Het was lang en zag eruit als de botten op piratenvlaggen. Mensenbotten, dacht hij geschrokken en hij wierp een blik in de kuil. Daar zag hij de schedel, deels nog verborgen in de donkere, vochtige aarde maar onmiskenbaar, want hij kon de oogkas zien en de wervels die in de smurrie verdwenen.

Met een gezicht vol afgrijzen liet hij het bot uit zijn handen vallen en kwam overeind. Zijn ogen bleven op de kuil gericht terwijl hij langzaam achterwaarts liep. Een dode, een lijk. Hij keek naar zijn smerige armen en voelde direct hoe zijn maag schokte. Zijn vader, schoot het door hem heen. Hij moest zijn vader halen. Hij draaide zich om en wilde weghollen, maar bedacht zich toen. Vlug rende hij terug naar het gat, griste zijn T-shirt uit het zand en rende toen zo snel hij kon naar het prikkeldraad.

'Het gebeurt niet zo vaak meer,' zei de technisch rechercheur tegen Peter Flemming. Zijn in rubberen handschoenen gestoken handen veegden het zand verder weg van wat ooit iemands dijbeen moest zijn geweest. Het had uren gekost om het skelet bloot te leggen. De vergane paraplu waarvan een roestige balein de jongen in de borst had geprikt, rustte op de rand van de kuil.

Om hen heen waren mannen bezig om met detectors de grond af te speuren naar mogelijke andere lichamen, maar tot nog toe waren er geen opgewonden kreten geweest die aanleiding gaven om ook elders een schep in de grond te steken.

De rechercheur kwam overeind en veegde zijn verhitte voorhoofd af. 'Maar soms stuiten we er nog wel eens op. Ze werden hier in de duinen geëxecuteerd en vervolgens zonder verdere markering begraven; om te worden vergeten, spoorloos te verdwijnen. Dat was tenminste de bedoeling.' Hij grijnsde. 'Het verleden haalt je altijd in,' concludeerde hij toen bijna vrolijk.

Flemming knikte. Herbegraven, dat zou uiteindelijk moeten gebeuren. Maar het zou prettig zijn als ze wisten wie de man was wiens beenderen nu open en bloot in de zon lagen te drogen. Prettig voor de nabestaanden, als die tenminste nog in leven waren.

'Is er nog iets waaraan we wat hebben? Voor de identificatie, bedoel ik.' Hij bukte zich over de roestige paraplu en bekeek het ding aandachtig. Er zaten nog een paar flarden van het canvas aan dat ooit iemand tegen de regen had beschermd.

De technisch rechercheur schudde mismoedig zijn hoofd. 'Na meer dan vijftig jaar? Weinig kans. Misschien dat we nog iets kunnen met DNA, maar dan zouden we vergelijkingsmateriaal moeten hebben.' Hij liep een paar stappen van de kuil vandaan en ademde diep in door zijn neus.

'Heerlijk, die zeelucht,' zei hij genietend. 'Ik denk niet dat we erachter zullen komen. Naamloos op de erebegraafplaats, ben ik bang.'

Het antwoord irriteerde Flemming. Of misschien was het de achteloosheid waarmee de woorden werden uitgesproken. De man die naast hem van de zeelucht stond te genieten, leek nauwelijks onder de indruk van wat hier was gebeurd. Er had zich een drama afgespeeld, heel lang geleden. Ooit, dacht Flemming, in een tijd waarover niet meer werd gesproken, behalve dan op die ene verplichte dag. Zijn ogen gleden over de kuil en de restanten van de paraplu en hij schudde zijn hoofd. Zijn collega had gelijk. De kans om aan de botten nog een naam te hangen, de schedel een gezicht te geven en de mogelijke nabestaanden daarmee enige gemoedsrust, was minimaal. Of er moest ergens nog iemand in leven zijn die last van zijn geweten kreeg.

'Wat is er, Dieter?' vroeg zijn vrouw.

Krol keek geschrokken op van de krant. Haar stem rukte hem uit zijn verbijstering en hij keek haar met grote ogen aan.

'Je bent lijkbleek,' stelde ze bezorgd vast. 'Wat is er?'

Hij zweeg even, zocht naar woorden maar vond ze niet. Zijn grote borstkas bewoog zwoegend op en neer, terwijl zweet op zijn voorhoofd begon te parelen.

'O god,' zei ze en ze kwam overeind. 'Ben je niet lekker? Je hart weer?'

Hij schudde heftig zijn hoofd en legde de krant op zijn schoot.

'Wat is er dan?'

'Niets,' bracht hij hijgend uit. 'De warmte, denk ik.'

'Hoe kan dat nou?' vroeg ze geërgerd. 'De airco staat aan. Het is hier hartstikke koel.' Misprijzend staarde ze naar zijn gezicht. 'Het zijn de pinda's,' besloot ze toen. 'En al die andere vette rommel waarvan dokter Yilderim al zei dat je die niet meer mocht.'

Hij gromde. Langzaam keerde de rust weer terug, voelde hij. Zijn bloeddruk zakte en zijn ademhaling werd kalm. 'Gelul.' Haar eeuwige gezeur over zijn gezondheid hing hem de keel uit en hij wilde dat ze ophield. 'Het is de warmte.' Krol rukte de krant weer voor zijn gezicht en al snel vonden zijn ogen het bericht terug. De woorden vloeiden ineen tot een zwarte massa. Maar hij hoefde ook niet meer te lezen; hij wist beter wat er was gebeurd dan wat de krant hem zojuist had verteld.

* * *

De auto stond met de deur half open, het licht van de koplampen gericht op de man die gestaag doorgroef. Hij probeerde zich voor te stellen dat het niet waar was, dat de mannen aan de rand van de kuil zo dadelijk zouden zeggen dat hij weer mee mocht. De regen viel gestaag op zijn doorweekte overhemd. Even keek hij omhoog maar het pistool dat vanonder de paraplu op hem gericht werd, dwong hem ongenaakbaar om door te gaan.

Hij groef zijn eigen graf, besefte Eric Hendriks, ongetwijfeld ergens waar ook anderen lagen. Hij wist niet waar hij was, anders dan dat hij in de duinen stond. Het moest dicht bij de zee zijn, want hij hoorde haar ruisen en de zoute lucht was in zijn neus gedrongen vanaf het moment dat ze waren uitgestapt en hem de blinddoek van het hoofd werd gerukt.

'Sneller, klootzak!' riep iemand hem van boven toe.

Waarom zou hij? Zo direct zou hij dood zijn en waren ze van hem verlost. Eigenlijk zou hij nu demonstratief moeten stoppen met graven, de schep neer moeten smijten en met gespreide armen het onvermijdelijke afwachten. Hij zou hen met het probleem moeten opzadelen dat ze zijn lijk niet zouden kunnen begraven, althans niet zonder dat ze zelf het vuile werk moesten doen. Alsof hun werk al niet vuil genoeg was.

Maar hij groef door, af en toe kreunend door de pijn in zijn rug en armen. De dagen dat ze hem hadden getrapt waar ze hem raken konden, voelde hij bij iedere schep zand die hij met moeite uit de kuil wist te krijgen. Tot aan zijn middel kwam die inmiddels en hij vroeg zich af hoeveel centimeters hem nog restten, hoeveel tijd ze hem nog zouden gunnen. Het geluid van de zee en de meeuwen klonk bijna als muziek. Als het over was, zou hij haar dan nog horen? Hoe? Waarom hij?

Grimmig pakte hij de steel steviger beet en stak de schop nogmaals in het zand. Hij wist waarom. Omdat ze hem niet klein hadden gekregen, daarom. Hij had geweigerd ze iets te vertellen, had hardnekkig zijn tanden op elkaar gezet. Zelfs toen ze de elektroden aan zijn scrotum hun werk lieten doen, had hij gezwegen. Niemand zou iets van hem horen, ze hadden alles geprobeerd wat hun zieke geesten maar konden bedenken. Die wetenschap vervulde hem opeens met een raar soort rust, alle angst ten spijt. Ze waren veilig, niemand zou ze vinden en er zouden anderen komen die voor hen zouden zorgen, ze verbergen en vervolgens doorsluizen naar een veilige plek.

'Stop!' hoorde hij Krol roepen. Dit was het dan. Hij stak de schep in het zand en keek omhoog. Er trok een rilling over zijn lichaam.

'Je krijgt nog één kans,' zei de man. 'Maar dat is dan ook je laatste. Waar hebben jullie ze verstopt?'

De verleiding was verschrikkelijk. Wat belette hem om nu te eisen dat ze hem terug zouden brengen, waarna hij ze alles zou vertellen? Een misselijkmakende twijfel maakte zich van hem meester. Hier stond hij, weerloos en zonder enig ander vooruitzicht dan een afschuwelijk moment van pijn en het zand dat ze daarna over hem heen zouden gooien. Niemand zou ooit hoeven te weten dat hij gesproken had en hij zou misschien kunnen vluchten, zich ergens verbergen tot het allemaal voorbij was. Want zij konden niet winnen; dat zou de wereld niet toestaan.

'Nou?' vroeg Krol indringend en zijn ogen vernauwden zich tot spleetjes terwijl de regen harder op de paraplu begon te tikken.

'Ik weet het niet,' zei hij. 'Ik kan toch niet iets vertellen wat ik niet weet?'

'Laat hem,' gromde een stem.

Hendriks kende de man niet. Tijdens de verhoren was hij er niet geweest, maar de toon waarop de man sprak maakte direct duidelijk dat hij Krol de baas was. Die schudde echter heftig zijn hoofd.

'Het gaat om het resultaat,' zei hij en hij keek de andere man van opzij aan. 'We willen het hele spul toch oprollen? Deze hufter...' Hij knikte in Hendriks' richting. '...deze hufter weet waar ze zijn, maar als we hem kapotschieten krijgen we de rest nooit.'

De andere man lachte, hoog en schril. 'Waar moeten ze heen?' vroeg hij smalend. 'Als ze een stap buiten de deur zetten, grijpen we ze. Het enige wat ze kunnen doen, is in hun stinkholen zitten wachten tot we ze komen halen.' Hij trok een minachtende grimas. 'Knal hem neer.'

'De kuil is nog niet diep genoeg,' wierp Krol tegen. 'Straks graaft een of ander beest hem op.'

'Nou en?' De man hief geërgerd zijn hand op. 'Hier mag toch geen mens komen. Ik heb geen zin om me nog langer nat te laten regenen voor zo'n stuk vreten.' Uit zijn jaszak haalde hij een pistool en zette dat opeens tegen Krols slaap. 'Of wil je hem soms niet doodschieten, Dieter?' vroeg hij scherp. 'Krijg je plotseling last van koude voeten?' Hij smaalde. 'Wil je soms naast hem liggen, straks?'

Krol trilde over zijn hele lichaam. Hij kon niets meer voor

Hendriks doen, wist hij nu. Even had hij overwogen wat zijn kansen waren als hij zou proberen de andere twee neer te schieten. Ze zouden het nooit hebben gered, wist hij. Niet met de wachtposten onder aan de duinenrij, niet met de zoeklichten langs het strand. Maar hij wilde niet zelf schieten. Alles, maar dat niet.

'Je bent bang,' zei Muller en hij bracht zijn mond dicht bij Krols oor. 'Ik zou er bijna wat van gaan denken, Dieter. Ik zou bijna geloven dat je een zwak voor dit stuk vullis hebt.'

Krol schudde heftig zijn hoofd. De loop van het pistool drukte harder tegen zijn slaap. Achter zich hoorde hij Pelzer giechelen. Er was geen ontkomen aan. Hij dacht aan zijn opdracht. Hendriks mocht niet praten, onder geen enkele omstandigheid. Er hingen te veel mensenlevens van zijn zwijgen af. Met geen mogelijkheid was het Krol gelukt hem eruit te krijgen en hij had gewalgd tijdens de verhoren. Als hij de kans kreeg, drukte hij zich en als hij erbij moest zijn, deed hij zijn uiterste best om slechts de schijn van een genadeloze ondervrager op te houden. Pelzer was er nog in getrapt, dacht hij, maar met een schok was hem duidelijk geworden wat de man naast hem in gedachten had.

'Ik?' vroeg hij en hij rechtte zijn schouders. 'Bang? Een zwak voor dat daar?'

Eric Hendriks stond nog recht overeind in de kuil, zijn armen langs zijn lichaam toen Krols schot hem in het voorhoofd trof. Zijn hoofd knikte achterover en zonder nog een geluid te maken zakte hij onderuit in de kuil.

'Wat doe je, goddomme?!' krijste Muller. 'Hij had moeten praten, idioot!'

Krol staarde hem met van woede brandende ogen aan. 'Ik bang?' beet hij de ander toe. 'Nu weet je hoe bang ik ben!' Vanbinnen bekroop hem de bijna onbedwingbare behoefte om zijn hele maaginhoud eruit te gooien, maar hij wist zich te beheersen. Het zou misschien wel zijn eigen doodvonnis hebben betekend.

'Goed,' hijgde Muller. 'Het is al goed, Dieter. Maak je niet druk.' Geschrokken keek hij naar de kuil. 'Laten we de boel dichtgooien.'

Hij bukte zich, trok de schep naar zich toe en drukte die in de handen van Pelzer, die al die tijd van een afstand had staan kijken naar wat er zou gebeuren. 'Jouw beurt,' beet hij hem toe. 'Doe ook eens wat.'

Ze keken zwijgend hoe de man gestaag zand in de kuil begon te scheppen tot Hendriks' lichaam bijna niet meer te zien was. Het hield op met regenen.

'Klerezooi,' gromde Krol en hij smeet de paraplu in het gat. Hij viel op zijn kant op het bedekte lijk, de baleinen staken in de lucht. Het kostte nog een kwartier voor de kuil helemaal dicht was en ook de paraplu onder het zand was verdwenen.

Krol doofde zijn derde sigaret sinds het schot had geklonken.

* * *

'Ik kan er niet mee leven,' zei hij ten slotte en sloeg zijn handen voor zijn gezicht.

Peter Flemming keek naar de ineengedoken gestalte aan de andere kant van de tafel. In elk geval had de dode man in de duinen een gezicht en zou hij worden begraven onder een steen waarop zijn naam zou staan.

'Het moet moeilijk zijn geweest om zo lang te zwijgen,' probeerde hij voorzichtig.

Krol knikte. Het gesnotter hield op. 'Wat kon ik anders, meneer?' vroeg hij wanhopig. 'Ik had geen keus. En toen het allemaal eindelijk afgelopen was, durfde ik het niet. Ik kon toch niet zeggen hoe het was gegaan?'

'Leeft die Muller nog?' Flemming wilde niet toegeven aan zijn eerste behoefte om de man tegenover zich als een moraalridder te vertellen hoe hij had moeten handelen.

'Nee,' zei Krol. 'Die hebben ze tegen de muur gezet op

210

Bijltjesdag. Met stenen hebben ze hem doodgeslagen, hoorde ik. Een woedende meute.' Hij keek op. 'Dat was goed, hij verdiende het.'

'En die ander? Pelzer?'

De oude man hief moedeloos zijn handen. 'Geen idee,' zei hij en hij wees daarna op zijn eigen borst. 'Dat maakte het voor mij ook onmogelijk om te vertellen waar Hendriks lag. Dan had ik toch moeten zeggen dat ik degene was die... Stel u voor dat Pelzer ergens opgedoken was? Ik schoot, hij niet.' Met een zakdoek depte hij zijn ogen. 'Ik kon het gewoon niet,' zei hij toen.

'Maar nu wel.'

Krol knikte.

'Nu wel,' zei hij. 'Het was genoeg geweest.' Met een bevende hand haalde hij iets uit zijn binnenzak en legde het op tafel. 'Dat verdien ik niet meer,' verzuchtte hij.

Flemming staarde naar de medaille voor zijn neus terwijl Krol ook het lintje van zijn revers peuterde en dat ernaast legde.

De rechercheur schudde zijn hoofd en schoof de eretekens over het tafelblad naar de man terug.

'Onzin,' zei hij toen. 'Hoeveel mensen heeft uw groep uiteindelijk in veiligheid weten te brengen?'

Krol haalde zijn schouders op. 'Ik weet het niet precies. Tweehonderd. Driehonderd, misschien.'

'Die hebt u allemaal de grens over weten te krijgen?' vroeg Flemming ongelovig. 'U hebt zoveel mensen het leven gered en dan vindt u...'

'Maar die ene niet, meneer!' Dieter Krol sloeg verontwaardigd met zijn hand op zijn knie terwijl de tranen opnieuw in zijn ogen sprongen. 'Die ene man niet en die heb ik zelf... Hij was een goed mens, meneer. Beter dan u en ik bij elkaar. Hij was zo moedig. Hij stond daar en ik, schijtlaars die ik was...'

'U doet uzelf onrecht, meneer Krol.' Peter Flemming stond op en liep om de tafel naar hem toe. 'Denk aan de levens die u hebt gered door zo'n vreselijke beslissing te nemen. U had geen keus.'

De oude man zweeg. Roerloos zat hij op zijn stoel, de medaille in zijn knuist geklemd. Flemming legde zijn hand op Krols schouder en het was pas toen de man onderuit van zijn stoel zakte dat de rechercheur om hulp schreeuwde.

'Wat vreselijk.' Asha zette haar glas op tafel en keek hem bedroefd aan. Ze veegde een druppel van haar wang. 'Wat zielig voor die man.' Haar stem klonk verstikt terwijl ze probeerde haar verdriet toch binnen te houden.

Flemming zuchtte diep. 'Ik heb niemand iets verteld,' zei hij zacht.

Verbaasd keek ze op. 'Wat bedoel je?'

'Ik heb Krols verhaal niet in het verbaal gezet.' Hij trok een meewarig gezicht. 'In elk geval niet zoals hij het vertelde.'

'Leg uit.' Haar tranen hadden plaatsgemaakt voor intense nieuwsgierigheid.

'Hij was een held, ondanks wat hij heeft gedaan. Herstel, wat hij móest doen omdat hij niet anders kon. Ik... Ik heb alleen maar opgeschreven dat hij kwam vertellen dat hij iemand had gekend die destijds altijd een paraplu bij zich droeg. En dat hij het vermoeden uitte dat de dode in de duinen wel eens Hendriks zou kunnen zijn. Dat is vanaf nu de officiële versie. Een DNA-vergelijking met zijn zoon deed de rest. Die bleek nog in leven.'

Ze keek hem vragend aan. 'Maar waarom zou je niet kunnen...'

'Wat heeft het voor zin om exact op te schrijven wat er is gebeurd? Het enige gevolg zou zijn dat er iemand ergens stompzinnig zou gaan eisen dat hij die medaille terug moest geven, dat hij vervolgd zou worden. En dat verdiende hij niet.'

'Maar hij schoot wel iemand dood...' zei ze en er klonk twijfel in haar stem.

'...en het was verdomme oorlog,' liet hij er direct op volgen. 'Wie weet was jij er wel niet geweest als hij die Hendriks niet had doen zwijgen. Jouw ouders zaten ook ondergedoken.' Peter Flemming schudde zijn hoofd. 'Wij hebben toch geen idee hoe het echt was? En dat hoeven we ook niet te hebben. Dankzij hem. Ik kon hem niet overleveren aan types die het allemaal achteraf zo goed weten.'

'Toen het afgelopen was, zat opeens iedereen in het verzet. Dat zei mijn vader steeds,' sprak ze zacht. 'Iedereen was een held, zei hij. Niemand had geheuld met de wolven.'

Hij knikte en zette de televisie harder. Het was bijna tijd en zo toepasselijk als nu was het ook voor hem nog nooit geweest.

De Dam met het witte monument lag in de late avondzon en de massa wachtte ingetogen op het ritueel. De zachte stem van de commentator verbrak de serene stilte.

'En daar loopt hare majesteit, koningin Amalia, geflankeerd door koning Moulay Hassan van Marokko, naar het monument, waar zo dadelijk de herdenking zal plaatsvinden...'

Esther Verhoef

Worst case scenario

Achteraf had ze het toen al geweten, op het moment dat hij zijn bestelbus op een afgelegen parkeerplaats bij de duinen achterliet en haar meenam naar de vloedlijn. Of misschien was het besef daarvoor al tot haar doorgedrongen, tijdens het diner aan de boulevard, in zijn lievelingsrestaurant waar louter vis en schaaldieren werden geserveerd. Ze had er geen acht op geslagen, op het onheilspellende voorgevoel dat er iets sinisters in de lucht hing, dat deze avond anders zou verlopen dan alle andere. Evenmin had ze wat gezocht achter de haastige, bijna schichtige bewegingen van passanten, en een drietal politiewagens, die met grote snelheid over de kustweg langs de met duinzand bestoven restaurantruiten raasden. Ja, achteraf gezien waren alle tekenen er geweest, maar de urgentie ervan was niet tot haar doorgedrongen.

Haar date van vanavond was een welkome uitzondering in een lange rij van teleurstellende weekendvaders in foute overhemden. Wim Janse was stoer. Geboren en getogen Zeeuw, broodnuchter, een praktische doener en zeldzaam in zijn soort. Alleen al zijn profiel op de datingsite was te goed om waar te zijn, een uitstekende match: bourgondisch, dezelfde muzieksmaak, politieke voorkeur rechts van het midden, eigen hoveniersbedrijf én ongetrouwd. Foutloos Nederlands – géén d- en t-fouten. Op zijn fysiek bleek evenmin iets aan te merken: een achtentwintig jaar jong lijf, solide opgebouwd uit Zeeuwse vechtersgenen, gehard door het leven aan de

Noordzeekust, zijn huid gezandstraald door de aanhoudende wind en krullerig haar dat nog van geen wijken wist. Zijn ogen, diepliggend en ernstig, deden hem tien jaar ouder lijken. Wim Janse deed haar denken aan de zwijgzame, Bretonse zeeman uit een roman die ze eens als tiener had gelezen en hij smaakte naar meer. En meer wilde ze. Het liefst vanavond nog.

Dus was ze, licht aangeschoten, na het diner naast hem in zijn bestelbus gestapt, op weg naar een plaats die hij haar wilde laten zien – een plaats waar ze alleen zouden zijn.

En nu stonden ze hier, alleen, op een uitgestorven stuk strand, en drong het gevoel van naderend onheil zich alsmaar sterker en dringender aan haar op. Ze schudde het van zich af.

Wims handen waren ruw en leken een paar maten te groot voor zijn lijf. Ze lagen nu op haar onderrug, aftastend en onzeker over de hierna te nemen route. Zijn mond liet zoute sporen achter op haar neus en lippen.

Waarom kon ze zich niet in het moment verliezen?

Langs zijn donkere gestalte keek ze naar de duinen, die een meter of dertig van hen vandaan lagen en het verlaten strand van het ruige natuurgebied erachter scheidden.

Er bewoog iets, daar. Bij de top.

Een schim.

Abrupt onderbrak ze de omhelzing. 'Er is daar iemand.'

Wim keek voor de vorm over zijn schouder en richtte zich weer op haar. 'Helmgras,' mompelde hij. 'Kuilen, bulten. Schaduwen van de wolken, meissie. Zee en duinen, ze doen soms gekke dingen met je hoofd.' Hij tikte tegen zijn slaap met zijn vinger, alsof hij er alles van wist, pakte haar schouders vast en draaide haar resoluut om, zodat ze met haar gezicht naar de zee kwam te staan.

Die rolde bulderend het strand op, trok zich dan weer ruisend terug. En opnieuw. En opnieuw. Achter Wims massieve silhouet flonkerden verdwaalde lichtjes in een oneindige, blauwzwarte poel. Daarachter kwam er heel lang niets meer. En ver voorbij het niets zouden de krijtrotsen van de Engelse zuidkust liggen, vermoedde ze, maar toen stokten haar gedachten weer en ze draaide haar hoofd nog eens in de richting van de duinen.

Het voelde niet goed. Ze had niet uit die bestelbus willen stappen, niet eens het strand op willen lopen. 'Ik denk dat ik toch liever terugga naar de auto. Het is hier wel erg afgelegen.'

'Dan gaan we terug.' De intonatie verraadde zijn teleurstelling niet. Het strand of z'n bus, het was hem om het even. Wim was opgegroeid in een visserdorp vlakbij, waar bij straffe wind het duinzand onafgebroken de ramen van de arbeiderswoningen geselde, en alle straten roken naar zout, rottende vissenkadavers en afgestorven wier. Wim was weinig gewend, gauw tevreden. Een praktische man met een goed hart.

Tenminste, zo stelde ze zich hem voor, want haar geest werkte net als die van ieder ander: Tessa kleurde zelf in wat ze niet zag en niet kon weten, aan de hand van wat ze wel wist of dacht in hem te hebben gezien. Hiaten werden opgevuld met hoop en verlangens in plaats van kennis en feiten. Zo ontstonden overal ter wereld heftige verliefdheden, misverstanden, kinderen, wankele verhoudingen en verbeten scheidingen.

Zijn hand zocht de hare en hij trok haar met zich mee.

Schichtig speurde ze de duintoppen af, die bij elke stap dat ze dichterbij kwam massaler werden en dreigender, als huizenhoge zandgolven. Nog dichterbij, en ze zouden over haar heen slaan, haar voor altijd verzwelgen.

Ze drukte een rilling weg.

**
* *

Overdag had de lak van Wims Volkswagen Transporter dezelfde tint als het platgereden zand waar de wielen op rustten.

Nu glansde het plaatwerk blauwachtig in het maanlicht en leek de groene belettering – HOVENIERSBEDRIJF WIM JANSE, VLISSINGEN – inktzwart.

Ze opende het portier, wilde instappen en merkte toen pas dat hij niet achter het stuur plaatsnam, maar aan haar kant van de bus was blijven staan, direct achter haar.

Zijn hand zocht haar middel. 'Waar waren we gebleven?'

'Kunnen we hier weg?'

'Waar ben je bang voor?'

'Ik weet het niet. Een gevoel.'

'Er is niemand. Ik ken het hier goed. Er komen wel eens stelletjes... net als wij. Daar heb je geen last van.' Hij kuste haar opnieuw, deze keer voortvarender dan bij de kustlijn. Een van zijn handen had de aanvankelijke onzekerheid laten varen; ruwe vingertoppen streelden de blote huid van haar onderrug, doken verder naar beneden, tot onder haar broekband.

Er was beweging bij de struiken. *Helmgras*, sprak ze zichzelf moed in, *dat moet het zijn*, en ze vleide zich tegen Wim aan, want dat was wat ze wilde. Waar ze de hele avond al naar had uitgekeken. Dit moment mocht ze niet laten verpesten door irrationele angst.

Ze deed haar lippen vaneen, proefde het bier op zijn tong. Een minuut, misschien twee, daarna opende ze haar ogen en zag hoe een schaduw zich in rap tempo losmaakte uit het struikgewas. Takjes kraakten, de schim ademde gejaagd en raspend.

Geen gras.

Geen kuilen en bulten.

Het was een man.

Hij was zo echt als een man maar kon zijn.

Razendsnel kwam hij dichterbij, met geagiteerde, houterige bewegingen. Zijn oogwit flonkerde. 'Blijven staan! Stilstaan, verdomme of ik schiet jullie kapot!'

Ze verlamde. Wim schrok, misschien nog heviger dan zij,

maar hij had nog wel zeggenschap over zijn spieren en draaide zich om naar de man, met zijn rug naar haar toe.

'Ik moet die auto hebben! Sleutels... Geef je *fucking* sleutels, man!' In het schijnsel van de maan bewoog hij heen en weer, hij maakte schijnbewegingen alsof hij een moeilijk te raken doelwit wilde zijn, en leek te stuiteren van pure adrenaline. 'Ik schiet jullie god-ver-domme kapot! Ik jaag een kogel door jullie stomme koppen!' Randstedelijk accent. Niet van hier.

Wim reageerde niet. Bleef stilzwijgend staan, hij verroerde zich niet eens.

Waar wachtte hij nou op? Ging hij nu werkelijk een psychologische strijd aan met iemand die een vúúrwapen op hen gericht had? Dan was hij nog gekker dan de overvaller.

Ze wilde nog niet dood. 'Geef hem je sleutels,' fluisterde ze. Haar stem sloeg over van angst.

'Verdomme, ik schiet jullie kapot! Ik doe het! Ik heb een fucking *gun* hiero en ik ga het gebruiken. Ik heb hier geen tijd voor!' Gejaagd keek hij om zich heen.

Wims sleutelbos maakte zachte rinkelgeluiden toen hij hem uit de zak van zijn windjack haalde. Hij stak zijn hand uit.

De man wierp zich naar voren en graaide de sleutels weg. 'Zo! Zo, verdomme!' hijgde hij. 'Oké. En nou...' Verward keek hij van de Transporter naar Wim en Tessa. 'Geld. Je centen! Kom op!'

'Is de auto niet genoeg?' Wims stem klonk vreemd ontspannen en laag.

'Ben je wel goed snik, man? Mafkees!'

'Pak m'n bus en rot op,' zei hij, al iets minder gecontroleerd.

'Nee, ik moet eerst geld hebben. Geld van jou en van... van dat mokkel van je. En jullie telefoons. Geef op!'

De man kwam steeds dichterbij. Tessa rook zijn zweetlucht. Die was vers. Iemand op de vlucht, dacht ze. Een ontsnapte gevangene, die op de hielen werd gezeten. Had hij heel ver gelopen, gerend? *Die politiewagens...*

Ineens stond ze alleen. Wim stormde naar voren alsof hij door een katapult werd afgeschoten. Beukte met zijn volle gewicht tegen de belager aan. Die viel op de grond en probeerde op te krabbelen, maar Wim trapte hem tegen zijn hoofd, dan weer in zijn maag. De man maakte diepe buikgeluiden, begon spastisch te bewegen.

Tessa slaakte een gil en verschool zich achter het openstaande portier. Vol afgrijzen keek ze toe hoe Wim boven op de man dook en in de lucht zijn vuist balde. Liet neerkomen. En nog eens. Nog een keer. Doffe geluiden van vuisten die met een ziedende kracht op taai spierweefsel in beukten, krakend bot.

Ze kromp in elkaar en sloeg haar handen voor haar gezicht. Haar hele lichaam trilde. Ze keek toe hoe het donkere lichaam op de grond stuiptrekkingen maakte en vervolgens akelig stil bleef liggen. Geen beweging meer. Geen ademhaling meer.

Niets.

Het leek alsof de duinen alle geluid absorbeerden. Dat van de wind. Van de zee. Ademhaling.

Alles was stil.

Ze bleef als versteend staan, niet in staat om iets te doen of te zeggen.

Wim verbrak de stilte met een schreeuw. Hij sprong op, verwijderde zich van de roerloze schim op het zand en Tessa zag hoe hij een pistool op de grond liet vallen en het vervolgens krachtig van zich af trapte. 'Fuck! Gódver!' bulderde hij. 'Fúck, fúck, fúck!'

Tessa zocht steun bij het portier, haar vingers klemden zich om het koude metaal, ze gebruikte de deur als een schild tegen het meest gruwelijke dat ze in haar leven had gezien.

Die man was dood. Alles wees erop. Wims gedrag, de hele

atmosfeer, de wind die om de auto heen cirkelde en een geur van dood en verrotting met zich meedroeg.

Met lege ogen kwam Wim op haar af gelopen. Hoofdschuddend. Zijn handen, die enorme vuisten, bracht hij naar zijn voorhoofd en hij bleef staan met gebogen hoofd. 'Ik kon het niet riskeren. Straks wilde hij jou ook nog,' hoorde ze hem mompelen.

Eerst durfde ze niets te zeggen. Dan, aarzelend: 'Is hij dood? Wim, is die man dood?'

'Zo dood als een pier.' Hij keek haar aan. Maanlicht viel op zijn gezicht, veroorzaakte harde, scherpe vlakken van licht en schaduw, waardoor het aanzicht verwrongen scheen, en zijn oogopslag nog donkerder. 'Dat ding is van plastic. Die arme donder blufte. Ik heb hem vermoord. Ik heb die gast vermoord.'

'Het was zelfverdediging.'

'Nee, niet meer. Niet als hij met een plastic pistooltje heeft staan zwaaien.'

'Dat kon jij niet weten.'

Hij schudde zijn hoofd. Er was nog meer, ze voelde het, er was veel meer aan de hand.

'Ik heb voorwaardelijk,' fluisterde hij in antwoord op haar onuitgesproken vraag.

Dat had niet in zijn profiel gestaan.

'Voorwaardelijk voor wat?'

'Openbare geweldpleging. Verschillende keren. Ik ga nat, twintig jaar. Op zijn minst.'

Na een lange stilte waarin het ruisen van de zee langzaam maar zeker het geluid van haar hartslag begon te overstemmen, hoorde ze hem zeggen: 'Ik ga hem begraven. Het spijt me dat je dit moet meemaken. Het spijt me echt.'

Hij liep op haar toe. Pas toen hij vlak voor haar stond, rook ze het bloed. Ze zag donker vocht glinsteren aan zijn handen en deinsde terug. Diezelfde handen die liefdevol op haar rug hadden gelegen, hadden zojuist een leven genomen. Het bloed van de gestorven man kleefde er nog aan vast.

Hij volgde haar blik, vloekte binnensmonds. 'Sorry. Ik...'

Zwijgend draaide ze zich om, ging zitten tegen de wielkas van de auto. Ze krulde zich op als een foetus, legde haar armen over haar hoofd en sloot zich af.

* * *

Wim ging daadkrachtig te werk. Hij pakte het lijk bij de voeten vast en sleepte het naar een plek verderop in de zwarte schaduw, achter dicht struikgewas. Zoveel woog het niet, amper zeventig kilo. Hij kwam terug, controleerde of Tessa nog steeds bij zijn bus zat, trok de deuren aan de achterzijde open en sprong in de laadruimte.

Tessa had het busje voelen deinen en het chassis horen kraken, terwijl hij op zoek was naar materiaal om te graven – of wat het ook was dat hij nodig had. Ze had geen idee wat ze moest doen, hij blijkbaar wel, dus deed ze niets en wachtte ze af.

De geur van de dood was overal om haar heen. Zelfs de zilte zeewind leek als een koude adem uit de keel van een zeemonster te stromen. Het maakte haar misselijk. In elke pol helmgras die ritselde of deinde in de nachtlucht, zag ze het hoofd van een nieuwe overvaller, of dat van een politieagent.

Een halfuur lang was ze blijven zitten, in elkaar gedoken, met haar rug tegen de harde velg. Haar gsm brandde in haar zak. Daarin bevonden zich tientallen telefoonnummers van mensen die ze altijd kon bellen als ze raad nodig had, of hulp, ook al was het midden in de nacht. Nu waren die nummers waardeloos. *Mam, sorry dat ik je zo laat bel, maar...* Het idee alleen al.

Wim en zij waren ernstig bedreigd door een agressieve kerel die had gezegd dat hij een vuurwapen had. Dat had hij heel overtuigend gedaan. Zij hadden toch niet kunnen weten dat die man helemaal geen echt wapen had? Dus was Wims geweld geoorloofd geweest. Toch? Ze had er in de krant wel eens iets over gelezen: het geweld dat een slachtoffer ter verdediging gebruikte, tegen bijvoorbeeld een overvaller of een inbreker, moest in verhouding staan tot de ernst van de dreiging. Zo werd het ongeveer geformuleerd, meende ze.

Ze sloot haar ogen en zag opnieuw voor zich hoe Wim zich op de overvaller had gestort, hoe zijn Zeeuwse vuisten keer op keer neerkwamen op wat 's mans gezicht moest zijn geweest.

Te vaak?

Te hard?

Ze huiverde. Was er een moment geweest waarop ze had kunnen ingrijpen? Door hem bij zinnen te brengen, te schreeuwen bijvoorbeeld? Vermoedelijk wel. Had die man dan nog geleefd? Vermoedelijk wel. Maar ze had het niet gedaan. En waarom niet?

De afschuw die ze voelde over het excessieve geweld en het gezeul met de dode streed om het hardst met een totaal andere emotie: een vreemdsoortige euforie. Wim Janse's hardhandige optreden had haar diepste wezen in vervoering gebracht. Deze vent leek in geen enkel opzicht op de babbelzieke weekendvaders met wie ze zich tot dusver had moeten behelpen, mannen die alles wisten te vertellen over wijn en populaire muziekbandjes – of dat alleen maar voorwendden – maar voor praktische zaken volstrekt afhankelijk waren van andere mannen. Dit was zo'n man. Een échte man.

Wim Janse deed simpelweg wat nodig was om te overleven in deze wereld. Hij nam daarbij geen halfzachte maatregelen. Zijn methode was misschien primitief, maar wel effectief.

Schuw keek ze om zich heen, naar de donkere struiken. Steeds was ze bang geweest dat er iemand was die hen begluurde, nu was ze dat opnieuw – maar om een heel andere reden: ze wilde niet dat hij betrapt werd.

Wim was nog steeds niet terug. In een opwelling stond ze op, klopte het zand van haar kleren en liep langs het busje naar achteren. De deuren stonden wagenwijd open en het maanlicht belichtte alleen het voorste gedeelte van de laadruimte waarin langs de wand bossen touw hingen, en een paar spades en rieken waren bevestigd.

Ze hadden hem kunnen overmeesteren, schoot door haar heen. Ze hadden die man met dat touw kunnen vastbinden. Ze hadden hem ook hun geld kunnen geven. Dan was hij waarschijnlijk gewoon weggereden en in een later stadium opgepakt door de politie.

Die man had niet dood gehoeven.

Schoorvoetend liep ze door, in de richting van de struiken. Daar hoorde ze flarden van Wims zwoegende ademhaling, een stuk verderop. De duinen leken het geluid te weerkaatsen, het was alsof Wim zich ergens aan haar rechterzijde bevond, in de zwarte duisternis, maar tegelijkertijd recht voor haar. De wind trok aan en om haar heen ritselde het helmgras.

'Wim?'

'Hier!' klonk het op ongeveer tien meter voor haar.

Ze holde door de struiken, doorns beschadigden de gladde huid van haar enkels, maar ze voelde er weinig van.

Wim stond op een schaars begroeide plek tussen dikke pollen lang gras en grillig, houtachtig struikgewas dat lichtjes heen en weer bewoog in de aanhoudende zeebries. Voorovergebogen was hij bezig een gat te dichten. Hij draaide zich naar haar om. 'Is er iets?'

Ze schudde haar hoofd. 'Nee.'

Hij richtte zich weer op zijn karwei. 'Hij ligt goed diep. Ze moeten hem niet vinden. Niet op korte termijn, tenminste.' Verwoed werkte hij door.

Er bleef zand over, dat hij met een hark verspreidde over de open plek. Hij werkte met souplesse, secuur en heel geroutineerd. Het zware werk kostte hem niet de minste moeite. Het kwam Tessa voor dat Wim dit heel vaak moest hebben gedaan. Gaten graven. Gaten dichtgooien. Harken.

Zand erover.

Toen hij klaar was en zijn spullen bij elkaar had gepakt en ze naar de Transporter liepen, kneep ze even in zijn arm. Het was een spontaan gebaar. Hij reageerde er niet op, liep in hetzelfde tempo door.

Misschien had hij de aanraking niet eens gevoeld.

De sfeer bij de auto was niet verbeterd. De hele plek voelde verkeerd, naargeestig. Alsof de geest van de dode man er nog verbleef.

'Ik wil naar huis,' zei ze, terwijl hij zijn spullen achteloos in de laadruimte wierp en de deuren sloot.

'Zo meteen. We gaan eerst naar mij thuis, meissie. We moeten praten.'

* * *

'Je hebt gedaan wat goed was.'

'Vind je?'

'Ja… Echt.'

Hij keek weer voor zich en schakelde op toen hij van het zandpad de verharde weg opreed. 'Ik ga evengoed twintig jaar nat. Er zijn daar overal sporen van m'n bus. En van mij.'

'Daar letten ze alleen op als ze hem vinden. Dan moeten ze er eerst gaan zoeken. En waarom zouden ze dat doen?'

'De tijd zal het leren.' Wims handen klemden om het stuur van zijn bus. Ze zagen er schoon uit. Met zeewater had hij het bloed eraf gespoeld, maar bij het licht van het dashboard rook ze nog steeds die weeïge geur, die in de verte deed denken aan die van nat ijzer.

'Weet je wanneer ze zo'n lijk vinden?'

Ze keek hem zijdelings aan. Zijn ogen waren op de weg gericht en glinsterden oranje in het licht van de straatlantaarns. Zoals hij daar zat, had zijn gezichtsuitdrukking iets boosaardigs over zich, dacht ze, haar zintuigen vermoeid en overspannen door emoties en het late tijdstip.

Voorwaardelijk. Openbare geweldpleging.

'Als iemand lult,' ging hij door. 'Alleen dan... Als iemand de aandrang voelt om erover te praten. Veel mensen hebben daar last van. Vroeger of later gaat hun geweten knagen. Ze willen boete doen.' Hij nam een bocht en keek snel naar opzij om haar te polsen.

Zij zag ze eerder dan hij, de blauwe zwaailichten. Aan weerszijden van de B-weg stonden politieauto's. Een busje was iets verderop geparkeerd. Geüniformeerde agenten spraken in hun portofoons, ze keken serieus. Eén van hen liep naar het midden van de weg en maakte het stopteken.

Dit was geen alcoholcontrole.

Het was te laat om te keren, dat zou wantrouwen opwekken.

Zacht vloekend schakelde Wim terug naar de tweede versnelling en liet zijn bus stapvoets uitrollen tot bij het lint dat over de weg was gespannen. Hij draaide het raam open en remde af.

De agent van het stopteken, een jonge vrouw met kort blond haar en helderblauwe ogen, monsterde de inzittenden. Aan de andere kant van de bus stond haar mannelijke collega hetzelfde te doen. 'Goedenavond samen.'

'Dag Helena.'

Een frons, gevolgd door een stralende glimlach. 'Ah, nou zie ik het. Wim... Wie is dat?' Ze scheen met een zaklamp naar binnen. Tessa knipperde tegen het felle licht.

'Mijn vriendinnetje.'

Helena glimlachte aan één stuk door. Ze moesten elkaar goed kennen.

'Niets gedronken, hoop ik?'

'Geen druppel,' loog hij.

'Mooi zo.' Ze maakte geen aanstalten dat te controleren.

'Wat is er loos?'

'We zoeken iemand. Een man. Hij moet in de buurt zijn, hij is eerder vanavond in de richting van de zee gevlucht.'

Tessa hoopte dat niemand de spanning en angst van haar gezicht zou lezen. Wim bleef uiterlijk onbewogen, maar ze zag zijn knie lichtjes trillen onder het stuur.

'Gevaarlijke vent?' bromde hij.

'Da's een *understatement...*' Ze keek even weg van haar collega's en maakte met haar wijsvinger een draaiende beweging bij haar slaap: 'Een mafkees. Compleet doorgedraaid. Tbs'er.'

'Weer zo'n vent op proefverlof, zeker?'

Helena boog zich vertrouwelijk naar voren, ze legde haar onderarmen op het portier en haar stem daalde een octaaf. 'Om de dooie dood niet. Hij werd overgebracht naar een andere locatie, bij zijn ontsnapping heeft hij allebei zijn bewakers vermoord. Ze zijn zwaar toegetakeld. Hij moet hulp hebben gehad.'

Tessa hoorde een helikopter rondcirkelen, maar zag hem niet. Achter de Transporter stopte een andere auto. Een politieman liep eropaf.

Wim keek door de voorruit naar de lucht, zijn ogen tot spleetjes geknepen. 'Grof geschut. Waarom denken jullie dat-ie hier zit?'

'Hij is gezien. En er is een boot op de Noordzee onderschept die daar niets te zoeken had, zijn neef aan het roer. Tweehonderd meter buiten de kust.'

'Toeval?'

Achter hen stopte weer een auto. Het werd druk. Doordeweeks was het hier rond dit tijdstip uitgestorven, maar op zaterdagnacht gingen mensen uit of kwamen terug van familiebezoek.

'Dacht het niet.' Ze nam een vel papier aan van een passerende collega. 'Ik heb al te veel gezegd. Als je deze vent tegenkomt...' Helena gaf hem het A4'tje, wit met zwarte opdruk. Een grofkorrelige uitvergroting van een soort pasfoto, haastig gekopieerd, er stond tekst bij en zo te zien een telefoonnummer. '...vergeet dan dit nummer. Bel meteen het alarmnummer. Zorg dat je uit zijn buurt blijft.' Ze keek Wim

227

indringend aan. 'Ik meen het, Wim. Die gast is verknipt en levensgevaarlijk. Geen straatvechter. Oké?'

Zonder er aandacht aan te schenken, vouwde Wim het velletje twee keer en legde het op het dashboard. 'Verder nog iets?'

Helena's blauwe ogen flitsten heen en weer, maakten contact met een paar collega's en Tessa zag haar bijna onzichtbaar knikken. 'We houden de boel op. Gezellige avond nog, samen.' Ze glimlachte naar Tessa en knipoogde vluchtig naar Wim.

Terwijl de Transporter vaart maakte en de blauwe zwaailichten steeds kleiner werden in de zijspiegels, kon Tessa haar nieuwsgierigheid niet meer bedwingen. 'Waarom vertelde die vrouw dat allemaal aan jou?'

'Helena is als familie,' zei hij zacht. 'Mijn oude buurmeisje. Ik heb eens een kerel te grazen genomen die haar en een vriendin van d'r in de discotheek lastigviel. Een Duitse toerist, klootzak eersteklas. Hij ging met heel wat minder tanden terug naar Die Heimat.'

* * *

Pas toen ze de straat inreden waar Wim woonde, een asfaltweg met moderne, vrijstaande huizen en geschakelde garages, pakte Tessa het papier van het dashboard en legde het op schoot. Wreef erover met haar vingers. Ze trilden. Kijken durfde ze niet. Nog niet. Ze kon zich het gezicht van de dode man niet goed voor de geest halen en twijfelde of ze daar verandering in moest brengen. Hoe minder expliciet de herinnering, hoe beter. Misschien kon ze proberen het af te doen als een boze droom. Alles vergeten. Wim bleek er al net zo over te denken.

Hij stapte uit om de garagedeur te openen. Nam weer plaats achter het stuur om de Transporter naar binnen te rijden en liet zich van de bestuurdersstoel glijden om de garagedeur af te sluiten. Tl-balken aan het plafond beschenen de rechthoekige ruimte. Naast de bus lagen platte zakken vol aarde en turf opgestapeld tegen de muur.

Wim opende het portier, nam haar hand en hielp haar galant met uitstappen. Legde zijn handen op haar rug. 'Je hebt niets gezegd. Dat siert je.'

Ze schudde haar hoofd. Haar ogen gleden onderzoekend over zijn gezicht. Ze zoog alle details in zich op. De lichte stoppels op zijn wangen, een littekentje bij zijn oor, zijn neus, die een tikje uit het lood leek te staan. Ze bekeek hem verrukt, alsof hij het mooiste en het beste was wat haar ooit was overkomen. Ten volle besefte ze nu pas dat Wim geen kruimeldief had vermoord, geen nerveuze crimineel die op de vlucht was, maar een levensgevaarlijke tbs'er. Een verknipte moordenaar die zijn twee bewakers had omgebracht. Dat niet alleen: Wim had in het verleden zijn buurmeisje Helena gered uit de handen van een Duitse stalker. Hij had dan wel voorwaardelijk, de speciale behandeling van de agente had boekdelen gesproken. Ze wist genoeg: haar date was een held. Niets minder dan een held.

Een man als Wim zou niet alleen hoeven wonen. Niet alleen *mogen* wonen.

'Ik zal nooit iets vertellen, aan niemand,' zei ze schor.

Hij glimlachte en kuste haar. Streek met zijn tong over haar lippen.

Toen ze zich tegen hem aan wilde drukken, hield hij haar op afstand. Zijn blik gleed naar beneden, eerst over haar lichaam, maar al snel bekeek hij zijn eigen kleding.

Nu zag ook zij de bloedspatten. Paarse vlekjes op zijn jeans, rode op zijn lichte overhemd. Het kwam Tessa voor als een regelrecht wonder dat Helena daar niets van had gezien. Dat had waarschijnlijk alleen maar kunnen gebeuren omdat de agente niets verkeerds had wíllen zien van haar oude buurjongen. Verse bloedspatten hadden bovendien niet gepast in haar beeld van een man die een avond uit is met zijn nieuwe verovering.

'Ik moet m'n spullen schoonmaken,' zei hij. Met tegenzin maakte hij zich van haar los en liep naar de achterzijde van de bus.

Ze volgde hem, ging toen met haar heup tegen de zakken met potaarde staan, waar een zware geur van turf en mest uit opsteeg, en vouwde met trillende vingers het papiertje behoedzaam open.

Vreemd.

Ze had een schok van herkenning verwacht bij de aanblik van de dode man, maar de schok die door haar heen ging was eerder van ongeloof en totale verrassing. Het gezicht van hun overvaller was smal geweest, fijntjes zelfs, kon ze zich herinneren, hij had dunne lippen gehad als van een kikker en vrijwel zeker kort, steil haar. Zwart, dacht ze. Misschien bruin, maar hoe dan ook was zijn haar donker geweest.

Niet lichtblond.

Zéker niet lichtblond.

Het gezicht dat haar vanaf het papier aanstaarde met een lege blik was ook al niet fijntjes en ovaal, maar vierkant, knoestig. Anders.

Totaal anders.

Het was een andere man.

'Wim?' Weifelend keek ze op van het papier.

Hij zwaaide de achterdeuren van zijn bus open en draaide zijn hoofd naar haar toe. 'Wat?'

Op hetzelfde moment werd een riek vanuit de laadruimte met enorme kracht naar voren gestoten. De metalen punten van de viertand doorboorden een deel van Wims gezicht en zijn hals. Hij was op slag dood. Zijn lichaam kwam met een doffe klap neer op de betonnen vloer van de garage, de riek stak uit zijn schedel.

'Nou, Wim, nog bedankt voor de lift!' klonk het grappend. Een grote, blonde man sprong behendig uit de laadruimte, grijnsde haar verheugd toe. Een glimlach van oor tot oor, onregelmatige tanden.

De man van het stencil.

…Hij moet hulp hebben gehad.

'Zo, schoonheid,' fluisterde hij. Zijn ogen flikkerden kwaad-aardig in het tl-licht. 'Voor jouw dood gaan we iets meer tijd uittrekken. We hebben nog de hele nacht.'

Esther van Vliet

winnaar van de *Summercrime* verhalenwedstrijd

Het zestiende verhaal

'U staat 's ochtends altijd erg vroeg op,' had de krantenbezorger gezegd, toen ze hem afgelopen december, in ruil voor een paar euro, prettige kerstdagen was komen wensen. 'Het licht is altijd al aan als ik bij u voor de deur sta.'

Hij had vriendelijk naar haar geknikt, was er verder niet op ingegaan. Niemand hoefde te weten dat het licht in de meeste gevallen niet al vroeg weer aan was, maar de hele nacht niet uit was geweest. Hij stond niet vroeg op, hij ging laat naar bed. Vroeg naar bed, had hij dat in zijn studententijd genoemd, wanneer hij 's ochtends om een uur of zes met de drank in zijn benen de trap op stommelde, om daarna urenlang bewusteloos op bed te liggen.

In de tijd dat hij nog nachtdienst had, kon hij niet slapen als het buiten licht was. Vreselijk vond hij dat. Slaapmaskers, verduisteringsgordijnen, rolluiken, hij had het allemaal geprobeerd, maar niets hielp. Tegenwoordig was het de nacht die hem wakker hield. In het donker was hij op zijn best, kon hij aan een stuk door complete hoofdstukken schrijven voor zijn nieuwe boek. Deze nacht was dat niet gelukt. De volle asbak naast zijn computer was het onomstotelijke bewijs van een gebrek aan inspiratie. Zijn gedachten waren ergens anders, al dagenlang. Eigenlijk al vanaf het moment dat de datum waarop het project zou starten vastgesteld was.

Het had hem nooit helemaal losgelaten, maar de mate waarin deze zaak hem nu weer in zijn greep hield, had hem toch verrast. Als hij zijn ogen sloot, zag hij haar weer liggen, plat op haar buik, haar gezicht in het zand, alsof ze gestruikeld was en haar armen te laat waren geweest om haar val te breken. Wanneer hij zijn ogen opende, was het beeld er nog steeds. Haar linkerbeen gestrekt, haar rechter iets gebogen. Witte gympen, met op de linker een blauwe vlek. Een druppel inkt uit een lekkende vulpen. Per ongeluk gemorst, bewust zo gelaten. Het moest er niet te nieuw uit zien, daar hield ze niet van. Een van de weinige persoonlijke dingen die hij van haar wist en die hij nooit was vergeten.

Het klepperende geluid van de brievenbus bracht hem terug naar het heden. Hij liep de trap af naar de voordeur, bukte bij de mat en sloeg de krant open. Vandaag stond het erin, onder aan de pagina kunst en cultuur. 'Wie schrijft het zestiende verhaal?'

Hij las het fantasiebeeld dat in het verhaal terug moest komen door. Een eenvoudige beschrijving van een zomernacht, nog geen honderd woorden. Niemand zou weten hoeveel moeite het hem had gekost om deze tekst op papier te krijgen. Het moest algemeen zijn, zodat anderen er een eigen invulling aan konden geven, maar tegelijkertijd ook weer zo specifiek dat je die bewuste avond erin kon herkennen, als je erbij was geweest. Naar zijn mening was hij hierin geslaagd. Het stond er zoals hij het zich herinnerde.

In de verhalen van de bekende misdaadauteurs die aan dit project meewerkten en die hij inmiddels gelezen had, herkende hij de plek niet. Ze beschreven een boom die er in werkelijkheid niet stond, een bocht in de weg, een uitzicht dat niet klopte. Ook het verhaal dat hij zelf geschreven had, speelde zich op een andere locatie af. Dit waren niet de verhalen waar hij in geïnteresseerd was. Dit waren de verhalen die hij nodig had om zijn idee bij zijn uitgeverij gepubliceerd te krijgen. Het ging hem om de verhalen van de onbekende schrijvers. Dat ene verhaal dat ertussen zou kunnen zitten. Het verhaal van de persoon die na het lezen van het uitgangspunt precies hetzelfde beeld voor ogen zou hebben als hij.

Die nacht, over een paar maanden alweer twintig jaar terug, stond hem nog steeds helder voor de geest, alsof het kort geleden gebeurd was. Nederland genoot van de zomer. Als de temperatuur de volgende dag opnieuw boven de vijfentwintig graden uit zou komen, was er officieel sprake van een hittegolf. Het was al een aantal nachten verdacht rustig geweest. 'Geniet er maar van,' zeiden zijn collega's, 'want dat duurt nooit lang.' De eerste zomerse dagen had de warmte meestal nog een ontspannende werking. Wanneer de temperatuur verder steeg, het binnenshuis benauwd werd en mensen slechter sliepen, kon de stemming ineens omslaan. De kleinste dingen waren dan al genoeg om heftige burenruzies uit te lokken. De rook van de barbecue, te harde muziek, soms alleen al het stemgeluid van mensen die om elf uur 's avonds nog in de tuin of op het balkon zaten. Er liep een weddenschap op het bureau over in welke straat de eerste knokpartij zou ontstaan. De inhoud van de pot was al opgelopen tot honderdvijftig gulden.

De melding was om half drie 's nachts binnengekomen. Het was een onduidelijk verhaal, doorgebeld vanuit een telefooncel, waarmee de verbinding tijdens het gesprek opeens verbroken was en niet meer was hersteld. De meldkamer had de beller geïdentificeerd als een vrouw, compleet in paniek, omdat ze zojuist in de duinen een vrijend stelletje betrapt had. Er moest iemand naar het parkeerterrein bij het strand om de vrouw te kalmeren, en eventueel het stel aan te spreken als dat nog aangetroffen werd. Hij was de gelukkige.

Niemand had de indruk dat deze melding een hoge prioriteit had. Hij had zich niet gehaast om snel ter plaatse te zijn. Dat had hem nog heel lang dwarsgezeten. Het zou geen verschil gemaakt hebben, al waren ze met loeiende sirenes bij het bureau weggescheurd, ze zouden altijd te laat zijn geweest.

Toch kon hij het maar moeilijk van zich afzetten. Het idee dat zij daar lag, terwijl hij met zijn collega's zat te discussiëren over de vraag in hoeverre seks in de duinen strafbaar was. Een gesprek dat al snel was verlaagd tot het niveau: wat is de vreemdste plek waar je het ooit hebt gedaan?

Ze hadden er tien, misschien wel vijftien minuten eerder kunnen zijn. Het had ook nog makkelijk een kwartier langer kunnen duren, als de agente met wie hij samen naar de vrouw toe zou gaan hem niet had aangespoord om op te schieten. Er was geen leeftijdsindicatie gegeven, maar iedereen ging uit van een ouder persoon. Mensen van onder de zestig zouden zich misschien wel storen aan een vrijend stel en hier ook melding van maken, maar die zouden er niet in die mate van in paniek raken. Niemand kon echter verklaren waarom een vrouw op leeftijd midden in de nacht in de duinen liep.

Op het parkeerterrein trof hij echter geen oudere vrouw aan, maar een jong stel, hooguit achttien jaar, naast elkaar op een bankje. Nog voor hij hen aan kon spreken, begon het meisje hysterisch te huilen. Aan de rode vlekken in haar gezicht was te zien dat ze al langer gehuild had. Hij vroeg of zij degenen waren die gebeld hadden. De jongen bevestigde dit, hij maakte een geïrriteerde indruk, wilde weten waarom het zo lang geduurd had voor er iemand kwam.

'Er was enige verwarring over de precieze inhoud...'

Het meisje onderbrak hem. 'Ik ga daar niet meer naartoe!' Haar stem klonk schel en angstig. 'Echt niet. Ik wil het niet.'

Zijn collega probeerde het meisje te kalmeren, zonder succes. Zijn pogingen om meer duidelijkheid te krijgen over wat er gebeurd was, leverden aanvankelijk weinig op. Het bleef een chaotisch verhaal. Voornamelijk door het feit dat het meisje voortdurend bleef schreeuwen dat ze weg wilde. 'Hij loopt hier vast nog ergens rond!'

De jongen stond op, wees in de richting van het strand. 'Het is die kant op, aan het eind van de weg.'

De ademhaling van het meisje begon kenmerken van hyperventilatie te vertonen. Ze pakte de arm van haar vriend, wilde niet alleen achterblijven. De agente ging naast het meisje op de bank zitten, wreef over haar rug, sprak haar geruststellend toe. Hij liep met de jongen mee het parkeerterrein af. Er was jaren geleden een plan geweest om twee parkeerplaatsen door middel van een weg dwars door de duinen met elkaar te verbinden. Milieuorganisaties waren in opstand gekomen, waren rechtszaken gestart en hadden na jaren procederen uiteindelijk gewonnen. De weg zou er niet komen, maar de eerste driehonderd meter lag er al, volstrekt nutteloos, en in de zomer regelmatig vol met foutgeparkeerde auto's. Succes verzekerd als je die maand nog onvoldoende bekeuringen had uitgeschreven.

Ook nu stond er een wagen, midden op de weg, met zijn neus in de richting van het strand. De koplampen en de achterlichten brandden. Hij zag dat de deur aan de bijrijderskant half open stond. 'Is dat jullie auto?'

De jongen schudde zijn hoofd. 'Die stond er al toen wij hier langskwamen. We vonden het wel vreemd dat die lichten nog aan waren en zo, maar we dachten dat die mensen…' Een aarzeling, wat gêne op zijn gezicht. 'Nou ja, dat ze hier met dezelfde reden waren als wij.'

Hij werd zich langzaam bewust van het gevoel dat het niet klopte. Het was bijna volle maan, in een vrijwel heldere hemel. Waarom zou iemand de lichten van zijn auto laten branden, met het risico dat de accu leeg zou zijn wanneer hij terugkwam, in een nacht dat de maan de gehele kuststrook zo sterk verlichtte dat je zelfs zonder lampen zou kunnen rijden?

De jongen liep verder, voorbij de auto, het pad af, maar bleef toen opeens staan, trillend op zijn benen. Zijn stoere masker brokkelde af. De tranen glinsterden in zijn ogen, rolden over zijn wangen naar beneden. Hij had zich grootgehouden voor zijn vriendin, maar dat hield hij nu niet meer vol.

'Ik dacht eerst dat ze lag te slapen, maar toen we dichterbij kwamen, toen zagen we dat touw, en…' De stem van de jon-

237

gen brak. 'Ik heb haar niet aangeraakt. Ik durfde niet...' De rest van zijn woorden ging verloren.

Hij liet de jongen achter, rende verder de duinen in. Zijn geest, versuft door de warmte en het gebrek aan activiteit, was in een klap weer glashelder. Hij realiseerde zich nu pas wat de werkelijke inhoud van de melding geweest moest zijn. Zijn schoenen zakten weg in het rulle zand. Hij struikelde bijna, bleef maar met moeite overeind. Hij kwam naast haar lichaam tot stilstand, knielde bij haar neer, aarzelde even of hij haar aan zou raken. Het beeld van een bejaarde vrouw was in zijn hoofd blijven zitten, dat maakte de schok nog groter. Ze was pas tweeëntwintig, zou hij even later op haar rijbewijs zien. Hij hoefde haar pols niet te voelen om te weten dat ze dood was. Hij had al vaker slachtoffers van misdrijven gezien, maar dat was altijd op de onderzoekstafel bij de patholoog-anatoom geweest. Klinisch, anoniem. Dit was de eerste keer dat hij een persoon zag. Een lichaam dat nog haar levende vorm had in plaats van de onnatuurlijke, uitgestrekte houding waar hij bekend mee was.

De andere wagens waren met een paar minuten aanwezig. Het gebied werd afgezet, haar lichaam bedekt. Ze doorzochten de auto, vonden haar tas op de achterbank, haar portemonnee, met niet alleen haar rijbewijs, maar ook nog bijna zestig gulden aan bankbiljetten en munten. Rebecca Hofland, woonplaats Amsterdam, had pas sinds vier maanden haar rijbewijs. De auto stond op naam van ene A. Hofland-Winkelhuijzen. Haar moeder, zo zou later blijken. Het motief roof viel vrijwel onmiddellijk af. Niet alleen door de inhoud van haar tas, maar ook door het feit dat ze haar ringen, armbanden en een opvallend gouden kettinkje nog om had. Er waren geen sporen van seksueel misbruik. Er waren geen sporen van de dader. Er waren bijna helemaal geen sporen. Het touw om haar nek was het enige bewijs van het geweld dat haar was aangedaan.

Het onderzoek werd overgenomen door een rechercheteam. Er werd hem een aantal keer gevraagd om een verklaring af te leggen, omdat hij als eerste ter plaatse was geweest. Ze zouden hem op de hoogte houden van de vorderingen, maar het onderzoek vorderde niet. Ze wisten letterlijk niet in welke richting ze moesten zoeken. Rebecca was die avond vanuit haar ouderlijk huis in Amsterdam-Zuidoost vertrokken naar de housewarming van een vriendin die kort daarvoor naar Den Bosch was verhuisd. De stad uit, de A2 op, en dan gewoon de snelweg blijven volgen naar het zuiden. Op geen enkel moment kwam haar route ook maar in de buurt van het strand bij Wijk aan Zee. Niemand kon verklaren waarom ze die kant op was gegaan.

Er werden oproepen gedaan in de landelijke kranten, er werd een politiebericht vertoond op de televisie, maar er kwamen geen bruikbare tips binnen. Niemand had iets gezien. De betrokken rechercheurs hadden de indruk dat de gemeente zo min mogelijk aandacht aan het voorval wilde besteden uit angst voor de mogelijke negatieve invloed op het toerisme in de regio. De zaak was al na een paar weken op de plank komen te liggen, in een doos in het archief.

Hij was degene die de doos negen jaar later weer naar boven haalde. Inmiddels zelf werkzaam bij de recherche bleef hij ervan overtuigd dat zijn collega's iets over het hoofd hadden gezien. Ergens in het dossier moest iets staan, een op het eerste gezicht onbeduidend detail dat een belangrijke aanwijzing over de dader zou bevatten. Maar net als zijn collega's kon ook hij het niet vinden.

Rebecca's ouders waren die bewuste avond om half zes vertrokken naar een diner bij vrienden. De buurvrouw had Rebecca rond kwart voor zeven zien vertrekken. Ze was alleen geweest, had nog geïnformeerd naar de kat van de buurvrouw die een aantal dagen eerder door de dierenarts was onderzocht. Geen enkele aanwijzing over wat er daarna was gebeurd.

Hij kreeg toestemming om landelijk opnieuw aandacht voor deze zaak te vragen. Er werden opnames gemaakt voor een nieuwe reconstructiefilm. Hij kwam voor het eerst in haar ouderlijk huis, zag de ingelijste foto die negen jaar eerder ook in het politiebericht gebruikt was.

De uitzending leverde weinig respons op. Slechts een paar telefoontjes, niets bruikbaars. Een man kon zich nog vaag herinneren dat hij die avond laat zijn hond uit was gaan laten en toen een auto aan het eind van de weg had zien staan, maar het bleef onduidelijk hoe laat dit was geweest. Een vrouw meldde dat ze die avond met een vriendin rond half tien over die weg gelopen had. Zij was er zeker van dat er toen nog geen auto stond.

Er kwam ook een schriftelijke reactie binnen. Een lichtblauwe envelop, met in de linkerbovenhoek in hoofdletters het woord VERTROUWELIJK, aan hem persoonlijk gericht. Een kort bericht, zonder aanhef of afzender.

Bespaar je de moeite. Je zult me nooit te pakken krijgen.

In eerste instantie had hij er geen aandacht aan besteed. Het gebeurde wel vaker dat gestoorde personen zich uitgaven voor de dader van een misdrijf. Een aantal weken later had hij er in een interview met een landelijke krant een opmerking over gemaakt.

'Je hebt altijd gekken die met hun zogenaamde tips het onderzoek proberen te hinderen.'

'Geen slimme zet,' hadden zijn collega's gezegd. 'Zulke figuren kicken op aandacht, en dat heb jij hem of haar in dit artikel gegeven. Dat stimuleert ze om het nog eens te doen.'

Al de volgende dag had er een nieuwe blauwe envelop op zijn bureau gelegen. Een bericht in dezelfde stijl.

Het enige dat het onderzoek hindert, is jouw onwil of onvermogen om mij serieus te nemen.

Het protocol schreef duidelijk voor hoe er met dit soort brieven omgegaan moest worden: controleren op vingerafdrukken en eventuele speekselsporen op de envelop, bepalen vanuit welke regio de brief verstuurd was, vergelijken met eerdere brieven die vermoedelijk van dezelfde persoon afkomstig waren. 'Negeren is het beste,' was de unanieme mening op het bureau. De eerste brief was uitgebreid onderzocht en dat had niets opgeleverd. Er waren geen aanwijzingen dat dit bij de tweede envelop anders zou zijn. De brief verdween zonder verder onderzoek in een plastic mapje in het dossier.

Er kwamen geen nieuwe aanwijzingen binnen. Zoals jaren eerder al duidelijk was geworden, had niemand iets gezien. De vergelijkingen met andere moordzaken hadden niets opgeleverd. Het team werd ontbonden. De dozen verdwenen opnieuw naar het archief. Hij begreep het wel, maar had er geen vrede mee. Voor alle anderen was dit een zaak zoals iedere andere moordzaak: tragisch, zinloos, maar aan het eind van de dag weer keurig opgeborgen in plastic mappen en ordners, achtergelaten op het bureau. Hij was de enige die haar altijd met zich meezeulde, waar hij ook ging.

Het was in die periode dat hij was begonnen met schrijven. Eerst alleen voor zichzelf. Pas jaren later had hij het aangedurfd om een manuscript naar een uitgever te sturen. Ze zouden hem in de jaren die volgden regelmatig vragen wat hem hiertoe geïnspireerd had. 'Je hebt jarenlang hard gewerkt om binnen het politiebestel carrière te maken, en toen je eindelijk op de plek kwam die je al die jaren ambieerde, ben je iets anders gaan doen.'

Hij zei dan altijd dat het een jongensdroom was geweest om schrijver te worden. 'En dromen moet je niet uitstellen tot later als je dood bent.'

'Later als je groot bent,' had een journalist hem eens verbeterd, alsof dat een term is die mannen van in de veertig gebruiken als ze het over de toekomst hebben. Zijn verklaring dat hij zich door de ervaringen die hij de afgelopen jaren tijdens zijn werk opgedaan had, bewust was geworden van het feit dat je leven op ieder moment afgelopen kon zijn, was niet geheel verzonnen, maar was ook zeker niet de hele waarheid. Die hield hij voor zichzelf. Het klonk als een teken van zwakte. Vluchten in je fantasie, omdat de realiteit je soms te veel wordt. Het was geen ideale wereld waar hij zich in terugtrok. Verre van dat zelfs, als je keek naar het aantal misdrijven dat in zijn boeken gepleegd werd, maar de verantwoordelijke werd aan het eind van het verhaal altijd gepakt. Geen enkele moord bleef onopgelost.

De recensies waren zonder uitzondering positief. Met name het feit dat hij gebruik kon maken van zijn eigen ervaring als rechercheur werd regelmatig aangehaald. 'Het geeft zijn verhalen een realistisch perspectief dat in boeken van andere auteurs dikwijls ontbreekt,' aldus een recensent van een groot landelijk dagblad. Hij was bij de recherche blijven werken, maar toen bleek dat zijn boeken stuk voor stuk goed verkochten, had hij zijn contract om laten zetten naar een parttime dienstverband.

Zijn derde boek leverde hem zijn eerste nominatie voor een literaire prijs op. Hij zou hem niet winnen, maar de nominatie op zich leverde hem al een lading felicitaties op. Thuis, maar ook op zijn werk, zaten er regelmatig pakketjes en kaarten bij de post. Vrienden van vroeger, oude collega's, studiegenoten. Veel felgekleurde enveloppen. De lichtblauwe was hem daardoor in eerste instantie niet eens opgevallen. Pas toen hij hem opengesneden had en er geen kaart, maar een simpel vel papier in zat, realiseerde hij zich wat hij in zijn handen had.

Jij en ik, wij lijken op elkaar. Jij bent ook maanden bezig om de perfect moord te bedenken. Er is alleen een groot verschil. Jouw daders maken altijd ergens een fout, waardoor ze op het laatst toch gepakt worden. Ik maak geen fouten.

Ze hadden getwijfeld of de brief aan het dossier toegevoegd moest worden. De envelop zou uiteindelijk los tussen de mappen in een van de dozen terechtkomen. Onder het deksel doorgeduwd, niet eens de moeite genomen om de doos helemaal te openen. Kenmerkend voor de tijd die zijn collega's op dat moment nog aan de zaak wilden besteden.

Nu hij als schrijver meer naamsbekendheid had, nam de media-aandacht toe. De aankondiging dat er een nieuw boek van zijn hand zou verschijnen, leverde hem invitaties voor verschillende televisieprogramma's op. Hij was niet overal op ingegaan. Hij had een paar programma's geselecteerd, alleen degene waar hij zelf ook wel eens naar keek. Hij werd uitgenodigd als gast voor de vrijdagavond, na afloop van een kwalificatiewedstrijd van het Nederlands elftal. Ze hadden hier op de set van het programma samen met de andere gasten en een deel van het publiek naar gekeken. Er waren al heel wat glazen bier doorheen gegaan voor het interview begon. Er hing een ontspannen sfeer in de studio, ze waren oprecht geïnteresseerd in zijn boeken en dat, in combinatie met het late tijdstip, had ervoor gezorgd dat hij ongedwongen op alle vragen antwoord had gegeven, zonder erbij stil te staan wat de gevolgen konden zijn.

Die middag waren in Argentinië twee mannen opgepakt die verdacht werden van een kunstroof in Noorwegen, enkele jaren eerder. Er zat een hoogleraar kunstgeschiedenis aan tafel, die vertelde over de betekenis van deze schilderijen in de kunstwereld en hoe belangrijk het was dat ze teruggevonden werden.

'Deze zaak moet opgelost worden!' had de man geëmotioneerd uitgeroepen. De andere personen aan tafel hadden allemaal weinig met kunst, en de conversatie dreigde in te zakken. In een poging het gesprek een andere wending te geven, had de presentator zich tot hem gericht.

'Jij hebt in al die jaren bij de recherche natuurlijk veel meegemaakt. Welke zaak zou jij graag opgelost zien?'

'De moord op Rebecca Hofland.' Het was eruit voor hij er erg in had.

'Daar hoefde je niet lang over na te denken,' had de presentator scherp opgemerkt. Niet iedereen aan tafel kon zich haar nog herinneren.

'Een paar jaar geleden heb jij je nog voor die zaak ingezet, toch?' had een van de gasten die wel op de hoogte was hem gevraagd. 'Is er in die tijd eigenlijk ooit een serieuze verdachte in beeld geweest?'

Hij had de vraag beantwoord zoals hij dat in een cynische bui ook wel eens in de kroeg had gedaan. 'Ik zal het je nog gekker vertellen, de dader heeft zichzelf gemeld. Meerdere keren al zelfs. Wij willen hem alleen niet geloven.'

Met name die opmerking, die in de studio nog gelach uitgelokt had, had hem de maandag daarop een stevige reprimande opgeleverd. 'Wat denk je dat zo'n antwoord doet met de ouders van dat meisje?'

Met de rest van het gesprek was de korpsleiding evenmin blij geweest.

'Het is in het verleden wel vaker voorgekomen dat daders van een misdrijf zelf contact zoeken met justitie,' was hij die vrijdagavond verdergegaan. 'Maar zij kwamen altijd met bewijzen voor hun beweringen. De persoon die deze brieven stuurt, heeft nooit ook maar een teken van daderkennis gegeven.'

'Zijn haar ouders überhaupt ooit op de hoogte gesteld van het bestaan van deze brieven?' had zijn leidinggevende willen weten.

Hij wist het niet. Hij was te ver gegaan, dat wist hij wel. Hij was van plan geweest om contact op te nemen met haar ouders, zijn excuses aan te bieden en meteen te informeren hoe het met hen ging. Het zou er die dag niet van komen. Een lichtblauwe envelop, op de vertrouwde manier beschreven, zou niet alleen zijn ochtend, maar zijn hele leven overhoop gooien.

In tegenstelling tot de vorige enveloppen bevatte deze geen

brief, maar een polaroidfoto, genomen van de plek waar hij
zelf zestien jaar geleden door zijn knieën was gegaan om vast
te stellen of ze nog ademde. Alleen haar hoofd en haar rechterhand waren te zien. Haar gezicht plat in het zand. Het
beeld dat eindelijk na al die jaren in zijn herinnering begon te
vervagen, stond nu voor altijd messcherp op zijn netvlies ge-
brand. Op de witte rand onder de foto stond een simpele vraag:

Geloof je me nu wel?

Hij had de roestvrijstalen prullenbak die naast zijn bureau
stond met veel lawaai door het kantoor heen geschopt. Zijn
gevloek was in alle ruimtes van het gebouw te horen geweest.

De zaak werd met onmiddellijke ingang heropend. Er werden rechercheurs van buitenaf aangetrokken om het onderzoek te leiden. Hij had er geen vertrouwen in, wilde er zelf bij
betrokken blijven. Hij was ervan overtuigd dat hij degene was
die de zaak kon oplossen. Zijn argument dat hij het dossier uit
zijn hoofd kende, was exact gelijk aan de reden die de korpsleiding aanvoerde om hem op afstand te houden. Ze hadden
mensen nodig met een frisse blik.

'Het onderzoek is nog in volle gang,' was alles wat hij te
horen kreeg als hij naar de vorderingen informeerde. Het onderzoek was maandenlang in volle gang geweest, als je de
woordvoerder moest geloven, maar het had uiteindelijk niets
opgeleverd. De eindconclusie van het rapport kon kort en
bondig weergegeven worden: 'We hebben te weinig aanwijzingen en het is te lang geleden.'

Hij kon het niet accepteren. Hij lag er 's nachts wakker van,
en viel meestal pas tegen de ochtend in slaap. In bed blijven
woelen haalde niets uit. Al snel nam hij niet eens meer de
moeite om te gaan liggen. Hele nachten zat hij achter zijn
computer te schrijven alsof zijn leven ervan afhing. Zijn uitgever complimenteerde hem met zijn werktempo.

'Er verschijnen de laatste tijd veel boeken over bestaande moordzaken,' was hem ruim een jaar later in een literair televisieprogramma gevraagd. 'Jij bent je altijd in blijven zetten voor de moord op Rebecca Hofland. Kunnen we hier ooit een boek over verwachten?'

Hij had gezegd dat daar geen plannen voor waren. In werkelijkheid was hij al vier keer met een opzet voor een dergelijk boek begonnen, maar dat hield hij voor zichzelf. Al zijn pogingen om zijn bevindingen in verhalende vorm weer te geven, waren al in een vroeg stadium gestrand.

'We weten te weinig om er een boek mee te kunnen vullen,' had hij eerlijk gezegd. 'Ze moet, nadat ze bij haar ouderlijk huis in Amsterdam is vertrokken, ergens onderweg gestopt zijn, maar na bijna achttien jaar weten we nog steeds niet waar en waarom. En zolang we dat niet weten, kunnen we ons ook geen beeld vormen van wat er daarna is gebeurd.'

De verjaringsdatum kwam in zicht. Niemand was nog bereid om tijd aan deze zaak te besteden. Er waren andere zaken met een hogere prioriteit. Zelfs de komst van een nieuwe lichtblauwe envelop bracht daar geen verandering in. In tegenstelling tot de eerdere brieven werd deze pas twee maanden na het interview op het bureau bezorgd, drie dagen voor het onderzoek definitief gesloten zou worden.

Ze is gestopt om te gaan tanken bij het eerste benzinestation voorbij Utrecht aan de A2. Daarna heeft ze buiten aan een van de picknicktafels op de parkeerplaats een waterijsje gegeten.

'We kunnen onmogelijk bewijzen of deze bewering waar is,' was het kritische oordeel van zijn leidinggevende. 'En zelfs als we daar wel in zouden slagen, dan weten we nog niets. Zat hij op dat moment al bij haar in de auto? Heeft hij haar daar ontmoet? Het zegt niets. Het enige wat we ermee bereiken als we dit openbaar maken, is dat haar ouders de rest van hun leven met het idee rondlopen dat hun dochter misschien nog zou leven als ze die middag zelf de tank volgegooid hadden. Laat het rusten.'

Dat was het advies dat iedereen hem gaf, thuis en op zijn werk, maar hij kon het niet. Hij kocht boeken, zocht op internet, nam contact op met verschillende deskundigen. Allemaal om inzicht te krijgen in de motieven van de dader.

'Er zijn meerdere verklaringen mogelijk,' had een hoogleraar criminologie hem verteld. 'Veel psychopaten denken dat de perfecte moord het hoogst haalbare is, maar als het ze gelukt is, valt het tegen. De zaak krijgt niet de belangstelling waar ze op gehoopt hadden, zeker niet als de media-aandacht al snel terugloopt. Ze willen terug in het nieuws. Anderen hebben juist behoefte aan spanning. Zij willen de dreiging dat ze gepakt kunnen worden opvoeren, want dan is de euforie als dat niet gebeurt alleen maar groter.'

De uitleg van een bevriende psychologe had de meeste indruk gemaakt. 'Die man heeft er in al die jaren nooit met iemand over kunnen praten. Het is goed mogelijk dat hij nu gewoon zijn verhaal kwijt wil.'

Hij wist niet of dit de ware reden was, maar het was de enige verklaring waar hij wat mee kon. Hij wilde het hele verhaal horen. Niet om de dader veroordeeld te krijgen, niet om de zaak af te kunnen ronden, maar alleen voor zijn eigen gemoedsrust. Hij had maanden nagedacht over een manier waarop hij de dader zo ver kon krijgen dat hij alles zou vertellen. Hij had geprobeerd om zelf een fictieve versie van die avond op papier te zetten, met het plan om dat ergens te publiceren, in de hoop hiermee een reactie uit te lokken, maar het was hem niet gelukt een kloppend verhaal te schrijven. Er was maar één persoon die dit verhaal kon schrijven, en het misschien ook wilde schrijven.

Het idee was langzaam gegroeid. Hij was al langer van plan geweest om een boek samen te stellen met verschillende verhalen die allemaal vanuit hetzelfde beginpunt startten, maar het was er nooit van gekomen. Nu kwam het wel. Zonder veel moeite had hij andere schrijvers gevonden die mee wilden werken. Zijn uitgever reageerde positief op het voorstel om het zestiende verhaal te laten schrijven door een nog onbekende auteur. De oproepen die hij hiervoor in de media wilde plaatsen, werden door de uitgeverij geïnterpreteerd als een doeltreffende manier om alvast reclame te maken voor het boek. Hij had het allemaal voor elkaar gekregen, zonder iemand te vertellen wat hij er wercklijk mee wilde bereiken.

Vandaag stond het erin, onderaan op de pagina kunst en cultuur. 'Wie schrijft het zestiende verhaal?' Hij was niet spiritueel aangelegd, geloofde niet in telepathie, maar betrapte zichzelf erop dat hij met al de kracht die hij in zich had, probeerde door te dringen tot degene voor wie deze oproep werkelijk bedoeld was. Lees het, schrijf het, stuur het op.

Simon de Waal

Het woord van een moordenaar

Ze zat op de bank televisie te kijken en haar dochter drentelde om haar heen. 'Mag ik vanavond *Goede tijden, slechte tijden* kijken?'

'Nee.'

'Maar iedereen op school kijkt ernaar.'

'Dat zal best, dame, maar ik vind het te laat voor je. Dat heb ik je al duizend keer gezegd. Je zit pas in groep 5 en je gaat gewoon op tijd naar bed.'

'Neehee... ze vinden me allemaal stom als ik niet mag kijken!'

De voordeurbel klonk. Ze stond op, een beetje verbaasd. Ze verwachtte niemand.

Haar echtgenoot schrok eigenlijk pas echt toen hij besefte dat het een pistool was dat tussen zijn ribben geduwd werd. Hij had de man wel gezien die op hem af was komen lopen, maar hij zag er geen gevaar in.

Gewoon een voorbijganger. Een keurige man. Of eigenlijk: een keurige, jonge man. Jaar of twintig, vijfentwintig hooguit. Geen capuchon op zijn hoofd, geen schichtige blik, niets om op je hoede voor te zijn.

Stomme lul, schoot door hem heen, *je hebt echt geen enkele mensenkennis. Nu sta je daar met een pistool in je zij.*

'Ga zitten,' zei de man.

Hij fronste zijn wenkbrauwen. Die stem klopte helemaal

niet bij het feit dat de man hem bedreigde met een pistool. Hij fluisterde bijna verlegen. Zachtaardig. *Dit is echt een grap,* dacht hij, *een idiote grap.*

'Ga zitten, alstublieft.'

Nog steeds die vriendelijke stem. Kende hij die man soms? De man gaf hem de kans niet om om te draaien. Op het moment dat hij aanstalten maakte, duwde hij het wapen dieper in zijn zij. Hij deed wat de man vroeg, opende het portier en ging achter het stuur van zijn auto zitten.

'Geef me de sleutels.'

'Misschien... eh... ik weet niet wat u precies van plan bent, maar...' Hij draaide om het gezicht van de man te zien en kon zijn zin niet afmaken, overweldigd als hij was door de ogen. Ineens was alles duidelijk. Het wapen, de opdrachten, de overval in de nacht.

Kille, donkere ogen, zonder enige emotie.

Doodserieus.

'De sleutels, alstublieft.'

In zijn rechterhand hield de man het pistool, zijn linkerhand strekte hij vragend uit.

Felix Versluis legde de sleutels in de hand van de man. 'Kan ik niet beter uitstappen, als het je om de auto gaat?'

De man keek hem even aan en sloot zijn deur. Hij liep voor de auto langs, schijnbaar achteloos, zonder op hem te letten. *Wat wil hij?* Misschien kan ik nu uit de auto springen. Een fractie van een seconde spande hij zijn spieren aan om weg te rennen, maar hij besefte hoe hopeloos dat was. *Hij schiet voor ik de uit auto ben.* Hij bleef zitten en kreeg het warm, werd benauwd.

Het portier werd langzaam opengedaan en de man kwam naast hem zitten.

'Ik snap niet goed wat je wilt,' zei Felix. 'Ik heb geen geld. Wil je geld? Ik heb...' Hij ging verzitten om de portemonnee uit zijn achterzak te kunnen halen.

'Laat maar. Ik wil alleen uw mobiele telefoon,' antwoordde de man met een rustig handgebaar.

Felix graaide snel in zijn broekzak en haalde de telefoon tevoorschijn. De man pakte hem aan, opende de telefoon en haalde de batterij eruit, die hij zorgvuldig in het dashboardkastje opborg. De telefoon stak hij in zijn broekzak.

'Dank u. Nu starten en rustig wegrijden. Dat is wat ik wil. Meer niet..'

'Waarnaartoe?'

'Rij nou maar.'

Nog steeds die rust in die stem. Geen haar op zijn hoofd die eraan dacht niet te gaan rijden. Felix keek naar het wapen, dat hij in zijn schoot had gelegd. Groot, zwart. Was het een echt pistool? Hij had er geen verstand van, maar het zag er wel verdomd echt uit.

De man hield zijn hand om de kolf van het wapen. Noem je dat niet zo, een kolf? Matzwart. Hij zag letters aan de zijkant staan, maar kon niet ontcijferen wat er precies stond.

De loop – dat wist hij wel zeker, dat heet een loop – was op hem gericht. Als het schot nu af zou gaan, zou hij in zijn buik geraakt worden.

Felix startte de auto en reed weg. 'Waarheen?' vroeg hij weer.

De man gebaarde met zijn hand: rechtdoor.

Op het moment dat Felix optrok, leunde de man achterover en sloot zijn ogen. Felix' kon niet meer denken. Verkrampt keek hij naar de weg en probeerde zo goed en rustig mogelijk te rijden.

'De situatie is als volgt, meneer Versluis,' zei de man plotseling, zonder zijn ogen te openen.

Meneer Versluis.

Hij noemde mijn naam.

Mijn god.

Hij weet wie ik ben.

Het gaat om mij... Ik ben geen toevallig slachtoffer...

'De situatie is als volgt,' herhaalde de man. 'Op dit moment zijn twee van mijn vrienden bij u in huis. Ze hebben uw vrouw en uw kind onder controle.'

Een verlammende angst schoot door zijn lichaam. Met alle kracht die hij had, trapte Felix op de rem. Loom kwam de man omhoog, hij keek door de voorruit, draaide zich om, keek door de achterruit, en zakte weer terug in de stoel.

'Wilt u doorrijden, alstublieft?'

Felix moest zijn keel twee keer schrapen om er enig geluid uit te krijgen. 'Wie is er bij mijn vrouw?'

'Er zal ze niets overkomen, meneer Versluis. Tenminste, als u doet wat ik zeg.'

Tot nu toe was Felix bang geweest, maar nu was hij in paniek. Een enorme misselijkheid golfde door hem heen. Een vuist had zijn maag te pakken en kneep die samen. Het zweet brak hem uit.

'Je mag hen niks aandoen.'

'Zoals ik al zei, er zal ze niets overkomen als u doet wat ik zeg.'

Felix haalde diep adem. 'Wat wil je?'

'Dat u doorrijdt. Rechtdoor en dan linksaf.'

God, zijn vrouw... en zijn dochter. Wat zullen ze hen aandoen? Koortsachtig dacht hij na. Gek genoeg was er, nu de eerste schrik langzaam wegtrok, een soort berusting. Zijn maag werd losgelaten, de misselijkheid verdween. Nu wist hij tenminste wat de man van plan was.

'Rechtsaf, graag.'

Hij sloeg rechtsaf.

Nu gaf de man wat gerichter aanwijzingen. Sneller achter elkaar ook, tot ze bij een kleine straat in een buitenwijk kwamen.

'Stop daar maar.'

Het was er stil, of beter gezegd: uitgestorven.

'Motor uit, alstublieft.'

De man draaide zich naar hem toe. Zijn gezicht was nu net zo uitdrukkingsloos als zijn ogen. Felix wist dat zijn tegenstander gevaarlijk was. Levensgevaarlijk.

'Het is simpel. Ik moet om de tien minuten laten weten hoe

u zich gedraagt. Dat is...' Hij keek op zijn horloge en haalde een mobiele telefoon tevoorschijn. '...nu.'

'Laten weten hoe ik me gedraag?'

De man knikte. 'Of u wel netjes doet wat ik zeg. Om de tien minuten.'

'Ik doe wat je zegt.'

'Dat zie ik.'

'Waarom bel je dan niet?'

De ogen bleven op hem gericht. 'Ik wil dat er absoluut geen misverstanden over zijn. U doet precies wat ik zeg, dan gaat alles goed.'

'Al moet ik zo meteen op één been de cha cha cha dansen. Verdomme, je hebt m'n vrouw en m'n dochter en je hebt een pistool in je handen. Wat denk je nou zelf? Bel nou!' schoot Felix uit.

De man bleef hem aankijken, maar na een tiental seconden drukte hij op een toets van zijn telefoon.

'Alles gaat goed. Hoe is het daar?' zei hij en hij luisterde aandachtig.

'Goed. We gaan door. Tot zo.' Hij verbrak de verbinding.

'Is alles goed met ze?' wilde Felix weten.

'Alles gaat goed. Ik heb deze nu niet meer nodig, lijkt me.' Hij pakte zijn wapen en borg het op in zijn broeksband.

Felix sloot zijn ogen en probeerde het trillen in zijn lichaam onder controle te krijgen. Hij wist niet of het van angst of van kwaadheid was. Dat hij onder schot werd gehouden, dat was tot daaraan toe. Maar dat iemand zijn vrouw en kind zou bedreigen, daar kon hij niet bij. Een vrouw. Een kind. Hij sloot zijn ogen en wachtte tot het ergste trillen verdween. Hij wilde gillen, schreeuwen, de schoft naast hem aanvliegen, maar hij zag alleen maar de angstige ogen van zijn vrouw voor zich. Hij beeldde zich de meest verschrikkelijke dingen in die nu misschien in zijn woning aan de gang waren. Hij zag zijn dochter op de bank zitten, in doodsnood tegen zijn vrouw aan gekropen.

'We gaan. Inmiddels zult u wel weten waar we naartoe gaan.'

Hij dwong zichzelf zijn ogen te openen en naar buiten te kijken. Heel langzaam hervond hij de kracht in zijn armen. Hij wist precies waar de man naartoe wilde. Hij startte de auto en reed weg.

Je moet rustig blijven. Heel kalm. Gewoon doen wat hij zegt, dan komt alles goed. Niks meer. Niks minder.

Precies tien minuten later kwam hij aan op de plek van bestemming. Hij zag de man naast hem op zijn horloge kijken en zijn telefoon pakken. Hij stapte uit en ging tot Felix' opluchting naast de auto staan bellen. Felix stapte ook uit, waarop de man zijn telefoon dichtklapte. 'Je hebt alle sleutels bij je.' Het was geen vraag.

Felix knikte.

'Dan gaan we naar binnen.' De man wees naar de ingang.

De bank waar Felix directeur van was, lag aan de rand van een winkelcentrum, waar geen cafe's of andere gelegenheden waren waar mensen laat in- en uitliepen.

'Gaat het goed met ze?' vroeg Felix.

'Maak je geen zorgen.'

'Kan ik ze niet spreken?'

De man schudde zijn hoofd. 'Niet nodig.'

Even overwoog Felix te eisen ze te spreken, maar hij was te bang.

Laat ik nou maar gewoon doen wat ik moet doen, dan is het zo afgelopen.

Hij liep naar de voordeur en opende de drie sloten. Meteen achter de deur bevond zich het kastje voor het alarm. Hij strekte zijn vingers uit, waarna een hand op de zijne werd gelegd.

'Vergis je niet in die code. Straks staan er ineens bewakers voor de deur. Dat zou toch vervelend zijn.' Het leek wel alsof hij sarcastisch klonk. Of verbeeldde hij zich dat?

'Nee... nee, natuurlijk niet,' stelde Felix hem gerust.

'Ik geloof je,' zei de man. 'Maar beter het zekere voor het onzekere.'

Felix concentreerde zich weer op het toetsenbord en wilde de code intoetsen.

Jezus... wat was de code ook alweer? Zijn vingers zweefden boven het kleine toetsenbord, maar hij kon zich de nummers niet herinneren. Wat was het ook alweer? Het begon met een vijf... of niet? Hij aarzelde met zijn vingers voor de toetsen.

'Je bent verdomme de directeur van de bank. Ken je je eigen codes niet?' De stem siste in zijn oor.

'Ik heb 's ochtend niet zo vaak iemand die met een pistool in m'n nek hijgt. Ik doe m'n best.' Hij probeerde zijn bedreiger gerust te stellen.

'Je best is nu even niet goed genoeg.'

Het begon met een vijf. Toch? Een vijf... en dan? God, help me... Hij drukte de vijf in. Ineens, alsof een felle lamp aanging in zijn hoofd, wist hij het volgende cijfer. En het volgende. Als vanzelf vlogen zijn vingers over de toetsen. Het rode lampje ging uit en een groene lichtte op.

'We kunnen naar binnen,' zei hij opgelucht.

'Heel goed,' zei de man. 'Zie je wel dat je het kan?' Samen betraden ze de bank en liepen naar het gedeelte dat alleen voor publiek toegankelijk was. Hier waren ze uit het zicht van mensen die eventueel door de ramen naar binnen keken.

'Je gaat de kluis openmaken.'

'Daar zit een tijdslot op. Die kan pas morgenochtend geopend worden.'

'De grote kluis wel, ja. Maar jij gaat de kleine kluis openmaken.'

Felix rechtte zijn rug en keek op zijn horloge. 'Mijn dochter moet slapen. Laten jullie haar wel naar bed gaan?'

'Geloof me, je dochter merkt hier helemaal niets van.'

Felix keek de man aan. Hij leek er niets aan toe te willen voegen. *Wat bedoelde hij?*

Hadden ze zijn dochter opgesloten? Of sliep ze misschien al toen de mannen zijn huis binnenkwamen?

Wat?

'Zorg dat de kluis opengaat.'

'Mag het licht hier aan?' vroeg Felix.

De man haalde zijn schouders op. 'Als er mensen langskomen, of bewaking, dan ben je iets vergeten op kantoor. Dat is niet vreemd. Je bent hier 's avonds wel vaker, toch?'

Hoe wist hij dat allemaal?

Hij liep naar de kluis en toetste de code in om de kluis te laten ontsluiten. Vreemd genoeg hoefde hij nu geen seconde na te denken over de juiste cijfercombinatie. De zachte klik en het rode lampje gaven aan dat het tijdslot in werking was getreden. Over enkele minuten zou de kluis open gaan.

Hij liet zijn tong over zijn lippen gaan. Zijn mond voelde kurkdroog.

'Mag ik wat te drinken pakken? We hebben toch niks te doen.' Zijn kwaadheid maakte hem cynisch.

De man haalde zijn schouders op. 'Je weet wat er gebeurt als je rare dingen doet.'

Na een paar slokken koel water werd Felix iets rustiger. Hij was inderdaad niet alleen maar bang, hij was vooral kwaad. Hij wou dat de kluis openging, dat die idioot het geld meenam en wegging. Dan zouden ze ook bij zijn vrouw en dochter weg zijn. Het geld kon hem niets schelen.

Hij zette zijn glas neer en onwillekeurig gleed zijn blik over het aanrecht. Ze hadden weer eens niet opgeruimd. Vorkjes, bordjes, bekers, messen, het stond allemaal nog op het aanrecht.

Messen. Er liggen messen.

De man draaide heen en weer in de stoel en keek naar de grond. Hij had zijn pistool in zijn rechterhand. De loop wees omlaag. De man lette niet op hem. Voorzichtig schoof hij zijn hand naar een klein, scherp mes.

Zorg dat je tenminste íets doet.

Dat had die man gezegd, die trainer die een cursus op het hoofdkantoor had gegeven. Een hele middag hadden ze een beetje giechelig in een trainingszaal doorgebracht. Totdat een acteur langskwam die een overvaller speelde.

Een van de meisjes werd volkomen hysterisch toen ze een wapen op zich gericht kreeg. Bleek dat ze al eens eerder overvallen was. Had ze nooit iemand iets over verteld. Die acteur trok meteen zijn bivakmuts af en probeerde haar gerust te stellen, maar dat was tevergeefs want ze schopte en trapte woest om zich heen om hem uit haar buurt te houden. Gelukkig was het allemaal goed gekomen met haar. Heftig was dat geweest. Maar toch een goeie cursus. Zorg dat je iets doet, al is het maar miniem, daar had hij op aangedrongen. Zorg dat je een signalement weet, al is het maar summier. Neem zo veel mogelijk details in je op. Dingen waaraan de politie de dader zou kunnen identificeren: littekens, moedervlekken, opletten waar hij vingerafdrukken achterlaat...

'Mag ik ook een glas water?'

Felix schrok van de stem van de man. Hij had helemaal in gedachten gestaan en was ineens terug in de realiteit. Hij schonk een glas water in en zette dat voor hem neer. Pas toen de man het glas vastpakte, zag Felix de vliesdunne plastic handschoenen die hij droeg. Kennelijk was de man niet bang voor herkenning van zijn gezicht, maar wilde hij geen vingerafdrukken achterlaten in de bank.

'Wat doe je?' vroeg de man. 'Je zit naar mijn handen te staren en je zit diep na te denken. Ga zitten. En blijf daar zitten.'

Hij wees naar de stoel tegenover het bureau. Felix ging zitten.

'Nou? Waar dacht je aan?' vroeg de man.

'Aan mijn vrouw, natuurlijk. Weet je hoe ze heet?' vroeg Felix. 'Ze heet Miranda. Ze is erg aardig, ziet er leuk uit ook. Weet je hoe we elkaar ontmoet hebben, vroeger? Op een camping in Spanje. Zij was met haar ouders... ik bedoel, we kennen elkaar al echt lang. En onze dochter, die is gek op paarden. Ze is echt...'

257

De man keek hem even aan, zonder dat Felix een reactie in zijn ogen kon bespeuren. Gewoon, niets. Blanco. Duister. De man stond op, liep de gang in en begon te telefoneren. Felix zag op zijn horloge dat er exact tien minuten waren verstreken sinds het vorige telefoongesprek. Zijn poging tot contact had geen effect gehad op de man. Dat was ook iets wat hij geleerd had op de training, probeer contact te krijgen met je aanvaller. Zorg dat hij je als een mens ziet, niet als een object. Maar dit leek niet zo'n succes, op z'n zachtst gezegd.

Hij zag de man onder het praten rustig heen en weer lopen. Even keek hij naar Felix, toen kwam hij in de deuropening staan.

'De kluis kan open,' klonk het vanuit de deuropening. 'Het is goed dat je zo aardig over je vrouw spreekt, trouwens.' Verder zei hij niets.

Zuchtend stond Felix op. Nu zou het tenminste snel over zijn. Hij volgde de man naar de kluisruimte. Op het moment dat hij binnenkwam, veranderde het rode lampje op de kluis van kleur. Groen.

In de kluis lag een flink bedrag, eigenlijk veel meer dan Felix verwacht had. Hij kreeg een tasje in zijn handen gedrukt waar hij het geld in stopte, in nette stapeltjes.

'Alles?' vroeg de man.

Felix knikte.

'Kom maar.' Hij duwde Felix naar de voordeur, waar hij het alarm weer moest activeren. Hij bleef nu dicht bij Felix staan, veel dichter dan hij tot nu toe gedaan had. Felix merkte ook dat hij zijn wapen vast had onder zijn jasje.

'Naar de auto.'

Felix weifelde. 'Naar de auto? Waarom loop je niet gewoon weg? Je hebt je geld. Ik zal niemand bellen. Laat die mannen bij mijn vrouw en dochter weggaan, en dat is het dan. Dan ga ik naar huis.'

Hij schudde zijn hoofd en duwde Felix in de richting van de auto.

'Nog niet.' Hij klonk gehaast, kortaf. Waarom deed hij zo? Instinctmatig hield Felix in. Hij wilde niet naar zijn auto, maar de man duwde hem naar voren. Met een schok realiseerde hij zich ook dat er tien minuten om moesten zijn sinds het laatste telefoontje.

Hij wilde op zijn horloge kijken, maar de man duwde door. 'Niet zeiken. Doorlopen.'

'Maar...'

'Lopen en instappen.'

Waarom deed hij zo anders ineens?

'Je moet bellen! Er zijn tien minuten voorbij. Ze wachten op je telefoontje! Waarom...' De wanhoop klonk door in zijn stem. Felix kreeg een por in zijn zij. Niet hard, maar genoeg om hem stil te laten zijn. De man keek hem aan. Die kille, dode ogen. 'Je hoeft je geen zorgen te maken. Er is tijd genoeg. Stap in de auto.'

Felix' keel werd dichtgeknepen. Dit sloeg nergens op, dit was niet nodig. *Loop weg, ga weg met je geld. Laat ons met rust!* Hij opende de deur en ging zitten. Nu hield de man hem strak in de gaten terwijl hij omliep. Toen hij voor de auto stond, pakte hij zijn telefoon en belde. Waarom kon hij niet verstaan wat hij zei? De angst gierde door zijn lijf, maar maakte ook dat hij iets moest doen. Felix stapte uit. De man liet de telefoon zakken en keek hem verwonderd aan.

'Blijf in de auto.'

Felix schudde verwoed zijn hoofd. 'Ik wil haar spreken.'

'Wie?'

'Mijn vrouw. Ik wil haar nu spreken. Ik moet weten of alles goed is met haar. En met m'n dochter. Alsjeblieft. Ik heb alles gedaan wat je wilde, je hebt je geld.' Hij strekte zijn hand uit naar de telefoon, een wanhopige blik op zijn gezicht.

De man keek hem enkele seconden aan. Toen hief hij de telefoon weer naar zijn oor. 'Ik bel straks terug. Ik regel hier alles zoals afgesproken.' Toen drukte hij het gesprek weg en liet de telefoon zakken.

Felix wist het ineens zeker. Dit was geen gewone crimineel. Het is een psychopaat. Een gestoorde. Levensgevaarlijk. Niet omdat hij geld wilde hebben, maar omdat hij hiervan genoot.

'Waarom laat je me niet met haar praten? Ik wil alleen maar weten of alles goed is met ze. Of ze nog leven. Wil je dat ik smeek? Alsjeblieft... ik smeek het je.'

'Het is niet nodig. Ze leven en alles is goed met ze, dat beloof ik je. Ik heb mijn woord steeds gehouden. Ik geef je mijn woord nu dat alles goed is met ze. Stap in de auto.'

Hij had geen kans, dat wist hij. Hij kon wel heldhaftig doen, maar dat zou hem zijn leven kosten, en dat van zijn vrouw en dochter ook. Dus draaide hij zich om en ging in de auto zitten.

De man stapte naast hem in. 'Rijden. Naar de duinen.'

Felix startte zonder tegenspraak de auto. Hij wilde dat dit afgelopen was, hij wilde naar huis. Weg van deze gek.

Af en toe gaf de man een aanwijzing hoe hij moest rijden, verder was het stil in de auto.

Het dorp lag niet ver van het strand. Vlak voor ze de boulevard bereikten, zei de man: 'Hier rechtsaf.'

Hij sloeg een kleine weg in, die diep de duinen in liep. Hij kende deze buurt best goed, maar zo vaak was hij deze weg nog niet ingereden. Na een paar minuten bereikte hij een slagboom, die open stond. Normaliter zou de slagboom dicht zijn, dat wist hij wel. De ketting lag half op de paal, doormidden geknipt. Weer een bewijs van zijn gestoorde geest. Een meer dan perfecte voorbereiding.

Wat moeten we hier...? Waarom gaan we de duinen in?

'Nog even doorrijden. Stop daar maar.'

Daar...

Felix keek. Niets. Donker. Alleen de lichten van zijn auto schenen over de duinen. De weg hield hier zo'n beetje op.

En nu?

De man bleef naast hem zitten en keek strak voor zich uit. 'Doe de motor maar uit.'

Felix draaide de sleutel om.

'Ik heet Carlo, trouwens,' zei de man. Hij keek Felix aan. In zijn ogen was niets veranderd.

Waarom onthulde hij zijn naam? Waarom zou hij die noemen, dat maakte het voor de politie toch alleen maar makkelijker om hem te vinden?

'Stap maar uit,' zei Carlo.

Weer die hand die zijn maag samenkneep, maar nu ook nog eens omdraaide. 'Waarom?' Het kwam er nauwelijks verstaanbaar uit.

Carlo haalde zijn schouders op. 'Omdat het zo moet gaan.'

En toen wist Felix waarom Carlo naar deze plek was gereden. Waarom hij zijn naam genoemd had. Waarom hij zijn gezicht niet verborgen had gehouden.

Vingerafdrukken zal hij namelijk niet achterlaten. En de enige getuige die zijn gezicht gezien heeft dus ook niet.

Het is over, afgelopen. Als hij mij hier gaat vermoorden, wat hebben ze dan in godsnaam met Miranda gedaan? En met mijn kleine schat?

Hij schudde zijn hoofd, zonder Carlo aan te kijken.

'Eruit!' riep Carlo.

Maar Felix kon zijn armen en benen niet bewegen. Hij bleef zitten. Hij bleef zijn hoofd schudden.

'Je moet de auto uit.'

Felix reageerde niet. Nu gaf Carlo hem een duw. Zijn stem klonk hard en ruw, en tegelijkertijd als die van een jengelend kind. 'Het moet!'

Felix probeerde zich te bewegen. Hij kreeg het handvat van de deur te pakken en deed die open. Hij moest wel.

'Als je me gaat vermoorden, wees dan een kerel en doe het meteen hier.'

'Ga... er... uit!'

Ineens sprong Carlo de auto uit en rende eromheen. Hij trok Felix uit de wagen.

'Luister verdomme naar wat ik zeg. Kom die auto uit!' In zijn rechterhand had hij het pistool vast. 'Mee.'

Hij trok Felix ruw aan zijn arm mee, naar de zijkant van het duin. 'Lopen!'

Felix krabbelde op. Met het pistool in zijn rug duwde Carlo hem de duinen in. De auto bleef achter, deuren wijd open, het licht van de koplampen bescheen de duinen.

Het duurde een minuut, toen raakte Felix' ogen gewend aan het donker. Hij zag waar Carlo hem naartoe duwde. Het leek een gat, alsof iemand iets gegraven had.

Mijn god... Carlo had een graf gegraven. Het lag al klaar. Net als alles, helemaal voorbereid.

Carlo keek hem aan met een ondoorgrondelijke grijns op zijn gezicht.

'Hier... die hebben we niet meer nodig.' Hij pakte de mobiele telefoon waarmee hij de hele tijd gebeld had, en gooide die met een wijde boog weg. 'Wij hoeven niet meer te bellen.'

Felix raakte in paniek, maar de adrenaline zorgde dat hij het gebruik van zijn lichaam weer terugkreeg. Hij kon lopen in plaats van strompelen.

Dit nooit... Dit laat ik niet gebeuren. Het kan niet.

Felix struikelde. In een reflex pakte Carlo, die direct achter hem liep, hem vast bij een arm. Felix voelde dat Carlo daarbij voorover boog. Hij greep zijn arm in een klem en liet zich voorover vallen. Carlo viel door zijn eigen gewicht over Felix heen en kwam hard op de grond terecht.

Felix handelde uit oerkracht. Puur overlevingsinstinct. *Het pistool... waar is het pistool?* Hij liet zijn handen naar beneden glijden over de arm van Carlo, die hij nog vast had. Daar... het wapen. Tot zijn verrassing kreeg hij het makkelijk los. Hij smeet het weg, de duinen in. Carlo greep hem vast. 'Doe niet zo stom!' gromde hij. Een hand greep zijn keel. Als een bankschroef, harder en harder. Felix kon niet loskomen.

Felix graaide in zijn jaszak. Daar. Zijn hand omklemde iets. Hij trok het mes dat hij in de keuken gepakt had uit zijn jaszak en haalde het over de hand heen.

Een dierlijke schreeuw klonk onder hem. Woest bewegend,

met bijna bovenmenselijke kracht, wist Carlo zich om te draaien. Nu lag Felix onder. Met zijn andere hand hield Carlo nu de keel van Felix vast, een knie net onder zijn ribben, zodat hij niet weg kon komen en moeilijk kon ademhalen. De bebloede, gewonde hand van Carlo hield de hand met het mes tegen de grond geduwd.

'Je moest het weer proberen, hè? Je kon het niet laten... Had nou gewoon naar me geluisterd. Ik heb niet gelogen. Waarom zegt iedereen dat ik lieg? Ik... heb... niet... gelogen.' Met iedere lettergreep drukte hij zijn knie mee naar binnen. Felix voelde de kracht uit zijn lichaam zakken.

Met een laatste inspanning wist Felix zijn vrije hand te gebruiken. Met alles wat hij nog in zich had stak hij het mes in het lichaam van Carlo. En nog een keer. En nog een keer... En...

Hij voelde de hand om zijn keel langzaam loslaten. De knie gaf minder druk. Hij kon weer ademhalen. Als in een film zakte het lichaam van Carlo opzij weg. Nu hij op de grond lag met wijdopen ogen, zag hij alleen de maan erin weerkaatsen. Toen werden de ogen dof. Ongevaarlijk. Dood.

Felix zakte op zijn knieën naast het lichaam van Carlo.

Alles schoot tegelijk door zijn hoofd: hij was vrij – hij moest de politie bellen – hij had iets gedaan – hij was geen lafaard – hij móest naar huis bellen – hij moest... de telefoon was weg. Verdomme, dat was waar. Carlo had hem weggegooid, die vond hij nooit meer. En stel dat ze nog in zijn huis zaten?

Hij moest gewoon bellen naar huis. Dan zou hij wel horen of die klootzakken weg waren.

Zijn eigen telefoon. Die had Carlo nog. Waar had die gek de telefoon gelaten?

Hij dacht zich te herinneren dat Carlo de telefoon in zijn broekzak had gestoken. Met weerzin klopte hij op de broekzak om te voelen of daar een telefoon zat. En toen op de andere. Daar. Hij stak zijn hand in de zak, walgend omdat die het warme maar dode lichaam voelde. De telefoon deed niets.

Verdomme, dat was waar ook. Carlo had de batterij eruit gehaald. Die lag... die lag in de auto!

Trillend stond hij op. Hij draaide zich om, en zag toen de plek waarvan hij dacht dat Carlo er een graf had gegraven. Niets. Het leek er misschien op, maar het was niks. Geen gat in de grond, gewoon een duinpan. Verderop stond een andere auto, op een paadje dat hij niet kende. Waarschijnlijk een auto waarmee Carlo weg had willen rijden, dacht hij ineens. Een golf van misselijkheid overviel hem. Hij strompelde zo goed en zo kwaad als hij kon naar zijn eigen auto terug. In het dashboard vond hij de batterij.

Met bibberende handen plaatste hij die weer in de telefoon. Met onzekere vingers drukte hij het telefoonnummer van zijn huis in.

God... laat het allemaal goed zijn. Laat ze leven... alsjeblieft.

Het duurde lang, zo vreselijk lang. De telefoon bleef maar overgaan. Weer voelde hij zich misselijk. Toen klonk een droge tik. De telefoon werd opgenomen.

'Hallo...?'

Hij kwam amper uit zijn woorden. 'Miranda?'

Het bleef een paar seconden stil. Toen barstte de stem uit. 'Jezus... waar ben je? We zijn zo ongerust. Ik had al bijna de politie gebeld. Het is helemaal niks voor jou om zo lang weg te blijven zonder me even te bellen. Waar ben je geweest?'

Felix slikte. 'Is... is alles goed daar?'

Ze lachte. 'Ja, natuurlijk is alles hier goed. Waarom vraag je dat?'

'Is er niemand bij je? Is niemand langs geweest?'

'Schat, je doet raar. Nee, hier is niemand geweest. Ja, de buurvrouw kwam langs, met die pan die ze eeuwen geleden geleend had. Ik had al nooit meer verwacht die terug te krijgen. Hé, kom je naar huis?'

Felix kon niets meer uitbrengen. Hij zakte langzaam door zijn knieën en moest zich vasthouden aan het dak van zijn auto.

'Ben je er nog? Kom je naar huis, vroeg ik.'

Eindelijk kon hij weer wat zeggen.

'Ik kom er zo aan, schat.'

Felix drukte het gesprek weg en staarde voor zich uit. Nu zag hij het bloed aan zijn handen.

'Je dochter merkt hier helemaal niks van,' had Carlo gezegd.

Hij had inderdaad niet gelogen.

Over de auteurs

René Appel (1945) werkte tot 2003 aan de Universiteit van Amsterdam als hoogleraar Nederlands als tweede taal. In 1987 publiceerde hij zijn eerste (psychologische) thriller: *Handicap*. Daarna verscheen vrijwel elk jaar een nieuw boek, waarvan er twee bekroond werden met de Gouden Strop, de prijs voor het beste Nederlandstalige spannende boek: *De derde persoon* in 1991 en *Zinloos geweld* in 2001. Zijn meest recente thrillers zijn *Schone handen* (2007) en *Weerzin* (2008). Voorjaar 2009 verscheen de verhalenbundel *Hittegolf*.
www.reneappel.nl

Patrick De Bruyn werd geboren in Halle (B) op 22 augustus 1955. Hij woont in de buurt van Brussel. De auteur studeerde psychologie. In 1998 kwam zijn eerste misdaadroman uit: *File*, de eerste snelwegthriller volgens *VN Thrillergids*. Daarna volgde *Indringer* in 2000. In 2001 verscheen het eerste deel van de trilogie *Vermist, Verminkt* (2004), *Verdoemd* (2006). Zijn boeken werden meermaals genomineerd: voor de Gouden Strop (1x), de Diamanten Kogel (2x) en de Hercule Poirotprijs (3x).
www.patrickdebruyn.be

Bavo Dhooge (31 januari 1973, Gent) leek in de wieg gelegd voor een internationale tenniscarrière, maar legde zich al vrij snel toe op zijn andere passie: schrijven. Na zijn middelbare studies ging hij vier jaar Film & Televisie studeren aan de Koninklijke Academie voor Schone Kunsten en kreeg hij een onderscheiding voor zijn korte film *Warmwatervissen*. Hij werkte vier jaar als copywriter en ging tegelijk aan de slag als journalist en recensent voor de weekbladen *HUMO* en *Ché*. Sindsdien leeft hij van zijn pen als auteur, scenarist, journalist, regisseur en grafisch kunstenaar. Hij heeft een 40-tal 'S'-boeken en meer dan 50 verhalen op zijn naam staan, voor volwassenen en jeugd.

Zijn werk werd al meerdere malen bekroond, ondermeer met de Schaduwprijs voor het beste Nederlandstalige thrillerdebuut, twee nominaties voor de Diamanten Kogel en een nominatie voor de Gouden Strop. Ook kreeg hij als enige auteur van Nederlandstalig werk twee jaar op rij de volle vijf 5 sterren in de *VN Thrillergids*. Zijn meest recente thriller, *Stiletto Libretto*, ligt nu in de winkel.

www.bavodhooge.be

Loes den Hollander schrijft al vanaf het moment dat ze kon lezen. Aanvankelijk poëzie, later columns, daarna verhalen en ten slotte haar eerste boek. Toch kwam het nooit in haar op om van schrijven haar beroep te maken, omdat ze zich helemaal richtte op haar carrière in de gezondheidszorg. Dat veranderde toen ze in 2001 een verhalenwedstrijd won. Vanaf dat moment ging er voor haar gevoel een luik in haar hoofd open waar een onstuitbare lading teksten achter zit die zich allemaal verdringen om te worden opgeschreven. Toen ze in 2006 haar carrière als directeur van een gezondheidszorginstelling beëindigde, vond ze vrijwel meteen een uitgever voor *Vrijdag*, haar eerste literaire thriller. Daarna volgde al snel het zinderende *Zwanenzang* en sindsdien is schrijven haar voornaamste bezigheid. Van haar hand verschenen *Naaktportret, Broeinest, Dwaalspoor, Driftleven* en de verhalenbundel *Loslaten*.

www.loesdenhollander.nl

Annet de Jong (Rotterdam, 1970) is sinds 1994 journaliste bij *De Telegraaf*. Ze studeerde Engelse taal- en letterkunde aan de Rijksuniversiteit Leiden en deed de postdoctorale opleiding Journalistiek aan de Erasmus Universiteit Rotterdam. Ze woont en werkt in Amsterdam. *Vuurkoraal* was haar veelbelovende debuut. Haar tweede literaire thriller *Dossier Tobias* verschijnt in 2009.

http://blog.boekboek.nl/vuurkoraal/

Kortsmit & Lotz Emile Lotz (1967) is scenario- en toneelschrijver. Samen met Simone Kortsmit (1971) richtte hij een toneelwebsite op. Simone Kortsmit is journaliste, mede-oprichter van een energiepersbureau en heeft onlangs haar eerste prentenboek gepubliceerd. In 2009 verscheen hun thrillerdebuut, *Zusters in het kwaad*.
www.emilesimone.nl

Bob Mendes debuteerde in 1984 met de gedichtencyclus *Met rook geschreven*, maar stapte al snel over naar proza. *Een dag van schaamte*, een roman over het Heizeldrama, was de eerste in een reeks van succesvolle en maatschappijkritische faction-thrillers, waaronder het epische drieluik *De kracht van het vuur*, en de *De smaak van vrijheid*, een oorlogsroman die voor Canvas (Vlaamse Radio en Televisie) aanleiding was tot een reportage over de oorlogsbelevenissen van de auteur in de reeks *Verloren land*, die werd uitgezonden. op 9 juni 2009.

Bob Mendes won twee keer de Gouden Strop, met respectievelijk *Vergelding* en *De kracht van het vuur*. In 2004 ontving hij de prestigieuze Diamanten Kogel, voor zijn thriller *Medeschuldig*.

Naast dichtbundels, romans en toneelstukken schreef Mendes ook heel wat kortverhalen die in binnen- én buitenland geregeld door tijdschriften of in bloemlezingen gepubliceerd werden. Zijn verhaal *Dirty Dancing* werd in 2003 in Duitsland bekroond met de International Short Story Competition Atanas Mandadjiev Award.

Zijn werk werd vertaald in onder andere het Frans, Engels, Spaans, Bulgaars, Duits, Tsjechisch en Japans. Bij het verschijnen van *Vengeance*, de Amerikaanse vertaling van *Vergelding*, werd hij door de Library of Congress in Washington uitgenodigd voor een lezing voor het Archive of World Literature on Tape. In 1999 ontving hij de Cultuurpijs van de gemeente Schoten.
www.mendes.be

Patricia van Mierlo (1954) is theaterregisseur en scenariste. Ze schreef voor *Goede Tijden, Slechte Tijden*, stond aan de wieg van de Brabantse mysteryserie *Wolfseinde* en maakt opdrachten voor het tv-programma *De Vloer Op*. Momenteel werkt ze aan twee filmscripts, psychologische actiethrillers. *De namen van Maria*, haar thrillerdebuut in boekvorm, werd genomineerd voor de Diamanten Kogel.

Eva Noorlander is een pseudoniem. Omwille van haar vroegere undercoveractiviteiten kan haar naam niet bekendgemaakt worden. *In Dubio* is haar thrillerdebuut. Ze woont momenteel ergens in Amerika.
www.evanoorlander.nl

Saskia Noort (1967) is schrijfster en columniste. Na de havo studeerde ze journalistiek en theaterwetenschap in Utrecht. Sinds begin jaren negentig schreef Saskia Noort voor een groot aantal bladen, waaronder *Viva, Marie Claire, TopSanté* en *Ouders van Nu*. Momenteel schrijft ze columns voor het glossymagazine LINDA.

In 2003 debuteerde ze als auteur met de literaire thriller *Terug naar de kust*, gevolgd door *De eetclub* (2004) en *Nieuwe buren* (2006). Daarnaast verschenen de columnbundels *Aan de goede kant van 30, 40: over lijf en leven van een veertiger* en *Babykoorts*. In totaal werden er bijna anderhalf miljoen exemplaren van haar boeken verkocht en haar werk verschijnt in 15 talen. De verfilming van zowel *Terug naar de kust* als *De eetclub* is in voorbereiding. *De verbouwing* is Saskia Noorts vierde thriller.
www.saskianoort.nl

Tomas Ross (1944) is schrijver en scenarist. Hij schreef tientallen thrillers, onder meer over het Englandspiel, de Greet Hofmans-affaire, de val van Srebrenica, de dood van Mathilde Willink en de moord op Pim Fortuyn. Drie van zijn romans, waaronder *De zesde mei* (2003), werden bekroond met de Gouden Strop. Meest recent verscheen van hem *De marionet* (2008) en *Caribisch Complot* (2008). In augustus 2009 zal verschijnen *Het meisje uit Buenos Aires*. In de zomer van 2010 zal de VPRO zijn dramaserie *Schavuit van Oranje* over Prins Bernhard uitzenden.
www.tomasross.nl

Charles den Tex (geboren in 1952 in Camberwell, Australië) studeerde fotografie en film in Londen, werkte als leraar Engels aan een taleninstituut in Parijs en vestigde zich in 1980 in Nederland als reclametekstschrijver en later als communicatie- en managementadviseur. Hij woont in Den Haag. Den Tex creëert een heel eigen, aanstekelijke vorm van de actiethriller waarin de vaak bizarre omstandigheden van de moderne wereld het decor vormen voor de avonturen van zijn hoofdpersonen. Niets is zo gek als de werkelijkheid.

Hij schreef negen thrillers, waarvan er zeven werden genomineerd voor de Gouden Strop, de jaarlijkse prijs voor het beste Nederlandstalige spannende boek. Hij won de prijs drie keer: in 2002 met *Schijn van kans*, in 2006 met *De macht van meneer Miller* en in 2008 met *Cel*.

Charles den Tex vertaalde de toneelstukken *Onze jeugd* (2003), *Tape* (2005) en *Democraten* (2005), *Sexual perversity* (2006) en maakte de vertaling en bewerking van het toneelstuk *Succes* (2006). In 2008 ging *Volmaakt geluk* in premiére, zijn eerste eigen stuk, geschreven in samenwerking met Peter de Baan.

www.charlesdentex.com

Ton Theunis werd geboren op 14 augustus 1959 in Deventer. Vanaf 1985 vervulde Theunis meerdere functies als ambtenaar voor het ministerie van Justitie, zoals gevangenbewaarder in de Bijlmerbajes en medewerker van het Bureau Slachtofferhulp in Huizen. In 1994 werd hij griffier op de arrondissementsrechtbank in Amsterdam. Theunis was betrokken bij allerlei geheime gerechtelijke vooronderzoeken, was aanwezig bij tientallen invallen van arrestatieteams en huiszoekingen en las duizenden pagina's verbalen van telefoontaps. Met recht kan Theunis stellen dat hij zijn boeken schrijft vanuit een schat aan ervaring. Naast columnist is Theunis schrijver van de romans *De toren* (1992), *De pion* (1994), *Nordica* (2004), *De executeur* (2005), *Onder N.A.P.* (2006), *In Gods naam* (2007) en *De kluizenaar* (2008). Tegenwoordig heeft hij zich volledig op het schrijven gestort en heeft hij zijn eigen reclame- en marketingbureau, TTT Almere.

www.tontheunis.nl

Esther Verhoef is één van Nederlands grootste thrillerschrijfsters. 2006 was het jaar van haar grote doorbraak. Ze veroverde in een keer de bestsellerlijsten met *Rendez-vous*, gevolgd door *Close-up*

(2007) en *Alles te verliezen* (2008). Daarnaast schrijft Esther samen met haar man – onder de naam Escober – psychologische actie-thrillers, waarvan *Ongenade* de meest recente is. Van Verhoefs thrillers zijn op dit moment meer dan 750.000 exemplaren verkocht en haar boeken zijn in vertaling uitgekomen in de Verenigde Staten, Engeland, Duitsland en Rusland. Ze werd tweemaal genomineerd voor de NS Publieksprijs en driemaal voor de Gouden Strop. Tweemaal won ze de Zilveren Vingerafdruk en eenmaal de Diamanten Kogel, de Vlaamse prijs voor spannende boeken waarvoor zij ook tweemaal genomineerd is geweest. Endemol kocht de film-rechten van *Rendez-vous*.

www.estherverhoef.nl

www.escober.nl

Esther van Vliet (1980) woont in Lopikerkapel, een klein dorpje in de buurt van Utrecht. In 2004 is ze afgestudeerd in ontwikke-lingspsychologie. In 2007 rondde zij de opleiding voor leerkracht basisonderwijs af en op dit moment werkt ze als individueel bege-leider van leerlingen met stoornissen zoals autisme en ADHD.

Ze begon met schrijven toen ze tien was. Omdat ze nogal per-fectionistisch is, heeft ze het nooit eerder aangedurfd haar werk naar een uitgever te sturen. Toen ze het artikel over *Summercrime* in *de Telegraaf* zag, besloot ze de stoute schoenen aan te trekken en haar verhaal in te sturen.

Simon de Waal werkt al ruim twintig jaar als rechercheur zware criminaliteit bij de Amsterdamse politie. Daarnaast schrijft hij sce-nario's voor films (*Lek, Bella Bettien, Kapitein Rob*) en televisie (*Baantjer, Russen, Spangen, Unit 13, Boks* en *Grijpstra en de Gier*). Voor *Lek* kreeg hij in 2000 het Gouden Kalf voor beste scenario.

In 2005 stond hij met *Cop vs Killer* op de shortlist voor de Gou-den Strop en de Diamanten Kogel. Ook *Pentito* werd genomineerd voor de Gouden Strop, en in 2008 bekroond met de Diamanten Kogel.

www.simondewaal.com